【八咫烏系列】卷一

# 烏鴉不宜穿單衣

烏に単は似合わない

Chisato Abe
阿部智里

# 目次

# 櫻花宮配置圖

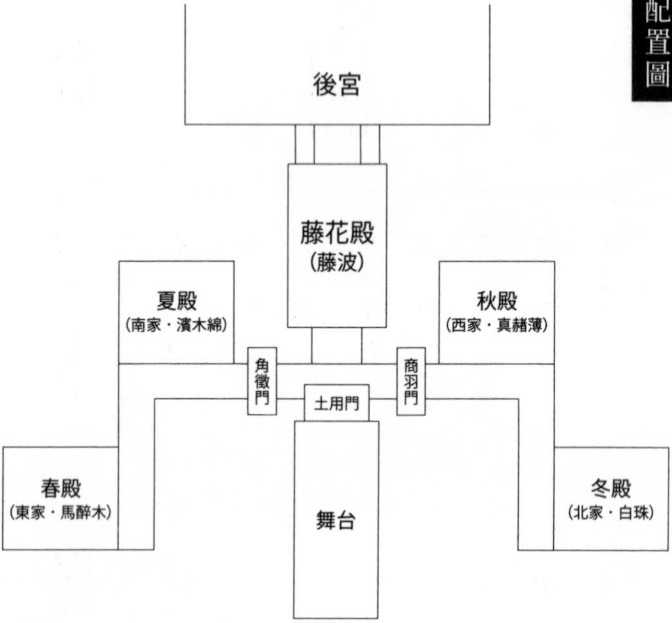


日嗣皇太子妃「櫻君」，掌管櫻花宮，但在決定皇太子妃之前，則由住在藤花殿內的皇族成員女官代為管理。大貴族四家登殿的公主，分別住在春、夏、秋、冬殿內。

**山內眾**　宗家近衛隊，負責包括藤花宮和櫻花宮在內的皇宮警衛工作。

**勁草院**　山內眾的培訓機構。

**藤宮連**　平時是宗家的高級女官，一旦發生狀況，則負責警衛工作，並可加入戰鬥。

# 宗家·四家族譜

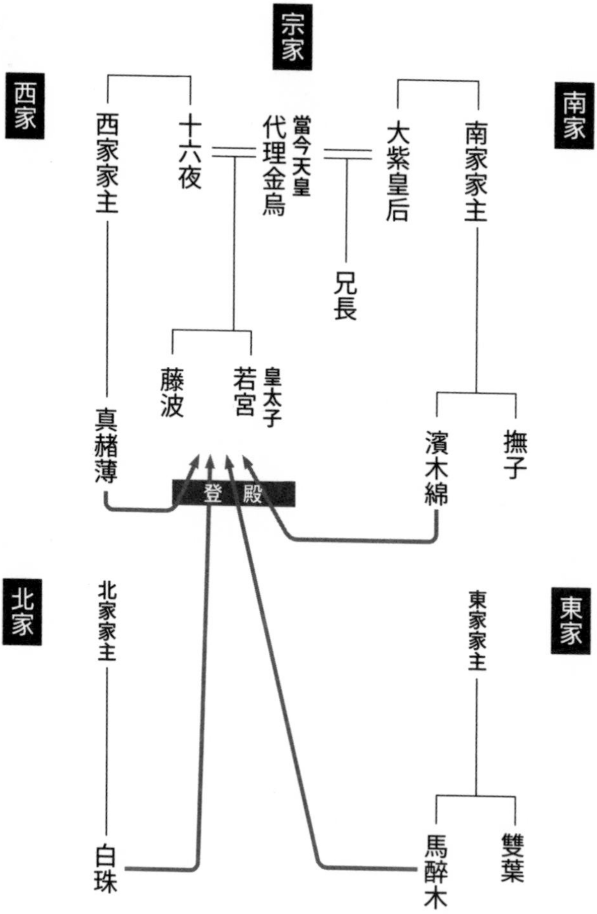
宗家
西家
南家
北家
東家
西家家主
十六夜
當今天皇
代理金烏
大紫皇后
南家家主
兄長
藤波
皇太子
若宮
真赭薄
濱木綿
撫子
登殿
北家家主
東家家主
白珠
馬醉木
雙葉

山神降臨此地之際，山峰湧出清泉，
樹上即刻百花齊放，稻穗結實飽滿地垂了下來。
山神巡視豐饒的山內後，令金烏整頓此地。
金烏將此地一分爲四，分別賜予四子。

長子獲得百花盛開的東之地。
次子獲得果實纍纍的南之地。
三子獲得稻穗飽滿的西之地。
四子獲得泉湧豐沛的北之地。

四個孩子向金烏承諾，世世代代、子子孫孫，都將確實守護獲賜之地。
此爲四家四領之初，亦是金烏落腳於宗家的起源。

摘自兵部卿巡禮回想錄《山內轉喙集》
（東領內某嫗所述山內創世紀）

# 烏鴉不宜穿單衣

【八咫烏系列・卷一】

# 序章

當我年僅五、六歲時，便認定「就是她了」。

那是一個春意盎然的舒心早晨，只是風有點大。

損友來找我玩，說是櫻花開了。

阿墨那傢伙只有想帶我出去玩時，才會找上門。果然不出所料，這天也帶我去了大人吩咐千萬不可踏進的領地邊界的山崖。阿墨告訴我，山崖另一端的領地內櫻花已經盛開，整個花海看起來一片白茫茫。

我們在樹林中奔跑追逐，一路笑個不停。

這時，阿墨腳下一滑跌倒了。

或許是因為頭頂上方沒有樹木遮住，視野一下子變得開闊起來，那傢伙一個不留神就跌下山崖，發出了巨大的聲響，我立刻嚇破了膽。
阿墨來不及脫下身上的衣服，立刻變身成鳥形，急忙飛向山崖下方。當我趕到已經恢復人形的阿墨身旁時，那傢伙毫髮無傷正不雅地謾罵著。
我忍不住噗哧笑了起來，笑聲在並不深的山谷中迴盪著，阿墨生氣地摸著頭，驀地抬頭看向我的後方啞然無言。感到疑惑的我，順著阿墨的視線望去……眼中是一片絕世美景啊！
山崖的另一端就是隔壁的領地，阿墨說的沒錯，那片領地的山崖上綻滿了櫻花。
有個人影靜靜地站在盛開的櫻花樹下，頭上的髮飾金光燦燦，搖曳生姿。
她一頭柔軟的頭髮，是同族內很難得一見的淡茶色鬈髮。一臉錯愕看著我和阿墨的那對瞳孔，也淺得好似透明一般。她身穿一件淡紅色有著櫻花圖案的和服，這件和服穿在女孩身上很是好看。
風在吹，櫻花在淡藍色的天空下飄舞。

# 第一章　春

梅花似乎已經開了。

不知道從哪裡飄來清新淡雅的甜甜香氣，停下腳步打量著庭院，在顏色深濃的松葉之間隱約瞧見了潔白的花瓣——梅花初綻啊！

正當他感到驚嘆之際，耳邊傳來悠揚的琴聲，似乎在彈奏著春天的樂音。

他躡手躡腳地走過廊道，看到了彈琴者坐在幔帳內的背影。

「很美的曲子。」

樂曲的餘韻消失後，他開口對彈琴者說道，對方驚訝地轉過頭。

「啊！父親大人，我完全沒有發現。」

女兒顯得很害羞，父親大笑著快步走向她。

「其他人去了哪裡？我記得她叫五加，她去了哪裡？」

「大家都去採艾草，差不多該回來了。」

「這樣啊！」

既然這樣，那也無可奈何了。他自己從房間的一隅拿了座墊，率性地坐在女兒的面前。

「你剛才彈的是自己創作的樂曲？」

「您聽到了嗎？好難為情啊！我只是彈著好玩而已。」她無憂無慮地笑著說。

宮廷的樂師若是聽到她這麼說，必定會無地自容。

她是東家的二公主，有著一頭淺色秀髮和一雙淺色明眸，不僅臉蛋惹人喜愛，更是有著音樂天賦的才女。

父親仔細打量女兒後嘆了口氣，故意露出為難的表情搖了搖頭。

「我怎麼看都不覺得妳像我的女兒，妳太有才華了，而且花容月貌，簡直就是個美人胚子。幸好妳長得像妳母親。」

「啊喲！」二公主調皮地笑了起來，用袖子遮住了嘴，「別說得這麼感傷，大家都說我像您呢！」

「喔？哪裡像我？」

「五加說：『太處驚不變，臨危不亂，讓人看了提心吊膽。』」

「言之有理。」他放聲笑了一會兒，樓梯那頭傳來了說話聲。

女官們回來了。

在中央擔任高官的東家家主很少回邸第，更何況目前這段時間沒有任何活動或儀式，家主返邸簡直就像是突擊。

女官們個個大驚失色，準備張羅酒菜。家主制止了她們，只交代把五加叫過來。

五加今年四十歲，是經驗豐富的女官。她服侍的公主因為特殊原因住在別宅，沒想到家主無預警地出現。

她起初猜不透家主此行的目的，感到很緊張，但很快就察覺到更頭痛的事。因為父女兩人一直在閒聊庭院的梅花很漂亮、琴藝愈來愈精湛等瑣事，遲遲沒有切入正題。

「所以，妳之前沒有出席過主邸的新年宴嗎？」

「很抱歉，我原本也很期待能出席……不過，並非身體有什麼大礙，只是肚子有些不舒服，請父親大人不必掛心。」

「那就好。尤其是妳，要更加留意。對了，五加！」

五加看著他們父女感情這麼好雖然很高興，但正思忖著他們到底有完沒完時，突然被點名，忍不住嚇了一跳。

「是，是，請問有何吩咐？」

「這裡的事務都由妳負責掌管，主邸的人來這裡時，有沒有提起雙葉的事。」

「雙葉公主嗎？」

雙葉，是住在東家主邸的長公主，也就是五加的主人二公主的姊姊。

「啊，對了，聽說雙葉公主病了？」

「這樣啊……」家主擔心地皺起了眉頭，「就在我剛才提到的新年宴上，好像被感染了天花。」

「啊？」五加瞪大了眼睛，和二公主互看著。「可是，雙葉公主不是準備登殿了嗎？」

正式入宮的前一個階段，稱為〈登殿〉。

雖然形式上是供職宮中，但像東家這種名門望族的公主，根本不需要侍候任何人。名義上是在宮中供職，但其實是為日嗣，也就是皇太子，選妃所設立的制度。此外，還為入宮候選的公主們建造了專用的宮殿，名為〈櫻花宮〉，而住進櫻花宮內，即稱為〈登殿〉。若能讓日嗣皇太子一見鍾情，就有機會能入宮。

一旦自己的女兒能夠正式入宮，家主在朝廷的政治地位，便能更上一層。不過……

家主毫不在意地聳聳肩說：「幸好沒有生命危險，只是臉上留下了痲子，但也就無法登殿了。」

「喔……」

「所以啊……二公主，妳能否代替雙葉呢？」東家家主說得輕描淡寫。

五加愣了一下，然後戰戰兢兢地問：「代替？代替什麼？」

「代替雙葉啊！」

「代替雙葉公主做什麼？」

「登殿啊！」

「登殿？」

「哇啊——」二公主瞪大了眼睛反問：「是指我可以去皇宮嗎？」

「對啊！而且還會幫妳準備很多漂亮的衣服。」

「五加，妳聽到了嗎？」二公主興奮地回頭看著五加，疑惑地問：「五加，妳怎麼了？」

女官啞然失色，一時說不出話。「……公主，這不是衣服的問題……」

「啊？」

「這是登殿，登殿啊！」

「就是可以去宗家本邸，不是嗎？」

公主喜不自禁地說著，自己已經好幾年沒有出門了。

「不是您想的那麼簡單。這意味著，您將成為宗家皇太子殿下選妃的候選人！」

五加激動地扯開嗓子說。

宗家就是金烏，也就是族長一家。宗家的兒子，就是日嗣之子，也就是皇太子。

東家是和宗家有密切關係的四大名門之一。始祖金烏將「山內」這片土地一分為四，賜予自己的四個孩子而得其名，東家的領地稱為東領，西家的領地稱為西領，形成東南西北的四家四領。

在登殿之際，必須瞭解自己領國的由來等各種知識。可悲的是，這個住在別邸的二公主，從來沒有想過要入宮，所以除了音樂以外，沒有任何才能。

五加想到接下來必定會忙得團團轉，簡直快昏倒了。

公主悠然地偏著頭說：「不過呢，暫且不論雙葉姊姊，若是我登殿的話，恐怕真的就是名副其實地去服侍宗家的人吧！」

「嗯，嗯，」父親露出微笑，「妳只要面帶笑容，坐在那裡就行了，不必費心取悅皇太子。反正其他家的公主都不是省油的燈，妳也不必多費心思，趕快回來就好。」

「老爺！」五加驚叫起來，「您在說什麼啊！」

「本來就是這樣啊！」

東家家主的態度，就和其他捨不得女兒出嫁的父親沒什麼兩樣。

二公主看著父親一臉不以為意的表情，委婉地規勸五加說：「五加，父親大人這麼疼我，我真是太幸福了！」

「是很幸福啦！」

「父親大人，請別擔心，我很快就會回來。不過，我沒去過中央，還滿期待的！」

「嗯！」父親點了點頭，「我相信妳一定可以增長不少見聞。除了和妳很要好的藤波公主，還有許多年紀相仿的公主，妳可以試著跟她們做朋友。」

「好的。」

五加聽了，忍不住偷偷皺起了眉頭。她之前曾經隨侍進宮，所以很瞭解內情，只是她認為現在開口並非上策。

「宮廷是個什麼樣的地方呢？」

看著公主一臉陶醉地樂在其中，五加偷偷嘆了口氣。

接下來的日子，二公主為了登殿的準備工作忙得焦頭爛額，幸好可以直接承接姊姊原本打算使用的物品。

不過，二公主的貼身侍女和她本身的教育就沒這麼簡單了，雖然以臨時抱佛腳的方式灌輸了基本知識，但在登殿之日，仍然有很多令人擔憂之處。

一行人來到東家主邸，立刻著手要進入中央的準備工作。

「唯一慶幸的是，至少您已經學會了禮儀。」五加為公主穿上禮服時，滿意地說起大話。「偷偷告訴您，其實我一直很期待您可以登殿，所以從小就一直用宮廷的禮節規矩在教導您。」

五加甚至有點得意，覺得如果不是自己的先見之明，如今才不可能這麼順利。

把寶石頭冠和金釵插在仔細梳理後盤起的頭髮上，再把桃色的肩巾繞過雙臂披在肩上，便大功告成了。五加從頭到腳仔細打量著公主，發出了讚嘆。

「不愧是我家的公主，果然傾國傾城。雖然老爺那麼說，但我覺得日嗣皇太子絕對會挑中您。」

二公主聽到五加如此盛讚，害羞得慌忙轉移了話題。

「去中央需要多久的時間呢？」

「坐飛車去，只要半天就到了。您很少出遠門，可能會覺得有點疲累，但真的轉眼之間就到了。」

「我沒問題的。」

二公主在五加的攙扶下走過主邸的穿廊，看到從車庫內牽出來的飛車，忍不住倒吸了一口氣。飛車上裝飾著巧奪天工的藝術品，代表東家的家徽閃閃發亮。

她從來沒有見過綁在車前的生物。乍看之下，好像是一隻烏鴉，牠的羽毛和尖嘴黑得發亮，一雙圓滾滾的眼睛骨碌碌轉動。而且體形巨大，一、兩個大人可以輕鬆躲到牠的身後而不被發現。照理說，烏鴉只有兩隻腳，但眼前的生物卻有三隻腳。

「五加，那是什麼？」公主看到那個生物的尖嘴，不禁有點畏縮。

「喔，」五加點了點頭，「那是馬。」

「馬是長這樣的嗎？」

「咦？公主，您是第一次看到馬嗎？」一名壯年男子握著大烏鴉的轡繩，笑著問公主。

「我第一次坐飛車，雖然曾經在繪卷上看過，但那是四隻腳的動物，並不是這種鳥。」

「喔，那是神馬，幾百年前就已經絕跡了，所以現在稱這種動物為馬。」

「牠不會咬人嗎？」

「雖然有些馬的脾氣很差，但牠的性情很溫和。因為聽說公主要坐車，所以就準備了這隻珍藏的馬。」

「他管理馬廄多年。」五加苦笑著對公主說明，接著有些受不了地指著男人說：「看到公主對馬有興趣，你很高興吧？」

「沒錯！」男人發自內心地感到喜悅，點了點頭說：「送登殿的公主去中央，這是千載難逢的榮耀啊！我們所有奴僕都忍不住感動涕零。」

正想開口回答，便聽到五加用溫柔的聲音叫了她一聲：「二公主。」在五加招手示意下，走去中庭一看，發現奴僕們排成一排站在那裡。

「公主大人，衷心恭喜您登殿。」

之前照顧她的男女僕役鞠躬齊聲向她道賀，每個人臉上都帶著不同的表情，有人感到不捨，也有人對難以置信的幸運感到興奮。

「你們……」二公主一時語塞，說不出話。

父親對登殿的態度，原本讓她覺得並不是什麼可喜之事，但此時看到大家喜悅的樣子，既感到高興，卻也覺得有些愧疚。

「謝謝你們。不過，我想我應該馬上就會回來了。」

「公主，您千萬別這麼說。」女僕們紛紛說道。

剛才始終沒有說話的一名男僕，看到二公主一臉為難的表情，終於開了口。

「公主大人，我們隨時歡迎您回來。」

「嘉助……」

所有男僕中，嘉助這個年輕人在照顧二公主時特別用心。

「請公主大人保重身體。」嘉助一臉快哭出來的表情。

「好，聽你這麼說，真是太高興了。那我走了。」二公主露出淡淡的微笑說道。

二公主揮著手，所有僕人都直起身體歡呼起來。

「公主，一路平安！」

「恭喜公主大人登殿！」

在五加的催促下，二公主還來不及平靜激動的心情，便坐上了車子。

*飛車到底要怎麼飛呢？*她好奇地向外張望，發現後面又多了兩隻烏鴉，並從後方撐起車子，由前面那隻烏鴉領頭飛行。

坐在車前的男子吆喝一聲，領頭的烏鴉展翅拍動著翅膀，頓時掀起一陣風，原本打掃乾淨的地面揚起了細微沙塵。風吹起了二公主的瀏海，她更加興奮起來。烏鴉拍了兩、三次翅膀後，整輛車搖晃了一下，便離開了地面。二公主抓緊車內的扶手，推開了車窗，想要看看飛車起飛的狀況。

這時，她發現主邸的角落有個人影望向這裡，雖然躲在柱子的後方，但可看出白色睡衣的下襬。剎那間，她與那人視線交會，二公主驚訝地捂住了嘴，那是……

「公主，我們要出發了，請您坐好。」

車窗在她的眼前被關上，她沒有吭氣，當場坐了下來。

雖然沒有說出來，但她知道剛才的人影是誰——那是雙葉姊姊，絕對不會錯。

她的心跳加速，但和前一刻的原因完全不同。她覺得好像突然被澆了一盆冷水，從身體深處漸漸冷了下來。

照理說，應該是雙葉姊姊坐在這輛車上。雙葉姊姊會在香氣繚繞下，身穿漸層染色的紅色衣裳，在眾多女官的陪同下，激動地想像著未來，內心充滿了不安和期待，臉上泛起紅暈……

姊姊從小接受栽培，就是為了長大之後登殿，沒想到……

想到姊姊的心情，二公主感到於心不忍。

「太可憐了……」

「如果是自己參加新年宴，缺席的是姊姊，不知該有多好。」她忍不住小聲嘀咕。

一會兒，飛車貼近地面向前滑動，主邸的車庫通往陡峭的山崖，飛車就這樣順著山崖飛了出去。

當車體穩定之後，二公主再度打開了車窗，但已經看不到歡呼的奴僕，姊姊的身影也不見了。

日正當中之前，就看到了中央的山脈。

山內基本上沒有平地，放眼望去，到處都是山，因此頭號貴族的四家，都住在各自領地中最高的山頂上。

二公主幾乎沒有離開過東家的別邸，理所當然地認為宗家也一樣，沒想到情況跟想像完全不同。

首先，山的高度就不一樣。不，如果論標高，或許大同小異，但山的周圍比較低，而且坡度很陡。山壁上有很多岩石，好幾個瀑布從山中傾瀉而下，懸空式建築結構的貴族宅邸建在縫隙中。每一棟都看起來富麗堂皇，縱橫交錯、支撐房屋的柱子宛如寒冬季節的樹木。邸建間靠著渡廊連接，令人印象深刻。

「宗家的房子並不是懸空而建，您認為他們住在哪裡？」

五加還沒有說完，公主就隨口回答：「不知道，是住在山上嗎？」

五加聽了公主的回答後也沒有生氣，或許五加來到久違的中央，內心也有點興奮。

「不是，因為保護山內的山神就在這座山的山頂，所以山頂附近是禁區。很久以前，我們八咫烏一族在山神的帶領下來到此地，我們的族長金烏為了侍奉山神，決定把山坡挖空，住進山的內側。雖然現在金烏的子孫已經離開了這座山，但仍然稱這裡為〈山內〉。」

「所以朝廷也在山內嗎？」

「是的。像您父親大人那樣的四家家主及其子弟，都在山的外側建屋而住，只有宗家的人住在山的內側，那裡同時也是政治中心。」

兩人聊天之際，坐在前面那隻烏鴉上的男人告訴她們快到了。二公主很好奇飛車會降落在哪裡？這時，眼前出現了一棟巨大的懸空式結構建築。

那是一道朱色大門，用灰泥黏在岩壁上，雖然看起來和一般宅邸的大門沒什麼兩樣，但大小完全是不同的等級。有幾輛飛車停在門前，但在那道大門之前，飛車看起來就像是女兒節時擺放的人偶玩具*。

「要降落在那裡嗎？」

「不是，那是官人進出的〈大門〉，〈土用門〉才是櫻花宮的門，在更上面。」

飛車又繼續上升，看到一個比剛才的大門稍小一點的舞台，那應該就是土用門。

可能是因為馬夫的技術很好，飛車穩穩地滑落在舞台上，並沒有太大的衝擊。公主在車輪緩緩停下後向外張望，發現有一群衣著華麗的女官迎了上來。

二公主走下飛車，終於看到了周圍的景色，忍不住驚呼起來。

「這麼大的瀑布，真是太壯觀了！」

從大門旁的岩壁中傾瀉而下的瀑布發出嘩嘩聲響，濺出的水花形成一片霧靄，吹在臉上的涼氣清爽宜人。瀑布飛落而下，深不見底，由此可知這個舞台的高度。

二公主甩開五加的手，來到舞台邊緣，五加慌忙追了上來。

「公主，請您不要這麼興奮！會讓宗家的女官看笑話。」

二公主頓時驚覺，立刻用袖子掩著嘴，她忘記宗家也會派幾名新的女官來服侍自己。

果然不出所料，那幾名女官正一臉苦笑望著她。宗家女官的華服下都穿了一件樸素的黑衣，因為她們代表宗家侍奉山神，所以都留著齊肩的頭髮。

二公主步伐輕盈地走回她們面前，笑著行了禮。

「讓各位見笑了，我是東家家主的二女兒。你們是宗家的人吧？」

二公主坦率地向女官們打招呼，反而讓她們有點手足無措。

站在最前面，看起來比較年長的女人仔細端詳著她，露出嚴肅的表情。

「我們奉藤波公主之命來恭迎您。我叫瀧本，歡迎您來到櫻花宮。」

「藤波公主最近好嗎？」

內親王藤波宮是日嗣皇太子的胞妹，也就是皇女。二公主的母親曾經是藤波的導師，因此她們從小就很熟稔。

---

＊注：平安時代的貴族女孩們，非常流行玩「雛遊び」，一種類似扮家家酒的紙娃娃遊戲，將紙做的人型玩偶擺設於同樣是紙做的御殿中。

瀧本稍微放鬆了嚴肅的表情，點了點頭。

「藤波公主很好，經常聽她提起您。」

「太好了。」

「請跟我來，除了其他家的人，大紫皇后也在等候著。」

登殿的公主以服侍皇后和公主等宗家女官的名義入宮。族長是〈金烏〉，皇后的正式名稱為〈赤烏〉，不過宮中的女人很少用這種方式稱呼。宗家的家紋是「太陽下的紫藤」，只有皇族可使用紫色，其他人禁止使用。宮中最有權力的女官，稱為〈大紫御前〉，也就是大紫皇后。

舞台後方是金碧輝煌的土用門，掛著巨大的幔幕。紫色的幔幕上繡了金色的櫻花，以及展翅的三腳赤烏。

五加發現二公主好奇地抬頭看著赤烏，立刻向她說明。

「由於這裡相當於後宮，因此繡上了赤烏，不過，櫻花宮通常由〈櫻妃〉掌握實權。」

「櫻妃？」

「是的，就是日嗣皇太子的妻子。皇太子登基成為金烏之後，日嗣皇太子的妻子才成為皇后，而在此之前，都不算是宗家的人，要穿著僅次於紫色的淡紫色衣服。由於顏色看起來很像櫻花，所以被稱為『櫻妃』。大紫皇后統率的後宮，也就是〈藤花宮〉，其徽紋便是藤花。在山內，只有在這裡才會看到櫻花的徽紋。」

「這樣啊，櫻妃這個名字真美……」

土用門的兩側，是以渡殿連結懸空式結構的房子。

「東家世世代代的公主，都住在〈春殿〉。」

瀧本邊走邊向二公主介紹。

「南家的公主住在〈夏殿〉，西家住在〈秋殿〉，北家則住在〈冬殿〉。而在選出櫻妃之前，負責管理的女官，則會住在〈藤花殿〉。」

「這樣啊！」

「只有藤花殿直接通往後宮，所以都冠上了『藤』這個字。既然公主已經登殿了，就要去參見大紫皇后和藤波公主，獲得入住春殿的權限。不過必須更衣，所以我們先去春殿。」

二公主跟著瀧本，沿著舞台旁的渡殿走向春殿。雖然中途經過了夏殿，但並沒有看到住在夏殿內的公主。

由於二公主還不是春殿正式的主人，所以無法入內，瀧本帶她著前往設置在春殿旁的帳篷。換好衣服才坐下來休息片刻，藤花殿的使者便來了。

「大紫皇后要見您。」

身旁的五加深深吸了一口氣，有些緊張地轉頭看向二公主。

「公主，終於要晉見皇后了。接下來我就無法再插嘴說話了，請您按照我之前教的方式向皇后致意。」

「好，我知道。」二公主回答後，輕輕閉上了眼睛。

**從現在開始，即使自己做出失禮之舉，也沒有人能夠袒護自己了。**她抬起頭，對著等候在一旁的宗家使者點了點頭，說聲：「走吧！」

使者見狀，向二公主深深鞠了一躬。

「東家二公主登殿！」使者用響亮的聲音高喊著。

聽到聲音的所有人，都同時轉向藤花殿的方向，宗家的使者率先走向渡殿。那是沿著半山腰的岩石山壁而建，通往本殿的走廊。

二公主跟在使者身後，從掀起帳篷的女官之間走了出去。

春風吹拂，不知道哪裡的山櫻盛開，淺色的山櫻花瓣飄落在麥芽糖色的地板上。

二公主向後一看，發現五加緊跟在她的身後，並有超過二十名衣著華麗的女官跟著五加。

遠處傳來南家長公主登殿的聲音。二公主抬起頭，剛好來到渡殿大岩石的凹陷處，可以清楚看到後方夏殿的門，也可以遠遠看到人影從帳篷內走出來。和站在前面的女官相比，南家長公主很高大。雖然看不清楚她的五官，但從她一頭柔順的黑髮和走路落落大方的樣子，不難猜出她個性強悍。

夏殿公主經過長長的走廊，來到藤花殿前的舞台時，另一位公主率領的一行人，正好從相反方向的渡殿走來。

那是秋殿的公主，全身散發出的強大氣場，完全不輸給夏殿的公主。雖然她的個子比夏殿公主矮，但身上穿的衣服，以及隨從的打扮，都在陽光下閃閃發亮。衣服上使用了大量金絲銀線，一看就知道是珍品，完全不輸給走在前頭的宗家使者身上的衣物。公主一頭披在肩上的長髮，閃著淡淡的暗紅光澤。

夏殿公主和秋殿公主剛好都來到本殿前，幾乎同時走進殿內。夏殿和秋殿的女官排成兩行，靜靜地步入藤花殿。當二公主跟在夏殿的女官身後來到本殿前時，碰巧遇到了冬殿公主。

二公主第一次正面看到其他家的公主，不由得瞪大了眼睛。

北家公主個子嬌小，而且非常可愛。她的頭髮看起來經過精心梳理，每一根纖細的黑色髮絲都修剪得很整齊，在如黑檀般的頭髮襯托出小巧的臉蛋，微微下垂的眼尾很是可愛。最令人讚嘆的是她有著白皙的肌膚，就像從未曝露在陽下底下，有一種神聖的感覺。

二公主被她透白的皮膚吸引，幾乎看到出神。北家的公主也目不轉睛地看著她，猛然轉身走進殿內。差一點被甩在後頭的二公主，慌忙地追上北家公主一起入殿。

**難以置信，怎麼會有這麼漂亮的公主？**二公主心慌意亂，偷瞄著一臉冷酷的北家公主。

北家公主以一身白色為基調的裝扮，襯托出她的清純高雅，格外討人喜歡。如果是穿在別人身上，肯定顯得平淡無味。

不一會兒，這群如花的人兒來到了本殿大廳，鋪了木頭地板的長方形空間十分寬敞。夏殿和秋殿的人馬已經分別坐在兩側，兩殿的女官面對面而坐，南家和西家的兩位公主背對著中庭，坐在正中央的位置。二公主按照指示，坐在南家公主的左側，北家公主也在西家公主的右側坐了下來。

二公主一動也不動地看著正前方，等著自己的女官坐下。正前方上座的垂簾內，只有靜靜的衣服摩擦聲。大紫皇后和小時候經常玩在一起的藤波宮，正坐在簾後。

二公主很期待可以聽到藤波的聲音，卻只聽到瀧本開口說話，在儀式性的致詞後表達了祝賀。

「希望山神能夠祝福這個美好的日子。」瀧本嚴肅地說完結語後，用單調的語氣繼續說：「在櫻花宮內，無論公主的地位再高，一旦擅自外出，或是擅自帶外人進來，都將遭到嚴厲處罰。只有宗家的男子以及負責警衛的山內眾，在參見大紫皇后和藤波宮時，可以來到藤花殿，其他男子一律不得入宮。此外，一定要透過藤花殿才能與外部聯絡，如果非不得已必須外出，也一定要由宗家派遣的女官同行。」

瀧本優雅地鞠了一躬，退到上座旁。之後的儀式也順利進行，最後由大紫皇后將四個宮殿的鑰匙，分別交給四位公主。

「南家公主。」

「是。」南家公主聽到自己的名字，爽快地應了一聲，她颯爽地走上前的樣子，猶如男人般氣宇軒昂。

南家公主眉清目秀，明眸皓齒，看起來個性很強。她豐乳肥臀，手腳修長，雖然身材很性感，卻沒有嫵媚的感覺。

「我是濱木綿，南家家主的大女兒。」

「本宮聽說過妳。本宮以前也住在夏殿，那是一棟好房子，就交給妳了。」

「遵命。」

瀧本手下的女官從垂簾後方接過鑰匙，遞給了濱木綿。大紫皇后確認濱木綿接過鑰匙，並回到了原本的位置後，喚了西家公主的名字。

「是。」西家公主回答的聲音聽起來很嫵媚。

二公主偷瞄著她婀娜多姿地走向前的樣子，忍不住倒吸了一口氣。**太美了！從來沒有見過這麼美的女人。**雖然北家公主和濱木綿都是美人胚子，但在西家公主面前還是相形失色。

她一頭泛著紅色光澤的長髮飄動，玫瑰色的肌膚明豔動人，翩翩邁步的樣子也令人看得心蕩神怡，嬌豔欲滴的嘴唇宛如熟透的甜蜜果實。

「我是西家家主的長女真赭薄。今日有幸參見皇后，倍感榮幸。」

大紫皇后沉默不語，只說了一句：「秋殿就交給你了。」

「北家公主。」

「是。」北家公主可能有點緊張，用很符合外貌的成熟聲音回答道：「我叫白珠，是北家家主的三女。」

「原來妳叫白珠。」大紫皇后小聲嘀咕著，但似乎也沒什麼話可說，於是只說了一句：「冬殿就交給你了。」

「東家公主。」

「是、是。」**終於輪到自己了**。二公主努力讓說話聲不要發抖，保持口齒清晰。

「我是東家家主的次女，有幸謁見皇后，榮幸之至。」

大紫皇后陷入沉默，二公主感覺到似乎被注視著，不由得緊張起來。**我是不是說了什麼失禮的話？**二公主回想著剛才說的話，確認並沒有問題，但大紫皇后仍然不發一語。

「請問……？」她終於忍不住誠惶誠恐地開了口。

「本宮問妳，」垂簾後方終於傳來說話的聲音，「妳沒有小名嗎？東家二公主叫起來太乏味了，本宮曾經記得聽說的公主叫雙葉？」

小名是代替本名，平時叫的名字。通常在結婚時，才能告訴丈夫正式的名字，所以入宮時絕對需要有小名。

『雙葉』為登殿做了多年的準備，大家擅自為她取了這個小名，但在別邸安靜長大的二公主並沒有小名。

「呃，雙葉是我的姊姊……因為她突然生了病，所以由我這個妹妹……」

「好了，別說了！」

二公主為自己連話都說不清楚感到面紅耳赤，不過大紫皇后並沒有放在心上，突然拍了一下手。

「本宮想到了，那就叫『馬醉木』吧！祈願東家繁榮昌盛。妳覺得怎麼樣？」

本殿內到處響起「啊喲」、「哇」的叫聲，接著又是一陣竊竊私語。

「怎麼樣？妳不喜歡嗎？」

二公主原本沒聽懂大紫皇后在說什麼，傻傻地愣在那裡，隨後才明白自己被取了小名，忍不住雀躍起來。

「怎、怎麼可能不喜歡？只是如此殊榮，受之有愧。」

「那就這麼決定了。馬醉木公主，春殿就交給妳了。」

馬醉木公主，這就是二公主在這裡的名字。

馬醉木為難以置信的幸運感到茫然的同時，接過女官用托盤遞上的鑰匙。在拿起鑰匙的瞬間，立刻聞到一股強烈的高雅香氣，不由得看向垂簾的後方。

「姊姊。」

參見儀式結束之後，馬醉木走出本殿，聽到輕快的呼喚聲，立刻轉過頭。

「藤波公主！您看起來氣色很好，真是太好了。」

「姊姊，妳看起來氣色也很好。我沒想到會在這裡見到妳。」

藤波支開了隨從，歡天喜地走過來。

藤波宮才剛滿十二歲，穿著深紫色薄衫，這種貴族階級女童所穿的正裝薄質外衣，和她天真的臉蛋很不協調，一頭柔軟的頭髮用紅色髮帶綁了花結。

「啊！」藤波也仔細打量著馬醉木並嘆了一口氣，「不過，能夠見到妳真是太高興了。以前大家就在說，妳長大之後會是美女，真是太美了……」

「我嗎？」馬醉木苦笑著搖了搖頭，「謝謝抬愛，但我已經知道自己看起來是最寒酸的，所以不用安慰我了。」

來到櫻花宮後，她深刻體會到自不如人。

「我才不是說恭維話，雖然其他三位也很漂亮。」

藤波生氣地嘟著嘴說完，可能又想起了剛才的情景，一臉陶醉地閉上了眼睛。

「繽紛的衣裳在木頭地板上散開，華麗的衣裳散發出芳香……簡直就像是掌管四季的女神從天而降。」她如癡如醉地嘀咕完，接著調皮地笑著說：「不過，還是妳最漂亮。姊姊，如果妳真的可以成為我的姊姊，不知道該有多好。」

藤波突然露出愁容，抬眼窺視著馬醉木的表情。

「剛才真的對妳真的過分，大紫皇后似乎心情不太好。」

馬醉木偏著頭，不知道藤波在說什麼。

「大紫皇后不是對我很好嗎？還賜了『馬醉木』這個名字給我，真是個好名字。」

「啊？」藤波聽了她的回答，錯愕得張大了嘴。

馬醉木這才發現，離開本殿後一直保持沉默的五加抖了一下，有點不太對勁。馬醉木同時看著藤波和五加面色凝重，有點不知所措。

就在這時，背後傳來了豪放的笑聲——

「看來妳還真是鄉下人，竟然會對得到馬醉木這種名字感到高興。」

馬醉木訝異地回頭一看，一名高大的女人映入眼簾。

「妳是夏殿的濱木綿公主？」

「叫我濱木綿就好，因為妳我算是同一派系，請多指教。」

濱木綿喉嚨深處發出呵呵的笑聲後，大刺刺地站在馬醉木面前。

「馬醉木就是會讓馬醉倒的樹木，妳知道為什麼嗎？」

「我不知道。」馬醉木瞪大了眼睛回答。

「因為馬醉木的花有毒，笨馬不小心吃了有毒的花，馬上就醉倒了。大紫皇后巧妙地貶低了皇太子殿下。」

馬醉木聽不懂她在說什麼，驚慌失措地左顧右盼，一旁的藤波面露慍色皺起了眉頭。

「如果妳想說什麼，就把話說清楚。」

藤波對濱木綿說話時的態度、語氣都和剛才完全不同了。

「啊呀，公主殿下，妳聽到自己最愛的兄長遭到侮辱，似乎很不甘心呢！」

濱木綿語帶調侃地說，藤波倏忽變了臉。

「夏殿公主，飯可以亂吃，話可不能亂說。」

「妳應該沒理由對我生氣，如果想找人出氣的話，去找別人吧！雖說是別人，也只剩下皇后陛下了。」

濱木綿的嘲笑，讓藤波氣得滿臉通紅，但她什麼也沒說，就轉身返回藤花殿。

「藤波公主！」

「馬醉木公主，妳別管她，那只是小孩子亂發脾氣。這種人竟然是內親王，真是貽笑大方。」

馬醉木覺得很尷尬，露出責備的眼神看著濱木綿，但濱木綿悠然地靠在欄杆上。

「該怎麼說呢？對大紫皇后來說，目前的皇太子是政敵，剛才帶著嘲諷的意思是在激勵妳：『他充其量只是像馬一樣的下賤貨色，所以會沉迷妳的姿色，就看妳的本事了。』」

「像馬一樣的下賤貨色？」

「是在說皇太子。」

馬醉木還是聽不懂濱木綿在說什麼。

五加實有看不下去，小聲地說：「公主，有人會侮辱那些身分低賤、做苦工賺錢的人，稱他們為『馬』。這不是什麼好話，身分高貴的人通常不會這麼說……」

「妳似乎話中有話，雖然我不在意。」濱木綿訕笑著說完，轉頭看著馬醉木說：「妳竟然連這種事也不知道，看來真的是大門不出的千金公主。」

「我從來沒有離開過東家的別邸。」

濱木綿瞪大了眼睛，離開了原本倚靠著的欄杆。

「因為我身體虛弱……也幾乎沒有和郎君說過話，這次登殿也是臨時決定的。」

「怎麼可能？妳在開玩笑吧？」

「是真的。」

五加可能對濱木綿的態度感到不滿，冷冷地說明。

「公主從小就盡可能避免與外界接觸，即使偶爾外出，也只是去主邸，最多到附近賞花而已。」

濱木綿聽得目瞪口呆，扶額說道：「竟然找了一個沒有接受過任何教育的女兒來登殿？簡直亂來，太離譜了。搞不懂妳父親是在想什麼。」

馬醉木想起父親希望她趕快回去，一臉嚴肅地說：「我猜，他應該什麼都沒想吧！」

馬醉木說得很真心，但濱木綿並不予採信。

「聽說東家詭計多端，我猜想一定有更深的城府，也許有另外的最佳人選。」

「最佳人選？」馬醉木疑惑地反問。

濱木綿以一臉很瞭解狀況的表情說：「就是宗家的長子啊！妳連這個也不知道？目前的日嗣皇太子是次子，而且並非正室所生。大紫皇后雖然有親生子，但硬是被迫讓位。」

「即使是正室生的長子嗎？」

「是的，這是自古以來的規矩，聽說當今皇太子才是真正的金烏。」

**真正的金烏**？馬醉木覺得這種說法似乎有蹊蹺，於是不再多言。

然後，濱木綿並沒有察覺馬醉木的態度，繼續說了下去。

「大紫皇后來自南家，那些嫉妒權力都集中於南家的人，硬是把她的兒子從日嗣皇太子的位子上拉了下來。雖然現在表面上很平靜，但私底下有不少人仍然信奉之前的皇太子，因為現在的皇太子是個呆傻的瘦皮猴。」

「既然這樣，妳可以趕快走人啊！這裡可沒人攔著妳！」

突然傳來一道尖銳的聲音，馬醉木驚訝地抬起了頭。

「呃，妳是真赭、薄公主？」

「妳好，馬醉木公主。妳被壞女人纏上，真為妳感到難過啊！」真赭薄皮笑肉不笑地說完，轉頭瞪向濱木綿說道：「妳竟然把有可能成為自己丈夫的人，說得一文不值。既然妳這麼討厭他，當初別來登殿不就好了嗎？」

「笨女人，」濱木綿也露出了大膽無畏的笑容。「我從頭到尾都沒有說『討厭』這兩個字，不管他是不是腦袋空空，我都愛那個人。」

「妳只是愛他是日嗣皇太子的身分吧？」

「妳很瞭解狀況嘛！南家的女人都這樣，和風騷的西家女人不一樣。」

濱木綿低聲笑了起來，真赭薄露出冰冷的眼神看著她，兩人之間似乎冒出了火星。

「夏殿公主，原本我還很期待見到妳，看來我們是處不來。」

「秋殿公主，我也有同感，我也不喜歡招蜂引蝶的女人。」

「太放肆了！」站在真赭薄身後的女官喝斥道：「你知道她是誰嗎？這位可是堂堂的西家長公主……」

濱木綿不耐煩地打斷了女官的話。

「我是南家的長公主，是誰在放肆！下人給我閉嘴！」濱木綿厲聲地說完後，轉頭對著真赭薄從容不迫地笑著說：「妳就垂涎地看著吧！即使勾引籠絡皇太子，最後還是由家族的實力來決定，妳的美貌根本無法發揮任何作用。」

真赭薄也露出豔麗的微笑說道：「這句話，我原封不動地還給妳。中央的人可都沒忘記當今陛下的下場如何，我會發自內心祈禱，妳不會變成大紫皇后那樣。」

「妳還真是好心啊！」濱木綿不屑地說，拖著長長的裙襬轉身離去。「真讓人不舒服，回去了！」

跟在濱木綿身後的女官，自始至終都沒有開口，默默跟著她離開了。

真赭薄看著她踩著重重的步伐，走回自己宮殿的身影，用鼻子哼了一聲。

「別看南家那樣，其實現在已經沒什麼實力了，反而是西家越來越強，因此讓他們的內心很焦慮。」

她們前一刻的針鋒相對讓馬醉木看傻了眼，聽到真赭薄的話，笨拙地轉頭問：「焦慮？」

「對啊！因為大紫皇后顏面失盡。」說完，她露出和剛才判若兩人的笑容，向馬醉木鞠了一躬。「不好意思，還沒有向妳請安，我很希望可以和妳成為好朋友，以後請多指教。」

真赭薄笑著說，馬醉木看到她的微笑，腦筋一片空白。

「彼、彼此彼此，也請妳多多指教。我不諳事務，可能會給妳添麻煩。」

雖然馬醉木語無倫次，但真赭薄還是開心地點了點頭。

「妳果然和我想像的一樣，太可愛了。我向來都很喜歡漂亮的人兒和美麗的事物。」

「這樣啊！」馬醉木不置可否地應了一聲，內心有些不知所措，眼神飄忽起來。

真赭薄沒有理會她，豎起兩道柳眉說道：「話說回來，南家的那個男人婆到底是怎麼回事？妳不覺得她一點都不可愛嗎？相貌就不用說了，那種性格，絕對不可能入宮的。」說到這裡，真赭薄停頓了一下，接著哇哈哈哈地放聲大笑起來。

「不管濱木綿是個怎樣的女人，到時候入宮的一定是我，所以根本無所謂！白珠，妳說對不對？」

「是啊！」被真赭薄叫到名字後，響起一個意興闌珊的聲音。馬醉木這才發現北家的公主站在真赭薄的身後。

「白珠公主。」馬醉木大吃一驚，不自覺地叫喊出來。

白珠一臉困擾地皺起眉頭，用扇子遮住了臉。

真赭薄看著白珠笑了起來，摸了著自己的臉頰，斷言道：「白珠的個性很害羞，所以才挑選了這麼樸素的裝扮。妳的條件並不差，但穿的衣服實在不敢恭維。我可以把自己的衣服分給妳，試穿看看，一定可以華麗變身。」

真赭薄的衣服的確很漂亮，用金線繡了蝴蝶和花卉的唐衣很華麗，穿在染成漸層的蘇芳色禮服之外，簡直就像牡丹的化身。寶石頭冠上的裝飾發出叮鈴噹啷的悅耳聲音，令人賞心悅目。不過，馬醉木卻覺得這身打扮若穿在白珠身上並不搭。

濱木綿剛才穿了一件像花菖蒲般鮮豔的琉璃藍底色上，有著金色流水圖案的唐衣，馬醉木第一次看到這麼大膽的圖案，但穿在濱木綿身上很好看。濱木綿自己也應該知道這一點，所以才在今天這個大日子，挑選了適合自己的衣服。

雖然紅色太鮮豔，感覺有點孩子氣，但因為自己髮色偏淡，兩者搭配起來剛剛好，所以選定了這件衣服。白珠一定也和自己一樣，在煩惱之後，才決定了今天的衣裳。

馬醉木原本以為白珠會拒絕，沒想到白珠竟順從地回答：「太不敢當了。」

馬醉木感到有點奇怪，但聽到真赭薄開朗的聲音，這種想法還來不及形成明確的感覺就消失了。

「我真是糊塗，竟然忘了正事。我來找妳，是要給妳見面禮的。菊野，趕快拿出來。」

聽到真赭薄矯情的聲音，剛才被濱木綿稱為下人的女官走上前，她手上捧著和真赭薄的衣服相同的紅色綢緞。

「這是南家領地內知名師傅所精心織出的蘇芳綢。蘇芳色是只能使用西領內樹齡千年的山茶花樹精華染色的珍貴顏色，這次特別使用了絡新婦之絲刺繡。妳看，這些櫻花圖案有多美啊！」

銀色的刺繡的確就像是，美得無可挑剔的藝術品。

「不成敬意，請妳笑納。」

「這、這是見面禮嗎？」

聽了真赭薄的說明後，發出驚叫聲的不是馬醉木，而是五加。

「不然是什麼？」真赭薄笑著說。

五加代替主人，誠惶誠恐地接過見面禮後，卻捧著見面禮愣在原地。

雖然馬醉木不瞭解見面禮的價值，但從五加的態度來看，應該價值不菲。

馬醉木正想要道謝，真赭薄卻早一步興奮地說：「我剛才也送給了白珠。妳的頭髮很漂亮，只是稍微比我差了一點，我相信這件衣服一定可以把妳襯托得更美。」

馬醉木想要開口說話，卻突然覺得很疲累。

「喔，妳不必覺得不好意思，我有太多這種東西了。雖然還沒有登殿，但那些是郎君硬要送我的。我已經習以為常了，太漂亮也是一種罪過啊！」

真赭薄皺著眉頭的樣子的確很美，只不過……

「公主，更衣的時間到了。」
「啊喲，真的欸，那各位，我先走一步。」
真赭薄高聲地笑著離開了。她也像一陣暴風雨般一掃而過，只不過和剛才的濱木綿屬於不同的類型，徒留在原地的馬醉木和白珠默默目送著花枝招展的一行人離去。
「雖然很漂亮……」
但是，該怎麼說，她的個性太烈了。雖然馬醉木沒有說出口，但白珠似乎猜到了她的意思，在扇子後方的一雙大眼睛露出了驚訝。
「妳這麼篤定沒問題嗎？」
馬醉木聽聞驚訝地看向白珠，發現她眼神中帶著一絲怒氣。
「妳是不是認為我們根本不可能成為皇太子殿下的正室，所以不認為需要把我們視為競爭對手。」
馬醉木聽到這句話，才終於恍然大悟地受到了衝擊。原來自己來這裡，就是要和其他三人競爭。
「我忘了這件事。」

「你忘了？」

白珠略微提高了音量，馬醉木忍不住心想：慘了！

「我只是想說，我是無法和妳相提並論的鄉下人，根本不敢將妳們視為競爭對手。」

即使慌忙的馬醉木語無倫次地回答，白珠的眼神也越來越冷。

「不管怎麼說，妳是代表東領登殿，我認為妳要更有點志氣。」

白珠說完這話，便快步走回了自己的宮殿。跟在她身後的年老女官也露出責備的眼神，瞪了馬醉木一眼，馬醉木猜想自己可能闖禍了。

「公主。」

馬醉木聽到五加安慰的聲音，忍不住垂頭喪氣。

「五加……我真的完全搞不清楚這裡的狀況。」

可能是因為馬醉木露出了洩氣的表情，五加咬著嘴唇，露出了懊惱的表情。

「是我太天真了，我應該充分向您說明這裡的狀況。」

五加提議，先回去換禮服再聊，於是她們經過渡殿，回到了春殿。因為已經正式拿到了鑰匙，所以可以名正言順走進殿內。

春殿內的佈置比想像中更清爽，而且竟然很像東家別宅的感覺。雖然房間內的傢俱擺設都很高級，但都讓馬醉木有一種懷念的感覺。原本應該是牆壁的地方裝了門扇，打開其中一道向外張望，會發現視野開闊，風景也很美。天氣暖和的時候打開這些門扇，心情必定很舒暢。

馬醉木在打量寬敞的邸內，換好了衣服，來到這裡之後，終於有了放鬆的片刻。五加拿了座墊，在她面前坐了下來，面對心情放鬆的主人。

「首先，馬醉木公主，恭喜您登殿一切順利。」

「謝謝……但可以說得這麼輕鬆嗎？」

說實話，登殿並不算是很順利。五加深深點了點頭。

「其他家的公主都有備而來，因為每個人都認為捨我其誰。所以老實說，我認為根本不可能像您的父親大人說的那樣，能和她們交朋友。」

馬醉木想起了濱木綿對她說的話。

「派系是怎麼回事？濱木綿公主不是說，我們是同一派系，所以要好好相處嗎？」

「喔——」五加有點不悅地嘀咕著，然後轉向身後的女官使了一個眼色，「關於這個問題，您看看這個，應該會比較清楚。」

女官打開的卷軸上，畫了宗家和四家血緣關係的族譜。從上而下觀察，就會發現南家公主嫁入皇宮的人數特別多，其次是西家，東家和北家的人數屈指可數。

「當今金烏陛下有一位皇后，一位皇妃。剛才參見的大紫皇后是正室，也就是赤烏，她來自南家。」

南家，也就是濱木綿的家族。

五加用扇子指著族譜的角落，看著馬醉木說：「大紫皇后和當今陛下生了一位皇子，他就是被廢黜的前日嗣皇太子，也就是當今皇太子的兄長，是宗家的嫡系長子。您能夠理解我說的這些吧？」

馬醉木在腦海中整理了這些人物之間的關係，連續點了好幾次頭。

「我能夠理解。」

「那麼接下來，我再為您說明另一位皇妃的情況。您也很熟悉那位皇妃，她就是藤波公主的親生母親。雖然是側室，卻生了一位皇子和一位皇女。」

「就是藤波公主和當今的皇太子，對不對？」

「沒錯，皇太子和藤波公主的母親大人來自西家。」

「西家……」

也就是指，真赭薄的家族。

「十年前，力挺兄長的南家派，和力挺皇太子殿下的西家派之間發生了政治鬥爭，四家中的另外兩家也不得不選邊站。」

許多人對南家多年的專橫怒目咬牙，因為南家利用外戚的地位，不僅獨佔了和天狗之間的交易權，而且濫用各種特權。

「北家決定和西家結盟，所以當今皇太子便順利從兄長手上，搶走了皇太子的寶座。大家都以為東家也一定會和西家站在同一陣線……」

馬醉木聽到這裡，有一種不祥的預感。因為以時間來說，東家的一家之主很可能是和自己有關的人，而且關係可能非常密切。

「該不會……？」

「沒錯，您的父親大人並沒有和西家站在同一陣線。」

**父親大人……**。馬醉木忍不住感到渾身無力。

「父親大人為什麼會這麼做？」

五加聽了馬醉木軟弱的聲音，露出了無力的笑容，語帶疲憊。

「老爺似乎原本不想捲入糾紛，舉棋不定，態度不明，結果就被認為是在力挺南家。雖然老爺原本想保持中立，卻在不知不覺中形成了南家和東家聯手對抗西家和北家的局勢。」

原來這就是濱木綿說的派系。

「但是，」五加皺著眉頭繼續說了下去，「因為老爺一直主張他並沒有這個意思，所以南家的家主也無法信任老爺……」

馬醉木再度理解了濱木綿剛才說的某句話的意思。

「所以才會說……東家詭計多端？」

「是啊，他們的確這麼說……」

馬醉木和五加相視無言，忍不住想要哭。

「我想回家！」

「公主，您千萬不能膽怯！」

目前兄長派和皇太子派的實力旗鼓相當，兩家人都認為這次的登殿，是突破目前局勢最有力的手段。只要哪一家的公主能夠嫁給皇太子，就必定能夠在下一代獲得政權。

「濱木綿公主和真赭薄公主是兩大家族賭上各自命運送來宮中的人選。」

「難怪……」馬醉木嘆著氣，「難怪她們根本不把我放在眼裡。」

聽了五加的說明之後，馬醉木終於瞭解了那兩位公主的態度。

五加發現馬醉木漸漸失去鬥志，立刻瞪著她說：「沒這回事！」

以家世門第來說，四位公主平起平坐。

「派出白珠公主的北家，這次也全力以赴，期望公主可以嫁入皇宮。到目前為止，北家公主嫁入皇宮的人數雖然很少，卻是在山內擁有最強大武力的家族。如果白珠公主可以嫁入皇宮，也會大幅改變政治版圖喔！」

原來能夠獲選成為櫻妃，竟具有如此重要的意義。

一旦馬醉木入宮，東家也將擁有龐大的勢力。五加力勸馬醉木，她完全不必覺得抬不起頭，而且為了東家著想，更應該積極嫁入皇宮。

「至今為止，南家和西家實在太囂張了，東家的公主有好幾次都只差一點入宮，但那兩個家族每次都用惡毒的手段阻撓！」

五加咬牙切齒地說，馬醉木見狀，忍不住感到害怕。自從她小時候一個人偷偷溜出去賞花之後，就從來沒有看過五加這麼生氣。

五加越說越氣，當發現馬醉木嚇得有些倒退時，五加又湊上前。

「總之！恕我僭越，我對公主抱著莫大的期待。我相信東領有不少人屏息斂氣地守護著您，希望您能夠如願以償入宮。」

「喔！」馬醉木意興闌珊地回答後，想要掙脫五加。

不知道五加是否察覺了她的想法，用力抓住了她的雙肩，再度把臉湊了過來。

「您不必擔心，我將全力保護您。公主，您一定可以得到皇太子的寵愛！」

**保護我當然沒問題，但妳還來不及行動時，我可能就先死在你手上。**馬醉木在內心嘀咕。因為從剛才就覺得自己的肩膀被五加抓得很痛。

隔天早晨。

昨晚太疲累了，所以提早上床就寢，卻因為太過興奮，而遲遲無法入睡。馬醉木揉著惺忪的眼眸，慵懶地緩慢起身，結果一大早就挨了五加一頓罵。

淨身之後回到春殿，開始享用早膳。吃完了豆子粥配醬瓜的簡單膳食後，開始梳妝打扮，梳頭、塗脂抹粉。馬醉木的膚色並不算黑，雖然沒有白珠那麼白皙，但用冷水洗淨之後，白中透紅的肌膚細膩光滑，看起來賞心悅目。她覺得濃妝豔抹反而俗氣，因此妝容很淡雅。

當她梳妝完畢後，秋殿的使者上門，邀請她去參加簡單的茶會，馬醉木接受了邀約。

櫻花宮內通往各殿的走廊上設置了「門」。從藤花殿通往春殿和夏殿的那道門，稱為〈角徵門〉；通往秋殿和冬殿的那道門，稱為〈商羽門〉。

經過這兩道門再步行一小段路，就聽到前方秋殿傳來熱鬧的笑鬧聲。五加派女官先去秋殿通報來訪，對方請她們直接入殿。

秋殿的設計和春殿完全不同，春殿可以感受到原木的溫暖，秋殿的房簷、圓柱和橫樑等所有的木頭都塗上了黑漆，而且幔帳和作為裝飾的和服全都用蘇芳*統一，刺繡的金色花

---

*注：蘇芳，以蘇木為染料產生的暗紅色，一種傳統色名。

朵，以及傢俱上的鏤金都讓人看了眼花繚亂。

「……好精緻喔！」馬醉木忍不住感嘆。

「太俗氣了。」五加立刻小聲地嘟噥。

若沒有掌握好分寸，確實會顯得庸俗。但秋殿的白牆黑木，對應紅色及金色點綴的設計，搭配得相當高雅，馬醉木認為並不能用俗氣這兩個字來評論。

她們跟著女官走進殿內，秋殿女官身上的和服更加豔麗，她們隨意地坐著。從其中一道敞開的門外，可以看到冒著嫩芽的楓樹。想像到了紅葉的季節，敞開所有的門，景致應該會美不勝收。

「馬醉木公主，歡迎歡迎，請坐。」

秋殿的主人真赭薄在上座招呼著，她搭配了好幾層蘇芳漸層染的寬鬆衣服，嫵媚地靠在扶手枕上。

「謝謝妳的邀請。」

馬醉木道謝時順勢打量著周圍，發現白珠已經坐在那裡，但不見濱木綿的身影。不知道是真赭薄沒有邀請她，還是她拒絕了邀約，總之她沒有出席今天的茶會。

在她們面前有一個火盆，飄散出了宜人的香氣，馬醉木知道她們在焚香。

菊野察覺了馬醉木的視線，笑著對她說：「雖然談不上是薰香鑑賞會*……真赭薄公主對冬殿公主的練香產生了興趣。」

「我之前從來沒有聞過這種香氣，是不是加了不少丁香？」

真赭薄搖著扇子，白珠隨從的年老女官皮笑肉不笑地解釋。

「這是根據我們北家世代相傳的秘法所製作的薰香。」

「嗯，味道有點像黑方*，我大致猜得出配方。」

真赭薄不以為然地說，年老女官驀然收起了笑容。

菊野則笑得十分得意，坐在她身旁的真赭薄似乎已經失去了興趣，離開了火盆。

「我的薰香都是自己調製的，妳覺得怎麼樣？」

真赭薄笑臉盈盈地問著面無表情的白珠。

---

*注：日文稱作「薰物合」，在日本古典名著《源氏物語》多次提到的薰香盛會，描述貴族們學習唐人的樣子，經常舉行「香會」或稱之為「賽香」。

*注：平安時代，有六種極具代表性的的薰物，分別是梅花、荷葉、侍從、菊花、落葉、黑方，各自都有相對應的季節以及場合。其中黑方猶如冬季結冰時的清香。

「我覺得麝香味有點重……整體來說，有點像茉莉花的味道。這到底是什麼？」

「妳的鼻子真靈啊！」真赭薄歡喜地說：「我把汀荊和黃雙混在一起，如果不按照固定的比例調合，就無法散發出這種甘甜的香氣。」

菊野聽到主子這麼說，隨即得意地補充說明。

「汀荊是從長在白色水蛇背上的野薔薇中萃取出來的。黃雙則是用打從出生就只喝清水長大的鵺的雙眼製作的。在山內三大珍貴薰香中，大手筆地使用了兩種。」菊野說到這裡，驕傲地挺起胸膛，「都是西領特產的薰香。」

五加在馬醉木身後不耐煩地嘆了口氣。

真赭薄應該沒有聽見，只見她心情愉悅地轉頭看著馬醉木。

「馬醉木公主，妳用的是什麼薰香呢？」

「啊？」馬醉木愣怔地望著另外兩位公主，聽到真赭薄的問題，用力眨著雙眼。

五加板著臉心想，**這下慘了**。但事到如今，已經來不及了。

馬醉木只知道五加平時準備的薰香，雖然她從沒問過，但應該不是東家祖傳秘方之類的。

「那個，實在很抱歉，我對這些不太懂。」

「這些是指？」

「我應該沒用過像是丁香，或是麝香……這種昂貴的東西，也沒有參加過薰香鑑賞會。」

「妳是在開玩笑吧？」真赭薄尖銳地問道：「東家有這麼窮嗎？」

「恕我無禮！」五加似乎對真赭薄毫不掩飾的侮辱眼神忍無可忍，大聲地插了話說：「公主用的都是根據祖傳製法的正統薰香，只因為平時就在使用，因此公主並沒有特別留意。」

「可是她剛才說，從來沒有參加過薰香鑑賞會。」

「對宮烏來說，簡直太異常了。」秋殿的女官們竊竊私語。

馬醉木滿臉通紅地低下了頭，五加似乎也豁出去了。

「公主身體比較虛弱，這也是無可奈何的事。」

女官們相互交換眼神，似乎覺得這並不是理由，頓時氣氛變得很詭異。

菊野貼心地改變了話題。

「公主身體微恙，想必是體內積了不好的氣。人偶節*快到了，身體一定會慢慢好起來的。」

「對喔，妳是說巳日的除厄消災。」馬醉木知道這個日子。

上巳節會舉辦將人身上的災厄移到人偶上，然後在河流中放流的儀式，而馬醉木已經做好了人偶帶在身上。

菊野看到馬醉木露出了開朗的表情，鬆了一口氣，又再度開始炫耀自己的主子。

「真赭薄公主很會做人偶。」

「菊野，妳好討厭喔！」真赭薄得意地笑了起來。

馬醉木為自己也終於能夠加入談話感到高興。

「我也很會做人偶，現在也帶在身上。」她忍不住插嘴說道。

**現在也帶在身上**？馬醉木沒有察覺所有人都露出訝異的表情，心情愉快地從懷裡拿出一個很樸素的小人偶。

「聽說人偶可以代替主人承受災厄，要隨時帶在身上當作護身符……」

馬醉木說到這裡，其中一名女官終於忍不住，用扇子遮住了臉，噗哧一聲笑了出來，其他人也跟著捧腹大笑。
馬醉木意外自己成為眾人取笑的對象，無措地瞪大了眼睛，餘光看見五加臉色蒼白地低下了頭。即使如此，她還是不明白有什麼好笑的。
「這是山烏那種人在『形代流』時所使用的人偶吧？」冬殿公主身邊的老女官問道。
八咫烏的貴族稱為〈宮烏〉，而〈山烏〉是指衣著簡陋的老百姓。
白珠聽到〈山烏〉兩個字，板著臉把頭轉向一旁，但馬醉木還是不明白「**山烏那種人**」是什麼意思。
「我們宮烏在巳日除厄消災時，不會用這種廉價的東西。」
「好吧！」真赭薄笑著對自己的女官搖了搖扇子說道：「去把我的人偶拿出來讓她瞧一瞧。」
女官聽到指示後立刻走進房間，一會兒，雙手抱著一尊漂亮的大人偶走了出來，輕輕地放在馬醉木的面前。
人偶的皮膚光滑細膩，不知道是用什麼材料做的，身上的和服與真赭薄相同，都是使用

＊注：雛祭，是日本女孩子的節日，又稱人偶節、上巳節、女兒節。本來在農曆三月初三，明治維新後改為西曆三月三日。

蘇芳染製的紅色綢緞，像指尖般大小的髮簪，一看便知道出自工匠之手。

「我從三個月前就開始做了。」真赭薄似乎對人偶很滿意，說話的語氣也很愉悅。「一些精細的配件，更是在一年前就先訂製了。」

「真赭薄公主親自決定了和服的顏色。」

「對啊！一看就知道很有品味。」

女官們七嘴八舌地稱讚著主人，毫不掩飾為主人感到驕傲。

白珠的女官斜眼看著她們，相當不以為然。

「姑且不論這個人偶是否出色，但既然是宮烏，這應該算很普通吧？我看妳們好像不知道，姑且就告訴妳們，現在根本沒有人會去『形代流』了。」

上巳節又稱女兒節，對貴族來說，是祈求家中女兒健康成長的節日。雖然也會把人偶放進河流中，但現在的人偶幾乎成了美麗的藝術品，幾乎無法代替本尊成為「形代」。

「不管怎麼說，人偶是要代替公主的，當然不能夠太過寒酸。每一家都得準備最好的人偶，因為這關係到家族的威望。」

家臣會把這些人偶放在由工匠打造的豪華船隻上，放入河流中。放流了一會兒後，就會馬上收回來，放在家裡作為擺設。但在放流期間，年輕的宮烏會仔細打量著華麗的人偶。適婚年齡的公子少爺看著人偶，想像著深閨中的千金成為自己未來的伴侶。在上巳節後，很多漂亮人偶的主人都會收到情書。

在櫻花宮內，這是人日節、上巳節、端午節、七夕和重陽節這五大節日中，唯一沒有規定皇太子造訪的活動。

不過，老百姓的女兒平時就經常有機會與男子接觸，沒必要將人偶做得很精美，於是就只是在木片上畫臉，然後用色紙做成簡單的和服，就像馬醉木的人偶一樣。

宮烏稱上巳節的活動為人偶節，並不叫形代流。

馬醉木聽了冬殿的女官說明後，第一次瞭解這些事。

「居然連人偶節也不知道。」

女官們仍舊不停地訕笑著，甚至有人感到困惑。

「她真的是東家的女兒嗎？」

「竟然不幫她做人偶。」

「她的父親大人是不是討厭她？」

真赭薄不知道是否真心想為馬醉木解圍，微笑著說：「這種樸素的人偶，也許更適合馬醉木公主吧！雖然宮烏覺得很簡陋，但在鄉下人眼中，或許反而太高級了，對吧？」

**啊哈哈哈哈哈**。殿內響起女人們的尖銳的笑聲。

馬醉木覺得自己做的人偶，在那尊絢麗多姿的人偶旁顯得格外悽慘。周遭此起彼伏的訕笑，也一字一句都深深刺進心底。她低下了頭，覺得繼續坐在這裡，自己可能會哭出來。

就在此時，聽到了啪啦一聲，有什麼東西被打破了。

「抱歉，失禮了！」白珠若無其事地說道。

低頭一瞧，原來是白珠手邊的茶器撞到了火盆，不小心敲碎了。

「啊，這是真赭薄公主心愛的青鷺印茶器！」菊野驚叫起來。

「閉嘴！」真赭薄用責備的眼神瞪了菊野一眼，露出了僵硬的笑容說：「既然破了，那也無可奈何，妳別介意。」

「我就知道真赭薄公主人美心善，一定會這麼說。」

白珠露出天真無邪的笑容，靜靜地站了起來。

「這裡有點悶，我出去透透氣。」白珠命令自己的女官收拾破碎的茶器後，轉頭看向馬醉木說：「馬醉木公主，要不要和我一起出去走走？」

「啊……」馬醉木還來不及回答，便跟在白珠身後走了出去。

白珠應該不是故意打破茶器，卻成功地緩和了剛才的氣氛。

馬醉木這才明白，原來白珠是在幫自己解圍。

當她們來到說話不會被真赭薄一行人聽到的渡殿時，白珠停下了腳步。

「白珠公主，妳找我一起出來，真的幫了大忙。真是感激不盡！」

「不必謝，我並不是為了幫妳。」

白珠背對著馬醉木，冷淡地說完，沉思半晌——

「不過呢，雖然不是在向妳討人情，但有一件事想拜託妳。」白珠小聲嘀咕著，接著又轉過頭說道：「能否請女官迴避一下？」

站在馬醉木身後的五加露出了不情願的表情。

「五加？」

「……我知道了，那我就暫且退下。」五加冷冷地鞠了一躬，經過白珠的身旁先行離開。

白珠確認自己的女官在遠處後，轉頭看向馬醉木切入正題。

「我希望妳放棄入宮。」

「啊？」馬醉木訝異地瞪大了眼睛。

任何人都沒有理由在登殿的隔天，對其他家的公主提出這種要求。如果白珠是真心的，未免也太一廂情願了。她原以為白珠在說笑，卻發現白珠的眼神認真得有些可怕。

「妳可能覺得我說這些話很唐突，但我們的立場原本就不一樣。據我所知，我認為東家對於這次登的殿似乎意興闌珊，我相信妳應該有最深刻的體悟。」

白珠一口氣說了下去。

「沒有任何準備就把妳丟到這種地方來，我想最不知所措的人是妳自己吧！因此，我並不認為東家期待妳能入宮。可是與東家不同，這次的登殿攸關北家的命運，這是從我出生之前的好幾代，就已經開始做準備了。妳該不會想說，我們有同樣的立場及態度吧？」

馬醉木的腦海中閃過東家那些為她登殿慶祝的奴僕，以及五加昨晚的表情，在在都無法讓她輕易說出受到眾人的期待。

「我……」

「即便妳無法入宮，東領的人也會諒解。可是，我就沒這麼簡單了。所以拜託妳，請放棄這次的入宮。」

馬醉木屏住了呼吸，一時半刻不知道該如何回答，驀然瞧見白珠背後出現一個人影。

「冬殿公主，妳也太一廂情願了吧！」

和馬醉木很有交情的藤波宮，說話時毫不掩飾怒氣。

白珠臉上倏忽閃過一絲驚訝的表情，但在面對藤波時，已看不出慌亂之色。

「藤波公主，我只是開個玩笑而已。」

「聽起來可不像是玩笑話。」藤波整了整身上紫色的細長*，語帶警告地說：「我有言在先，即使你只是開玩笑，若春殿公主當真了，就不是能一笑置之的事。若到這種地步，不光是東領，我也會視妳為敵，希望妳能牢記這句話。」

白珠沒有回答，露出難以察覺心緒的笑容，優雅地欠身，帶著老女官快步走回秋殿。

目送她們一行人離去後，藤波立刻放鬆了臉上的表情。

---

*注：細長，日本平安時代的盛裝之一，穿在小袿上，看起來細長的服裝，質地和紋樣沒有特別規定。

「……啊，真是的！姊姊，不要嚇我啦！真是差一點被妳嚇死。」

藤波雙手捧著臉頰說。

馬醉木一臉錯愕，正當搞不清楚狀況時，有人苦笑著拍了拍她的肩膀。

「是我把藤波公主找來這裡的。」

「五加，是妳？」

在白珠要求五加迴避後，她連忙跑去找藤波，因為只有藤波才能介入四家公主的密談。

「我也正打算去找妳，真是太幸運了。萬一妳剛才不小心答應了，造成往後的重大問題，那可就慘了。」

「就是說啊！馬醉木公主，請您以後不要再隨便把我支開了，妳剛才該不會已經答應了北殿公主吧？」

馬醉木慌忙地搔頭否認，但內心仍然有一絲疙瘩，總覺得白珠的想法依舊飄散在空氣中，強烈的緊張留下了難以形容的不安陰影。

「藤波公主，您不是有事要找馬醉木公主嗎？」

「對啊！」藤波聽了五加的話，露出了興奮的表情，「因為我想讓姊姊看一樣東西。」

「那我去向秋殿公主打聲招呼。」五加轉頭向馬醉木確認，「您不會想再進去了吧？」

馬醉木毫不猶豫地點了點頭，五加也為不必再回去秋殿感到鬆了一口氣。

五加走去秋殿時，藤波帶馬醉木前往藤花殿。

「藤波公主，您的隨從呢？」

馬醉木沒有看到平時隨侍在藤波身旁的瀧本，藤波輕輕吐了吐舌頭，匿笑了起來。

「我瞞著瀧本來的，因為我想讓妳看的東西放在一個秘密的地方。妳快跟我來！」

藤波邁開步伐，毫不遲疑地走向藤花殿深處，馬醉木雖然搞不清楚要去哪裡，卻還是快步跟了上去。

「等等我啊！」**藤波到底要去哪裡？**

藤花殿的深處，是宗家居住的區域，也是通往後宮。

馬醉木跟著藤波沿著動線複雜的走廊一直往深處走，正當馬醉木覺得若再繼續往內走，似乎會有問題時，藤波停下了腳步——前方的岩壁上，有一道巨大的門。

藤波這才轉頭看著馬醉木，一根手指放在嘴唇上，示意她不要說話。她從胸前拿出一把老舊的鑰匙，輕輕晃了晃之後，再度轉身面對著門，接著手上傳出喀答喀答金屬碰觸的聲音，隨即便聽到嘎噹的巨大聲音。

「打開了！」

馬醉木看向她的手，發現一把比她的手掌更大的鎖打開了，懸在門閂上。

**不過，既然那道門上了鎖，不就代表不能隨便進入嗎？**正當馬醉木思忖著，有什麼方法可以在不惱怒藤波的情況下離開時，藤波已經閃進那道打開的門。

「藤、藤波公主！」馬醉木驚詫地叫喚著。

「小聲點！」藤波壓低聲量說完，抓起心驚膽顫的馬醉木的手，硬是把她拉了進去。

「別擔心，只要不被發現就好。」藤波促狹地笑著說：「這裡專門擺放宗家舉行宴會時使用的道具，不是閒雜人等可以進來的，所以應該不會有人來。」

反過來說，也是禁止馬醉木進入的地方。

「但、但是……」馬醉木十分猶豫，很怕馬上就有人會來罵她。

然後，聽到藤波接下來說的這句話，便立刻閉上了嘴。

「我想讓妳看的東西是長琴。」

長琴的演奏方法，只秘傳給東家的樂器。

藤波說，她之前在這裡看到長琴之後，就一直很在意。雖然很想給馬醉木看，但這裡所有的東西未經金烏的允許，嚴禁攜出。因此她用了苦肉計偷偷借了鑰匙，然後把馬醉木帶來這裡。

房間內部十分昏暗，只有微弱的光線從格子小窗照了進來。房內空間似乎很大，有很多一直延伸到高高天花板的架子。馬醉木覺得好像被丟進一個巨大的倉庫，緊張地默默跟在藤波身後。

藤波雙眼發亮期待著，始終顯得很高興。

「我很驚訝宗家竟然有長琴，相信必定有什麼由來，妳看了一定知道是什麼貨色。」

藤波還說，如果可以，希望她可以有機會彈彈那把琴。

「宮中有很多優秀的樂人……」

在馬醉木的成長過程中，沒有機會接觸書籍，為了彌補這方面的不足，大人給了她很多樂器，其中長琴更是母親生前很擅長的。即使漸漸淡忘了母親的容貌，但母親代替催眠曲彈奏的琴聲，仍然停留在她身體的深處，隨著她逐漸地長大，也很自然地愛上了長琴。

雖然不能說是因為這個原因，但知道有她沒看過的長琴，還是忍不住好奇。

馬醉木打消拒絕藤波的念頭，雖然感到心驚膽顫，卻還是跟著藤波在架子間走來走去。這裡有許多看起來相當昂貴的陶瓷器和銀製裝飾品，始終沒有看到像是樂器的東西。

馬醉木焦急不安了起來。**如果不趕快回去藤花殿，五加一定會起疑心。**

這時，聽到遠處傳來呼喚藤波的聲音，兩個人嚇得面面相覷。

「藤波公主，這次就算了，下次再來吧！」

藤波應該也聽到女官的叫喚，不過看著她的表情，顯然不會點頭答應。馬醉木根據以往的經驗，藤波在這種時候尤其頑固。

「不要！下次不知道要等到什麼時候……」

藤波固執地僵持著，但女官的聲音越來越近，眼看藤波就快哭出來，馬醉木下定了決心。

「好吧！藤波公主，那您先出去。」只要藤波出去應付女官，等一下再回來就好。「在您回來之前，我會在這裡繼續找看看。」

藤波很不甘願地同意了，在女官進來找她之前，她先走了出去。

「我把鎖開著，待妳找到後，就去外面等我。」

「好，我知道了，請您儘快回來。」

「那當然。」

門砰地一聲關上了。馬醉木確認腳步聲走遠後，靠在透著微光的門上，用力垂下肩膀。

如果瀧本發現自己獨自在這裡，一定會狠狠責罵一頓。雖然她忍不住想，為什麼會變成這樣，但現在嘆氣也沒用。於是她打起精神，繼續面對無數個架子。

藤波離開前告訴了她可能放置長琴的位置，只是那個方向窗戶稀少，而且位在更深處，只有微弱的日光從很小的採光窗照射進來。

她一邊小心翼翼地走了過去，一邊留意著避免衣袖勾到各式各樣的東西。半晌後，她在微弱的光線下，似乎看見有什麼東西放在架子之間的通道盡頭。

那樣東西隱隱浮現在凝結的昏暗之中，細微的灰塵反射著光線翩然飄舞，出現在其中輪廓細長的東西，正是馬醉木熟悉的樂器——長琴。

馬醉木情不自禁地被吸引，走到長琴面前，用手指輕輕觸摸，是她所熟諳的溫柔和順。不知道是否有人要使用，長琴已被裝上琴弦。她試著用指甲輕彈了一下，雖然沒有調音，但音質出奇得好，琴聲比馬醉木的那把琴更滋潤飽滿，音調也很深沉。

這把長琴簡單樸素，幾乎沒有多餘的裝飾，僅雕刻上霧靄朦朧中的櫻花圖案，但整把琴的做工十分紮實，摸起來的手感也很好。是一把質地純樸，能夠充分呈現主人意圖的樂器。

馬醉木忍不住發出了嘆息，這是一把自己從未見過的好琴。她暫時忘卻目前身處的狀況，為意外看到的名琴感到興奮不已，她情不自禁地像平時一樣彈奏了起來。在彈奏時，她感受到前一刻的鬱悶都煙消雲散，想到自己的單純，她忍不住苦笑了起來。

這時，不知道哪裡傳來一個平靜的聲音。

「妳在笑什麼？」

聲音一聽就知道不是女人，馬醉木嚇得縮起了身子。她抬起頭一看，在昏暗中，一名身穿白色薄衣的男子，隱約可看見他靠在柱子上望向這裡。

馬醉木頓時陷入了混亂。不用想也知道，這裡禁止男人進入，而唯一的例外，就是櫻花宮的男主人皇太子。除此以外，便是宗家可以晉見大紫皇后的人。既然這個男子出現在這裡，就代表他的身分地位很高。

正當馬醉木不知所措地陷入沉默時，男子已向她踱步過來，並走向窗邊，隱約可瞧見他的面容，但光線只夠清楚映照出嘴的部分。他看來尊貴清秀，宛如女人的肌膚光澤，有著嘴形漂亮、顏色偏淺的雙唇，氣質非凡，不難想像他出生高貴。

「因為剛才聽到優美的琴聲，所以就過來看看。」

馬醉木看著他的臉，雖然表情並不豐富，但還是能夠分辨出他在笑。

「彈得很好。」男子的聲音沉靜沙啞，但很柔和。

由於馬醉木還不明白他的身分，所以不敢冒然冷淡以對。即使沒有這個原因，她也認為不應該對人太過冷漠。

「您過獎了，但我很高興。」

雖然聲音有點緊張，但她露出發自內心的微笑，只不過男子臉上的笑容看起來有些縹緲，讓她感到不可思議。

「這裡是只有少數人才能進入的寶物庫，妳怎麼會在這裡？」

馬醉木聽到他的詰問，立刻臉色發白。「這、這裡是寶物庫嗎？」

藤波一定知道，只是故意不說，難怪這裡會有這種樂器。自己剛才隨手亂摸的樂器，應該也是宗家的寶物之一。

「真的是太抱歉了。」馬醉木驚叫一聲，連忙跪在地上，「因為……我聽說這裡有罕見的樂器，所以就……我太魯莽了，請原諒我！」

「不不不。」男子慌忙搖著手，笑著對她說：「我並沒有責備妳，反而難得聽到這麼優美的琴聲，還想要謝謝妳呢！」

馬醉木聽聞，深深吁了一口氣。

男人看到她的樣子，不知道想起了什麼，突然露出為難的表情。

「不過，還是不要讓別人知道妳進到這裡來。幸好只有我發現妳，如果被瀧本看到，絕對會有問題。」

「真的很抱歉……」馬醉木再度為自己闖了禍感到害怕，無力地再度道歉。

「不用再道歉了。不過，可能有人因為聽到剛才的琴聲，會從正門進來。跟我來，我帶妳從這裡離開。」

他溫柔地向她招著手，馬醉木努力拖著顫抖的雙腿，踉蹌地走在他身後。

「妳是不是春殿的人？是雙葉公主的女官嗎？」

馬醉木聽到他這麼問，虛弱地搖了搖頭。

「說起來很丟臉……我是春殿的主人。」

「妳說什麼？」男子大吃一驚。

「因為不可抗的因素，由我這個妹妹代替姊姊登殿。」馬醉木沮喪地低下了頭。

「喔，難怪。」男子小聲地嘀咕，似乎終於瞭解了狀況。「如果是這樣，那我剛才實在太失禮了，還請妳原諒。」

「不……」馬醉木不由得結巴了起來。

**談不上什麼失不失禮，自己甚至不知道這個男人是誰，而且她還擔心自己不止是失禮，根本是無禮。**她支支吾吾地表達了這個意思，卻察覺到男子有點手足無措。

「不，我並不是……妳需要感到惶恐的對象。呃，我只是個僕人，奉金烏陛下的命令，前來取浮雲罷了。」

**僕人怎麼可能有這種貴族氣質？**雖然馬醉木這麼想，但察覺到對方是為了讓她安心，於是就假裝相信了，但還是忍不住問：「浮雲是什麼？」

男子遲疑了一下後告訴她，就是那把長琴。

「朝廷的管弦演奏時，不時會使用。」

「原來是這樣。」難怪長琴保養得這麼好。

男子一邊與她閒聊，一邊在架子之間穿梭，然後為她打開了藏在牆壁和架子之間，乍看之下根本不會留意到的小門。那道門很小，必須低頭彎下身體才能過去，平時應該不會有人走這條通道。

「從這裡可以通到藤花殿的走廊。切記，千萬不可以告訴任何人，妳來過這裡，甚至提起曾經見過我。」

「我知道了。你幫了我這麼多忙，萬分感謝。」

當她通過男人為她按住的門時，聞到他的袖口飄出一股宜人的香氣。她察覺到門在背後關了起來，接著挺直了身子打量起周圍，也許是因為從暗處突然來到明亮的地方，一時感到眼花。半晌後，她發現這裡並不是自己剛才經過的走廊，但走了一小段路，便看到了熟悉的中庭，她吁了一口氣，渾身的緊張感頓時放鬆了。

不過，當她沿著走廊再往前走時，越想越害怕。藤波離開寶物庫已經過了很久，如果五加發現春殿公主不見了，緊張得四處找人怎麼辦？希望藤波可以為自己掩飾……

「馬醉木公主！」

突然聽到有人叫喚著自己，馬醉木驚訝地抬起了頭，然而，衝過來抱住她的，並不是熟悉的女官。

「啊，太好了，剛才到處在找您！藤波公主要我帶您過去，卻到處都找不到您。」

「等一下，妳是宗家的女官？」女官抱著她說話，馬醉木無措地大聲問道。

那名女官聽到她大聲的詢問，似乎終於回過了神，立刻倒退了幾步。

「啊，真是太失禮了！我因為鬆了一口氣，才表現得沒大沒小。」

說話的是一名年紀很輕，和馬醉木年紀相仿的女官。她看起來很健康的肌膚上，有著淡淡的雀斑，身上穿了一件嫩綠色的衣服，馬醉木覺得她看起來很老實。

女官自我介紹說，自己叫早桃，藤波公主要馬醉木立刻過去。

「因為聽說皇太子在這附近，好像會經過賞花台下。」

「皇太子嗎？」馬醉木訝異地瞪大了眼睛。

早桃對她連續點了好幾次頭，臉上泛著紅暈說：「請您趕快過去！五加也在找您。」

馬醉木被早桃拉著回到藤花殿，五加一看到她，立刻氣勢洶洶地走了過來。

「公主，您剛才到底去哪裡了？」五加似乎聽信了藤波的話，剛才也四處找人。「藤波公主說，中途就和您分開了，因此我回到春殿去找您，結果又撲個空，於是我就從盥洗室找到廚房……」

**回到春殿再好好地數落您！**五加不斷地在馬醉木身後嘀嘀咕咕，應該是在自言自語。

經過幾個渡殿之後，來到可以看到一片櫻花樹林的廊道。櫻花含苞待放，一旦盛開，必定是一片美景。她將手放在欄杆上往下看，看到一處像是舞台的地方。

「喔，馬醉木，原來妳在這裡。」

馬醉木聽到一個很有精神的聲音，抬頭一看，濱木綿一派輕鬆地坐在迴廊前方。她端坐在自己的衣服上，一手拿著葫蘆，另一手拿著紅漆酒杯，正在開心地喝酒。

「妳站在那裡，對面可以把妳看得一清二楚的。趕快過來吧！」

馬醉木發現她的前方掛了一道垂簾，原來在賞花時，樂人和舞人都會在舞台上表演，所以掛起了垂簾，讓舞台上的人無法窺視。

「白珠和真赭那傢伙也在那裡。」

馬醉木順著她手指的方向看去，忍不住心頭一驚。濱木綿看出她的表情，露出了不出所料的促狹笑容。

「看來妳剛才去秋殿參加茶會時，就已經被欺負了。」

「沒這回事。」馬醉木有點不高興地反駁道。

「別騙我了！妳雖然沒什麼學識，卻很有才華，她們不會放過妳的。而且妳也長得如花似玉，要對自己有點自信。」

濱木綿似乎調侃得樂在其中，馬醉木對剛才的事仍舊耿耿於懷，面露愁容。

「妳是說真赭薄公主長得如花似玉吧？哪像我，連頭髮都是枯白色……」

馬醉木來這裡之後，對自己的容貌感到很自卑。雖說身體髮膚受之父母，她並沒有任何怨言，但在宮中，視一頭黑色直髮為美，她的頭髮只能說是異類。

沒想到濱木綿聽了之後放聲大笑了起來。

「妳的頭髮不叫枯白色，而是叫『香色*』。而且說到與眾不同的髮色，真赭薄不是也一樣嗎？並非中規中矩的美女才算美，這是取代西家的大好機會。」濱木綿說完之後，又笑了起來，「白珠那麼冷若冰霜，當然是因為嫉妒妳的美貌。」

*注：香色，明亮的黃赤色，是把丁香、沈香等帶有香氣的香料，熬煮後染成的顏色，在平安時代大受貴族喜愛，價格不菲。

「啊？」馬醉木瞪大了眼睛。

濱木綿從上方探頭看著她的臉。

「她從出生的那天開始，就被灌輸以後要成為皇太子正宮的想法，難怪會比其他人更加神經敏感。」

**難怪！馬醉木終於恍然大悟。**

「她……嫉妒我嗎？」

濱木綿不加思索地肯定了馬醉木完全沒有想到的可能性。

「首先，這件事絕對錯不了。如果妳是我的情敵，我可能也無法保持平常心。」

濱木綿半開玩笑地說，好像在暗示皇太子並不是她的戀愛對象。

「妳不必想太多。」

濱木綿拍了一下馬醉木的頭，立刻為她斟酒，一下子叫她喝酒，一下子叫她唱歌。馬醉木雖然過了一會兒才意識到，但她發現自己的心情確實放輕鬆了不少。

**咦？濱木綿在安慰我嗎？**正當她閃過這個念頭時，迴廊深處突然傳來喧譁吵鬧的聲音。

「大駕光臨了！」
「是皇太子！」
「終於來了嗎？」濱木綿小聲地嘀咕。
馬醉木瞥了她一眼，也向欄杆外探出身體。
有個人影帶著兩、三個隨從和僮僕，從舞台側面走了出來。在一群黑衣的護衛中，修長挺拔身影一襲淡紫色的羽織*外掛，格外引人注目。
「他是……」
「就是皇太子殿下，我們親愛的日嗣皇太子，中不中妳的意啊？」
濱木綿語帶調侃地問，但馬醉木無法回答。因為角度的關係，目前的位置無法清楚看到皇太子的臉，但不知道為什麼，馬醉木對皇太子的身影有著強烈的既視感。
**為什麼會這樣？**她覺得同樣的景象以前好像見過。自己從小到大，幾乎大門不出，二門不邁，除了小時候有一次偷偷去領地邊界賞花之外。
「啊！」她情不自禁叫了起來。

---

*注：羽織，是一種長及臀部的日本和服外套，穿在小袖之上，一般用在防寒和禮裝。

雖然站在下面的皇太子不可能聽到她的叫聲，但他突然停下腳步，抬頭望向這邊。彼此的距離不近，皇太子應該只能看到映照在垂簾上的影子，但他不知道看到了什麼，似乎輕輕笑了笑。

就在那一瞬間，馬醉木覺得隔在他們之間的垂簾和其他人，霎時都消失不見了。

放眼望去，周圍飄著櫻花雪，淡淡的粉色櫻花在抬頭仰望、低頭俯視的兩人之間旋轉。難得一見的紫衣令人印象深刻，但是，那雙看向這裡的毅然雙眼，更讓她無法移開視線。

她訝異不已、感動萬分，泫然欲泣的衝擊令她雙手不住地顫抖。

**那時候，我還未滿十歲。**

「……怎麼回事？難道有什麼在意的事嗎？」

當她聽到這個聲音回過神時，櫻花雪和抬頭仰望的人都不見了。櫻花仍然含苞未放，離盛開還要很久。聽到女官們興奮的說話聲，看到一臉不悅地低頭看向下方的濱木綿，她終於清楚回想起這裡是哪裡，自己在做什麼。

「呃，不好意思，妳剛才是不是說了什麼？」

「皇太子剛才不是突然停下腳步往上看嗎？隨從都有點不知所措。他還是那麼目中無人，唯我獨尊。」

濱木綿的態度很冷淡，但馬醉木心跳加速，臉也很燙。皇太子一行人已經轉身離去，但他的背影仍然讓她胸口隱隱作痛。

「濱木綿公主，」她好不容易發出的聲音，竟然發著抖，「很抱歉，我有點不太舒服，可以先離開嗎？」

「好啊！」濱木綿毫不介意地點了點頭。「妳喝醉了嗎？」

「不是。只要躺一下，馬上就好了。」

「公主，您沒事吧？」

五加擔心地問，馬醉木用力地點了點頭。

回到春殿後，立刻走進了寢室，不讓任何人看到自己。

「原來他是皇太子……」她小聲地低喃著，立刻察臉上好像著了火似的。

原來他是皇太子，當時的少年是皇太子。

「簡直難以相信。」

她很確信沒有認錯人，雖然距離很遠，無法仔細確認長相，但她有絕對的把握。

她感到渾身發燙，正不知如何是好時，寢室外傳來了小聲呼喚的聲音。

「公主，您的身體怎麼樣？」

馬醉木聽到聲音，忍不住呆若木雞。

「早桃？妳怎麼會在這裡？」

「濱木綿公主吩咐我來看你，五加去張羅水藥了。您沒事吧？」

早桃的聲音聽起來很擔心，馬醉木忍不住想流淚。雖然五加也很擔心自己，但比起心情問題，五加更關心馬醉木身體的不適，反而讓她感到壓力很大。

她走出寢室，早桃一見到她，嚇了一跳。

「發生什麼事？您的眼睛好紅喔！」

「我沒事。我想和妳聊一聊，現在有時間嗎？」馬醉木慌忙擦了擦眼睛。

「當然沒問題。」

早桃雖然這麼回答，但似乎對馬醉木提出的要求很驚訝。

「早桃，妳是宗家的女官吧？」

「原本是這樣，但現在是夏殿的女官。之前跟著藤波公主，但在各位公主登殿後，就被派到夏殿。」

「那麼，妳曾經見過皇太子嗎？」

早桃似乎終於瞭解了狀況，放心地點了點頭。

「見過啊！皇太子殿下偶爾會來找藤波公主。」

早桃告訴馬醉木，皇太子小時候身體虛弱，因此都在後宮生活。

「他和藤波公主感情很好，現在有時候也會帶禮物來看藤波公主。」

「妳說他以前身體虛弱，是怎麼回事？」

「通常會交給太上皇扶養，但他身體太虛弱了，以致於無法如願。」

於是，皇太子就在後宮生活多年，不久後，太上皇也駕崩了，之後便由皇后娘家的西家，負責皇太子的教育。

「因此，皇太子很少去其他地方嗎？」

「沒這回事，皇太子殿下現在也經常外出。」早桃聳了聳肩說：「去了西家之後，皇太子殿下的病情漸漸穩定，聽說曾經四處走動。」

馬醉木聽到早桃說，皇太子應該也去過東領，立刻羞紅了臉。

早桃見狀，忍不住壓低聲音問道：「您該不會見過皇太子殿下了吧？」

或許是因為與早桃年紀相仿，讓她產生了親近感，所以才會脫口說出這件事，而且她也很希望把這件事告訴不會張揚的人。

「我跟妳說，我小時候曾經有一次偷溜出去，因為我聽說櫻花盛開了。可是五加說，初春的風很冷，不肯帶我去。」

馬醉木並不是自我強烈、會胡亂反抗五加的孩子，五加反而經常稱讚她很聽話，但是那次她異常地堅持。

「當年，我發現出入的僕人忘了關後門。如果是平時，我不會去理會它，但那次從後門看到的櫻花實在太美了。」

於是，她趁五加等人不備，悄悄溜出家門，盡情地欣賞櫻花。

東領的領地邊界，是險峻的山崖。原本是一條流速很快的河，但水量越來越少，如今變成了一條小河，所以才形成了這樣的地形。靠東領那一側的山崖上，有一大片櫻花樹，景觀美不勝收。

「我走去山崖旁，想要盡情地賞花，結果突然聽到了笑聲。」

馬醉木轉頭一看，看到有兩個人影在對面的山崖下，看起來像是小孩子。他們抱著岩石，很有精神地說著什麼，其中一人腋下抱著的衣服顏色很難得一見。

「他當時抱著紫色的衣服。」

說起來慚愧，馬醉木直到前一刻才瞭解這件事所代表的意義，但早桃似乎馬上就瞭解了。

「所以那個人是皇太子殿下。」

「我想應該就是他。」

馬醉木第一次看到那麼俊美的少年，即使過了十年，這樣的想法仍舊沒有改變，他與家中僕人帶來的兒子明顯不一樣。

「後來五加找到了我，把我罵了一頓，所以我就馬上離開了。」

然而，馬醉木始終無法忘記，每次櫻花盛開就會想起他，似乎已經變成了一種習慣。因為他的身影太沒有真實感，曾經一度以為那是自己在做夢。

「沒想到竟然是皇太子殿下……」

馬醉木的嘆息中帶著甜蜜的語氣，早桃目不轉睛地看著她片刻，小聲地說：

「所以您喜歡皇太子殿下。」

馬醉木立刻羞紅了臉，既無法說「是」，也無法回答「不是」。

早桃心領神會，露出了既像是恍然大悟，又像是讚嘆的表情。

「我瞭解了，我會鼎力相助。」早桃用力點頭說道。

「啊？」馬醉木忍不住抬起頭，「鼎力相助？但妳不是夏殿的……」

早桃不等馬醉木說完便打斷了她，輕輕地搖了搖頭。

「我原本就是宗家的人，藤波公主交代我，要把您當成是她，視為自己的主人，而不是濱木綿公主。」早桃皺著眉頭繼續說：「而且夏殿的氣氛很詭異，即使藤波公主沒有交代，我應該也無法對濱木綿公主和夏殿的女官產生好感。」

馬醉木聽了這句話感到好奇，忍不住問：「氣氛怎麼詭異？」

「因為夏殿的女官和濱木綿公主好像對彼此視而不見。」

對於這點，馬醉木並不感到意外。夏殿的女官似乎都沉默寡言，面無笑容，也許從南家帶來的女官，和原本是宗家的女官之間有很大的鴻溝。

「馬醉木公主，有事就請您儘管吩咐，我會為您赴湯蹈火。」早桃說話時的眼神很真誠。「我知道這麼說很失禮，但您的心意讓我深受感動，聽了濱木綿公主說的話之後，這種想法更加強烈。」

早桃說，不作為政治工具，純粹為了愛而嫁入皇宮也很好。

「我的弟弟很快就會進入山內眾，也就是宗家近衛隊培訓所，到時候就可以寫信向他打聽皇太子殿下的情況。除此以外，我身為宗家的女官，應該也可以有幫得上忙的地方。」

早桃應該真心這麼想，馬醉木在她身上感受到從未體會過的親切。

「謝謝妳，但現在不必去想入宮這麼誇張的事，妳若有空來的話，過來陪我聊聊天？」

哪有誇張？早桃原本想要反駁，但聽到馬醉木接下來說的話，露出了欣喜的表情。

「只要您不嫌棄，我當然願意。」

「我怎麼會嫌棄你，我一直希望有一個和我年紀相仿的聊天對象，真的慶幸遇到妳。」

然後她又小聲地說：「就像朋友一樣。」

早桃雖然感到誠惶誠恐，但還是高興地笑了起來。

上巳節剛結束，藤波就賜給馬醉木一件禮物。

馬醉木走進藤花殿後，一把漂亮的長琴出現在她眼前，她在長琴側面看到了熟悉的圖案，忍不住大吃一驚，伸手輕輕撫摸著長琴側面，櫻花前飄著霧靄——的確就是浮雲。

不過，上次巧遇的男子說，朝廷有時候會使用浮雲，所以馬醉木不敢收下。

藤波心情愉悅地對她說，**不必有任何顧慮**。

「長琴即使留在宗家也沒有用武之地，我是這麼對陛下說的，然後希望可以送給你，陛下也欣然應允了。」

馬醉木聽了欣喜若狂，她想要馬上就彈奏，於是立刻請人去搬回春殿。

五加看到浮雲瞠目結舌，她起初什麼也沒說，只是凝視著馬醉木的手出了神。

浮雲依然那麼美，音質清脆，維持了最佳狀態，和之前完全沒有兩樣。

馬醉木對五加的態度感到納悶。

「我萬萬沒有想到，竟然還會再看到它。」五加嘆了一口氣，靜靜地回答：「這是我以前侍奉的公主所使用的長琴。」

「這個嗎？」

「是的，之後因為某些緣故，歸宗家所有。」

「那位公主的品味很高尚，我也很喜歡，以後會好好珍惜。」馬醉木露出無憂無慮的笑容。

「是的，我相信那位公主也一定會很欣慰。」五加深有感慨，露出泫然欲泣的表情。

在保養浮雲之際，天色漸漸暗了下來，女僮僕想要用鬼火燈籠照明，心情恢復平靜的五加，制止了女僮僕。

「馬醉木公主，您知道為什麼櫻花宮內的宮殿分別稱為春殿、夏殿、秋殿和冬殿嗎？」

五加促狹地問，馬醉木忍不住偏著頭。

「不太清楚，但如果沒有特別的理由，應該可以叫東殿。」

「您說的對，事實上起初的確是這麼叫的。」

五加停頓了一下，隨即拍了拍手，在場的女官聽到指示，同時站了起來。

「每一個宮殿都按照歷代公主的喜好精心打造，從室內的擺設到庭院內的樹木，乃至宮殿可以看到的風景，都完全符合公主的需求。」

「風景？」

「是的。」

在五加說話的同時，女官們俐落地捲起垂簾，將所有的門扇全都打開了。

今晚有月亮。皎潔的月光隨著春天夜晚的空氣從敞開的門照射進來，馬醉木怔怔地看著竹簾上的影子，白色的影子掃過她的視野角落，她忍不住抬起了頭，是花瓣。

馬醉木說不出話，走向欄杆的方向。外面很明亮，但不光是因為有月亮的關係，她巡視四周，感動無語。朦朧的月光映照在一片盛開的櫻花花海，發出白色的光芒。放眼望去，整個山坡都是櫻花，柔和的風中飄著濃郁的花香。

她無法用言語形容，彷彿一旦說出「太美了」，所有的感動都失去了價值。無論說什麼，都不足以形容眼前的美景。

「……東家世世代代的公主都喜愛櫻花。」五加語氣平靜地說：「這是熱愛春天櫻花的公主歷經數百年的時間，所打造出來的景象。久而久之，大家便把春天最美的這個宮殿稱為〈春殿〉，是不是很美？」

馬醉木沒有回答，因為這個問題的答案顯而易見。她默默地坐在長琴前，充滿憐愛地撫摸著琴的表面，然後動作熟練地戴上義甲，緩慢地調音，靜靜地彈了起來。

琮琮錚錚，琮琮錚錚。悠揚淒美的琴聲溶化在淡淡的月光下，飛上了天空。

櫻花綻放。明月懸天。琴聲甘甜如水。

眼前的所有景象融合在一起，宛如一幅畫。

啊……馬醉木猛然意識到一件事——這就是我在這裡的原因。

雙葉無法彈這把琴，因此我才會出現在這裡。

她終於領悟到，這並非巧合。

這裡在呼喚我……

之前內心深處的芥蒂頓時消失了。

櫻花彷彿笑著說，妳應該在這裡。

# 第二章　夏

聽到一陣衣裳摩擦的聲音，濱木綿醒了過來。

她閉著眼睛，豎起耳朵，聽到衣服的摩擦聲停了下來，然後是有人輕輕坐下的聲音。在她的宮殿內，沒有任何一名女官動作如此輕柔，她猜想應該是客人，而且看見她這個女主人睡著了，感到有點不知所措。

「馬醉木，妳找我有什麼事？」

濱木綿聽到倒吸一口氣的聲音，才終於睜開眼睛。果然不出所料，春殿的馬醉木眨著眼睛，直接坐在沒有座墊的木地板上。

「妳坐在那裡，小心被我家的青蛙吃掉。」

馬醉木聽了尷尬地笑了笑。

濱木綿覺得眼前這個公主在一些奇怪的地方很不拘小節，猛然坐了起來。

「濱木綿公主，妳才很危險，萬一掉進水裡怎麼辦？竟然敢在這種地方睡覺。」
濱木綿聽了馬醉木純粹的感嘆，忍不住聳了聳肩，覺得和這個不擅舌戰的公主鬥嘴，一點也不好玩。
「夏殿只有在這個季節才能發揮長處，夏殿的主人充分運用特權，這有什麼問題？」
濱木綿說完，回頭看向潺潺的清涼泉水。
時序進入了新綠的季節。春殿的陽光充足，開始有點熱了。櫻花宮內也已經換了裝，到處可見消暑的配置。
在氣溫一天比一天高的這個季節，夏殿是最舒適宜人的地方。雖然和其他宮殿一樣，都是懸空式的建築結構，但穿過打通岩石而建的通道後，特別設置了一處可用於釣魚、泊舟和納涼的釣殿。位在樹林深處的清泉內，綻放了許多白色睡蓮，瀰漫著清涼的空氣，和外面完全不一樣。
濱木綿就躺在泉邊，解開的衣帶前端漂浮在水面上。
「春殿的櫻花馳名遠近，夏殿的睡蓮也毫不遜色吧？」濱木綿一邊開心地說著，一邊想把手指浸入清水中。「這裡的水和淨身時瀑布水，源頭相同，都是自然形成，所以水質才會這麼清澈。現在蓮花的數量還很少，之後會越來越多，到了盛夏，還會開出大朵的蓮花。雖然這個宮殿內有很多俗氣的東西，這裡卻是無與倫比。」

濱木綿說的俗氣東西，應該是指那些極其奢華的傢俱擺設。

馬醉木忍不住苦笑，但也覺得清泉很美，點頭表示認同。

「真的很美！這裡這麼美，為什麼沒有人知道？」

「那是因為至今為止，沒有其他家的公主來過這裡。因為我們家族的人都很貪心，想要獨佔這片美景。」濱木綿笑了笑，「妳是第一個，可以為此感到驕傲喔！」

馬醉木之前只去過懸空式結構的夏殿本殿，今天因為濱木綿在這裡睡覺，所以那些女官就帶她來到這裡，讓她自己將濱木綿叫醒。

馬醉木不知該如何回答，只能不置可否地笑了笑。濱木綿似乎對她如何反應毫無興趣。

「那麼，妳怎麼會在這裡？宴會不是還沒結束嗎？」

馬醉木打起精神，鼓起勇氣開了口。

「我就是為了這件事而來的。濱木綿公主，妳要不要一起參加呢？」

「我拒絕。」

濱木綿的回答冷淡無情，馬醉木忍不住垂頭喪氣。

濱木綿露出促狹的眼神看著她，一派灑脫地猜測。

「哈哈，看來是真赭薄那個賤人叫妳來的吧！如果不找我去有失體面，但如果親自邀請，到時候被我拒絕，她的自尊心會受傷，於是妳就淪為犧牲品。真是太可憐了！」

「沒、沒這回事。」馬醉木慌忙地回答。

**雖然有一半說對了。**馬醉木在心裡補充道，但似乎也被濱木綿看穿。

今天是端午節，皇太子要下午才會出現。在皇太子現身之前，藤花殿內設了宴席。

秋殿和冬殿一行人都已前往，但濱木綿一如往常，遲遲沒有露臉，似乎不想參加。馬醉木忍不住嘀咕說：**當作她不存在似乎也不太好**。於是，這件苦差事就落到她的頭上。

「哼！」濱木綿冷笑一聲，輕輕聳了聳肩。「姑且相信妳所說的。那妳就連同我的份，去挫挫她們的銳氣吧！」

「啊？」馬醉木聽不懂她的意思，一臉錯愕。

濱木綿挑起單側眉毛說道：「南家商人，西家職人，北家武人，東家樂人，真是說得太貼切了。妳的琴聲時不時會隨風飄來，就讓那兩個自以為妳不諳世故不將妳放在眼裡，進而得意忘形的賤人見識一下，妳有多厲害！」

「沒這回事！」馬醉木嚇得驚叫了起來。

「是喔！」濱木綿不以為然地說完，不知道覺得有什麼好笑，拼命忍住笑意。「好了，妳快走、快走吧！就對真赭薄說，我可不像她那麼閒。」

濱木綿甩著手，示意馬醉木離開，再度躺了回去。

馬醉木難以釋懷地離開了夏殿。

「呃，濱木綿公主說她另有要事，很遺憾無法來參加。」

馬醉木回到宴席後，用相當委婉的措詞轉達了濱木綿的意思，她當然不可能實話實說，但總算完成了身為使者的任務。

真赭薄冷笑了一聲，似乎早就猜到。

「她應該會說，『有這種閒工夫，還不如和青蛙玩』，是吧？」

啊，雖不中，亦不遠。馬醉木忍不住在內心為真赭薄鼓掌，可惜她心的緒似乎又被看穿了。

真赭薄誇張地嘆了一口氣說：「真讓人懷疑，她到底是不是宮烏？之前拒絕出席茶會，該不會是為了掩飾她不懂茶道？」

「有可能。」

真赭薄身邊的女官七嘴八舌議論起來。

「有沒有聽過她說話的樣子？根本不像是良家女兒。」

「上次她走在渡殿時，只穿了一件單衣。」

「啊呀，真不知恥！」

「而且還會大剌剌地去中庭，連我都忍不住羞紅了臉。」

「真不知道南家到底是怎麼教育的？」

「她簡直和山烏沒什麼兩樣。」

西家的女官們沒有發現馬醉木很不自在，越聊越起勁。

「她該不會……真的是山烏？妳們不覺得有可能嗎？」

「啊，會有這種事嗎？」

「以前好像有過這種事，至少在我奶奶當女官的時候曾經發生過。如果生下的女兒很醜，就會偷偷去煙花巷買一個女嬰回來當養女。」

「那家族的血統不就進不了宗家了嗎？」

「所以本尊就以侍女的身分一起登殿。若皇太子中意養女，到時候就偷偷……懂了吧？」

「不會吧！」

「真是難以置信！」

「我說的是真的！大家不都說南家醜女多嗎？這次的夏殿公主，單論臉蛋的話，在南家算是差強人意。」

「只論臉蛋？還是妳本來想說身材？不，只有身材還說得過去。」

「所以，真的有這麼一回事？」

「很有可能啊！」

當那些女官達成共識時，有人故意咳了幾聲。女官們驚訝地轉頭一看，發現白珠身邊的老女官一臉嚴肅地看著她們。
「茶花嬤嬤，怎麼了嗎？」菊野雖然沒有加入那群女官一起閒聊，欲也一臉膽怯地問。
「恕我直言，目前已經沒有這種事了。妳們似乎不知道，現在早就禁止將山烏的孩子收為養女。」
茶花皮笑肉不笑地陳述著，她明確的語氣，似乎在說其他人竟然連這種事也不知道。
菊野聽了忍不住面露慍色，但茶花似乎決定不理會她，繼續淡然的述說下去。
「上上代金烏陛下的皇弟，因為母親是山烏，所以無法幻化成人形。血統不好，就是會發生這種狀況。」
因此在那之後，每當公主登殿時，就會找相面師來看相，確認血統及身分。
「即使不需要找相面師，只要在宮廷生活久了，就可以從骨骼和容貌判斷血統純不純正。夏殿的公主絕對是南家的人。」
茶花暗自炫耀自己的經驗豐富。服侍公主資歷尚淺的菊野，眉頭鎖得更深了。
現場的氣氛劍拔弩張——
「茶花。」白珠輕輕地叫了一聲。

「是。」茶花慌忙回頭看著白珠。

「我想喝水。」

「馬上就來。」茶花立刻站了起來，瞥了菊野一眼，快步退了出去。

白珠聽到她的腳步聲漸遠後，嘆了一口氣，向菊野微微欠身。

「我的女官失禮了。」

「不，白珠公主，您不需要特地為這件事道歉。」菊野搖了搖頭。

現場陷入了尷尬的沉默。

「妳們不覺得，如果濱木綿公主真的是南家的人，就更無法原諒她的行為嗎？」

秋殿的女官又重拾剛才的話題，尖銳地說道。

「就是啊！」

女官們無法忍受現場的空氣，再度異口同聲地附和著，目前痛罵濱木綿，任何人都不會有意見。正當大家七嘴八舌地討論時，其中一名女官不小心說溜了嘴。

「真可悲啊！就是因為有那種女人，所以皇太子殿下才遲遲都不現身。」

白珠聽了女官隨口說的這句話，忍不住轉過身，真赭薄也挑起了眉毛。

皇太子自上次從賞花台下經過之後，就再來沒來過櫻花宮。通常在登殿之後，皇太子會立刻過來探望四位公主。雖然規定只有在節慶時才能正式造訪，但至今為止，從來沒有任何一位皇太子遵守。

如果皇太子嚴格遵守傳統，當然令人尊敬，但總感覺有點像是對幾位公主不屑一顧，這讓人很不是滋味。

「殿下很忙，之前都一直外出。」真赭薄搖了搖頭，硬是擠出苦笑說道。

南家的交易對象〈天狗〉都住在〈山外〉，只有南家的人可以與天狗接觸。但當今皇太子是唯一的例外，從幾年前開始，便經常外出。

「說是要增長見聞，殿下的格局真是太廣大了！」真赭薄捧著臉頰，露出陶醉的表情，接著語帶炫耀地說：「皇太子從小就很有見識了。」

「妳見過皇太子殿下嗎？」馬醉木詫異地問。

公主到了適婚年齡後，即使遇到親戚中的男性，也必須遮住臉。即使是不注重禮儀的東家，在與兄長見面時也是如此，她沒有想到真赭薄曾經見過皇太子。

真赭薄看到馬醉木驚訝的表情，顯得很得意。

「雖說見過，但那是很小的時候。因為我和皇太子是如假包換的表兄妹，所以小時候經常玩在一起。」

「皇太子殿下是怎樣的人？」

從小就不曾離開過東家的馬醉木，甚至不曾聽說過有關皇太子的傳聞，因此她迫切想要知道皇太子的一切，就連她自己都感到不可思議。

「皇太子喔……」真赭薄環顧四周，停頓了好一會兒，露出了得意的笑容說笑：「他實在太出色了！」

「怎麼說？」馬醉木急切地問道。

真赭薄故弄玄虛，似乎故意讓她著急。

「他啊……面容尊貴。」

「是。」

「舉止優雅，氣度不凡。」

「是。」

「而且非常……」

「非常？」

「非常體貼溫柔……」

真赭薄說話的樣子太陶醉，馬醉木說不出話。

秋殿的女官雙手捧著臉頰，發出了分不清是感嘆還是驚嘆的聲息。

「雖然這麼說有些奇怪，原來這個世界上真的有這麼完美的人。」

「皇太子就是這麼出色，是完美的貴族公子。」

秋殿的女官們發出了羞澀的笑聲。

「真希望趕快有機會一睹風采。」

「不必著急，即使妳不想見，下午也會見到。」

「但我等不及了。」

「除了皇太子殿下以外，公主從來不曾對任何人這麼讚不絕口。」

「當然啊！」真赭薄嘟起了丹霞嬌唇，「我從出生到現在，皇太子是我眼中唯一的郎君。」

「哇！」女官們尖叫起來，真赭薄仍然泰然自若，太令人佩服了。

馬醉木很後悔向她打聽了皇太子的事。**真赭薄愛上了皇太子殿下。**

馬醉木以前根本不在意別人對皇太子有何感想，現在卻覺得好像心被人揪緊了十分難受。她發現冬殿的白珠臉上也沒有任何表情。除了秋殿的女官以外，所有人都一臉掃興，五加甚至露出責怪的眼神，瞪著帶起這個話題的馬醉木。

由於儀式前需要淨身，不一會兒宴會便解散了。

馬醉木聽到解散時，不由得鬆了一口氣。

櫻花宮的端午儀式，都在淨身之瀑布水流入的涼台上舉行，那裡和夏殿的釣殿有著不同的風格，舖了地毯的涼台可以欣賞種在淺淺水流中的花菖蒲。

用流水淨完身後，披上薄紗走回春殿的沿途，看到柱子和垂簾上掛了許多香包。前幾天才掛上的香包散發著菖蒲和艾草的濃烈香氣，綁在上面的五彩繩子很賞心悅目，也為櫻花宮增添了幾分喜氣。

馬醉木在更衣時，選擇了楓樹嫩葉的裝扮。在鮮豔紅色的單衣外，套上淡萌黃色小袿，感覺像把剛萌芽的嫩葉穿在身上。由於不需要像登殿時那麼正式，因此她在頭髮上插了一支淡紅色芍藥花代替了寶石頭冠，整個人看起來清純秀麗。

她早一步來到涼台，發現皇太子的座位設置在正中央，對面已經擺放了垂簾和座位。她在指定的座位坐下後，白珠也入了座。她與馬醉木一樣，在一頭黑髮上插了白色的杜鵑花，下方配了一串珍珠的髮飾，淡青色的唐衣上有白色的刺繡，一身高雅而清爽的裝扮。

白珠可能有點緊張，雖然臉頰泛著紅暈，但表情卻很嚴肅，一雙凝重的眼眸看向目前空無一人的皇太子座位。

馬醉木此刻清楚明瞭白珠的心思。**因為我的想法和她一樣……在我們兩人之中，或許會有一個人能入宮，另一個人含淚落敗。**不久前，還完全沒有意識到時，內心便一直隱隱作痛。原來只有自己還搞不清楚狀況，而白珠從登殿時就一直是這種心情。

當馬醉木憂愁地低頭思考時，真赭薄和濱木綿也前後抵達。

真赭薄一身由白到淡黃，進而變成嫩綠色的花橘色彩，搭配繡了瀑布的蘇芳唐衣，圍在後腰的長裙也延續了唐衣上瀑布，用白銀和水晶製成的溲疏花髮簪插在頭髮上。濱木綿大膽地將禮服穿出了隨興的風格，在白色單衣外搭配了檜皮色的表衣*垂領廣袖外袍，然後用青

＊注：表衣，十二單衣之一，穿於打衣外垂領廣袖的外袍，有華麗的刺繡，經常分表里兩層。

綠色的薄絹代替唐衣穿在表衣外，宛如瀟灑的蟬羽。
三位公主各有風采，都散發出神聖的魅力。馬醉木情不自禁發出了感嘆聲。
雖然早桃曾說，除非發生什麼離奇的事件，否則自己根本沒有機會入宮。而所謂離奇的事件，就是皇太子喜歡自己。
在她產生這種想法的同時，以及死心斷念的同時，內心也湧現了某種心動的感覺。那是以前從來不曾有過、帶有未知喜悅的情愫；那是在東家別邸遠離塵世長大，從來不曾體會過的忻悅。即使她告訴自己，不可能有這種事，這種甜蜜的痛楚仍舊靜靜地在內心擴散。
驀然，多年前見到皇太子的笑容閃過腦海，他的笑容太動人，每次回想起來，心跳都會情不自禁加速。坦白說，自己那時候……
「公主，藤波公主駕到。」馬醉木聽到五加的提醒，驚訝地抬起頭。
穿著深紫色薄質外衣的藤波出現在上座，她巡視所有人後，露出了意味深長的笑容。
「距離兄長到來還有一段時間，我想請一位公主做一件事。」
公主殿下突如其來的這句話，讓所有女官都好奇地看向上座。藤波確認所有人都豎耳聽著自己說話後，轉頭看向馬醉木。

「春殿公主，我想聽妳彈琴。」

「什麼？」女官紛紛發出驚叫聲。

「春殿公主？」

「不是秋殿公主嗎？」

有不少人聽了藤波的話，立刻發出不以為然的冷笑聲。

「藤波公主！」馬醉木著急地叫喚著，但藤波並不理會她。

「不，我無論如何都想聽春殿公主彈琴，就這麼決定了。」

「琴已經準備好了！」五加很有朝氣地回答。

**她什麼時候準備了琴？**馬醉木瞪大眼睛，但發現準備就緒的浮雲，已經放在五加的身後。馬醉木半強迫地背對著花菖蒲，坐在長琴前。

真赭薄看到放在地毯上巨大的長琴，似乎嚇了一跳。

「我以前從來沒有看過這種樂器，既不是和琴，也不是箏。」

「沒錯，這叫長琴，是東家特有的樂器，所以其他人可能沒看過。」

馬醉木不再推托，心慌意亂地調了音。五加代替她向其他人繼續說明。

「雖然有琴柱，但同時必須靠按住弦的不同位置決定音程，結構很複雜，演奏也很難，即使是東家的人，也沒幾個能夠駕馭這個樂器。」

雖然五加這麼說……馬醉木俐落地調整琴弦的鬆緊，忍不住嘆著氣。她認為五加誇大其詞了，實際上並沒有那麼難。雖然她很高興五加抬舉自己，但說得太離譜了，等一下不是會令人失望嗎？

馬醉木激勵著自己漸漸消沉的心情，毅然面對著心愛的樂器，因為她不希望自己心煩意亂地面對它。

女官們注視著她，眼神中帶著嘲笑，想要看看馬醉木到底有什麼能耐。

馬醉木輕輕閉上眼睛，想要避開這些視線——

好安靜喔！只聽到扇子搧動的聲音。不，還有小鳥的歡啼聲，和流過花菖蒲和小石子之間的潺潺水聲，更有風吹動蒼翠欲滴的嫩葉發出的聲音。

準備好了。她猛然睜開眼睛，獨自點了點頭。

馬醉木在垂下雙眼的下一瞬間，現場的空氣變得完全不一樣。

真赭薄也搞不清楚是怎麼回事，只知道在馬醉木專心面對長琴時，自己的視線就很自然地聚焦在她身上。

馬醉木的琴聲起初很安靜，只是很平常的寧靜緩和旋律，雖然是以前從來沒有聽過的樂曲，但悠揚樸素的旋律，能夠激發心曠神怡的懷念。

沒想到她會彈樂器。周圍的女官紛紛露出洩氣的表情，但這種表情並無法維持太久。

令人聯想到清新初夏的樂曲，漸漸讓現場的氣氛變得柔和、鮮豔，當感覺全身都沉浸在薰風中時——旋律發生了變化。節奏漸漸加快，和剛才完全不一樣，不過曲調仍然不失悠揚輕盈。

真赭薄在不知不覺中感到暈眩，若只是雕蟲小技絕對無法彈出這首樂曲，即便勉強彈奏，也會因技巧不足而導致整首樂曲聽起來倉促潦草。她立刻意識到，自己無法彈奏出這首高難度的樂曲。

然而，在馬醉木身上完全感受不到她卯足全力彈奏的奮力，十根手指就像是分別有不同意志的生命體般靈活移動，操控這十根手指的主人顯得從容不迫。

馬醉木愉悅地彈奏著長琴，散發出迎接夏天的喜悅。樂曲令人聯想到山上湧現的清澈泉水，每根手指撥動琴弦，如玉般的清澈泉水像是不斷地湧現。

閃亮的水滴反射著夏日的陽光，在清新的光芒下，優美地張開身體的嫩葉，發出了歡喜的聲音。馬醉木看起來就像是從身體深處綻放出光芒，真赭薄在不知不覺中倒吸了一口氣。

真赭薄起初並沒有意識到內心這種從未有過的感覺，就是嫉妒。然而，當馬醉木演奏完畢抬起頭，她們視線交會的瞬間，馬醉木嫣然一笑時，真赭薄發現自己竟然看著她出了神，忍不住感到驚愕。

「太棒了！」藤波天真無邪的聲音，讓女官們如夢初醒般眨著眼睛。

春殿的人都發自內心感到高興，熱烈地鼓掌，五加更是一臉得意的表情。白珠等冬殿的人全都愣住了。秋殿的女官竊竊私語著，似乎表示難以相信剛才所發生的事。真赭薄則是默然不語地注視著馬醉木。

「啊呀，妳那絕世美貌的臉，怎麼會做出這種表情？」

身後傳來毫不掩飾正在看好戲的聲音，回頭一看，發現濱木綿走到自己身旁，看著她滿不在乎的表情，真赭薄咬著嘴唇。

「……所以妳早就知道了？」

「沒什麼知不知道的，東家有很多優秀的樂人，這不是眾所周知的事實嗎？」濱木綿露出受不了的表情，似乎覺得這句話問得莫名其妙。「妳現在應該充分瞭解到，膚淺的言行，最後只是曝露出自己的品性低下。我相信也是一次很好的學習機會。」

「不勞費心。」

馬醉木並沒有露出得意的神情，只是面帶微笑地和藤波聊天。這種完全沒有絲毫矯情的樣子更加令人恨得牙癢癢，但真赭薄更加無法原諒自己竟產生這樣的感覺。

之後的儀式順利開始，只等著皇太子駕到。

不知道皇太子何時會出現，在這種焦急等待的心情之下，感覺時間過得特別慢。

但是，就在所有女官致詞結束，供奉山神的儀式也完結之後，皇太子仍然遲遲沒有現身。

皇太子殿下遲到了。

原本就焦急不安的女官們，起初對皇太子遲遲未現身感到生氣，但隨著時間慢慢過去，她們反而顯得不知所措。

太奇怪了，皇太子殿下沒有出現。

女官們竊竊私語，交頭接耳，也可以清楚感受到藤波在垂簾後方同樣很焦急。

等到所有儀式幾乎都已結束，再度端上酒菜時，皇太子依舊不見蹤影。

「這是怎麼回事？」早桃離開濱木綿身旁，走到馬醉木她們身邊，語帶困惑地問：「皇太子殿下並不是沒有任何理由，就不參加儀式的人。」

「難道是皇太子出了什麼事嗎？」五加問。

「不知道。」早桃滿面愁容地回答。

「其實，我之前聽到有點令人在意的事……」

「令人在意的事？」

馬醉木對皇太子沒有現身這件事，產生了難以形容的不安。

早桃輕輕點了點頭，看著馬醉木說：「我們這些原本屬於宗家的女官被派到四家之後，也經常去藤花殿喝茶，上次聽到宗家的女官提到，大紫皇后曾經說過一件事。」

「大紫皇后……說了什麼？」

「她說這次登殿的公主中，竟然有烏太夫。」

**烏太夫**？馬醉木聽不懂這三個字的意思，跟著重複了一遍。五加驚愕地倒吸了一口氣，和她的反應完全相反。

「這次登殿的公主中有烏太夫？」

五加瞪大眼睛，嘴唇發抖的樣子很不尋常。正當馬醉木想要問：「烏太夫到底是什麼？」時，驀然聽到啪嘎一聲樹枝折斷的聲音。馬醉木驚訝地轉頭看向聲音傳來的方向，發現涼台對面的山崖上，一棵長在巨大岩石上的樹木不自然地搖晃著。

「是誰在那裡？」五加厲聲問道，正打算叫人。

一聲尖叫響徹了整個涼台，女官們紛紛站了起來，不知道發生了什麼事。

就在這時，一個漆黑的影子從樹枝之間飛了出來，差不多有一個人大的黑影，飄落了許多羽毛，降落在馬醉木和其他人面前。

當早桃看到倉皇地降落在花菖蒲上的黑影是一隻大烏鴉時，立刻大聲尖叫了起來。轉眼之間，周圍的女官叱罵聲四起，亂成一團。早桃和馬醉木縮在一起。

只見宗家女官接連衝了上去。

「有惡徒！」

「趕快叫山內眾！」

宗家女官粗暴地脫掉和服，露出一身黑色裝束，不顧腳會弄髒，撲向闖入者。

「公主！請快退下。」

馬醉木愣怔地看著宗家女官變身的模樣，直到察覺五加擋在自己前面，才回過神。

「五加，但是……」

「不必擔心宗家女官！她們都是藤宮連的人，專門負責保護公主。」

馬醉木看向五加身後，烏鴉離開水面，從藤宮連手中掙脫飛了起來，敏捷地遁逃，其中一名藤宮連追了上去，雙腳用力一蹬。

**那隻烏鴉已飛走，藤宮連到底想做什麼？**馬醉木正感到納悶時，只見穿著黑衣的女官身體就像麥芽糖做的一樣扭了一下。

剛才還是女官的藤宮連，在轉眼之間變成了一隻只有三隻腳的大烏鴉，接著宗家女官一個接著一個幻化成烏鴉，飛上了天，追拿闖入者。

馬醉木看得目瞪口呆，完全搞不清楚眼前是什麼狀況，那絕對不是眼睛的錯覺，剛才的確看到了女官變成烏鴉。她被眼前的景象造成莫大衝擊，當場癱軟在地，無法動彈。而那些烏鴉身上掉下來的黑色羽毛，飄落在她周圍。

「公主，您沒事吧？」

「五加！那是、那是什麼……？為什麼那些女官變成了馬？」

馬醉木渾身顫抖抱住了五加。

「公主，請不必擔心。她們……還有她們，都和我們一樣，都是八咫烏。」

「……妳說什麼？」

五隻大烏鴉仍然在枝葉後方展開華麗的空中戰，闖入的那隻烏鴉比追兵體型小，靈巧地左躲右閃。馬醉木茫然地看著他們。

這時，又出現了比藤宮連變身的烏鴉更大的烏鴉。

「山內眾趕到了。公主，這下子就不必擔心了。」

原本以為闖入者會被名為山內眾的烏鴉痛宰，沒想到闖入者主動靠近了山內眾。當闖入者放慢動作時，藤宮連的烏鴉立刻圍上前。不一會兒，馬醉木聽到了慘叫聲。

藤宮連抓著放棄抵抗的烏鴉，回到了馬醉木和其他人這邊，接著從烏鴉變回了人形。恢復人樣的藤宮連，紛紛押著闖入的烏鴉。被逮到的闖入者身體果然很矮小，被藤宮連狠狠地壓制住，富有光澤的尖嘴有一半浸在水裡。

「各位公主，您們有沒有受傷？」

「辛苦了，大家都沒事。」濱木綿回答。

其他家的女官都保護著自家公主，唯獨濱木綿鎮定自若地站在那裡。

「現在是什麼狀況？為什麼不把他交給山內眾？」

「因為他闖入櫻花宮，所以不是由山內眾管轄，而是由藤宮連負責。」

「既然認為他有危險，我認為沒有必要特地帶回櫻花宮。」

「您說的對。」藤宮連很乾脆地點了點頭。「但我們研判他並沒有危險。」

「根據什麼？」

「剛才趕到的山內眾證實，他是皇太子的近侍。」

聽聞，站在遠處的女官都同時露出驚訝的眼神看向烏鴉。

「怎麼會有這種事……皇太子殿下的近侍，竟然以烏鴉的模樣現身！」

濱木綿沉默不語地注視著烏鴉，過了片刻，她嘆了一口氣。

「先放開他吧！不然他要沒命了。」

「……既然夏殿公主開了金口，那就先放了。但是，若他敢輕舉妄動，立刻拘提他。」

瀧本看著烏鴉在水中的嘴巴不停地冒著泡，垂下了嘴角，很不甘願地下達了命令。其他抓住闖入者的藤宮連相互交換了眼神後，緩緩鬆開了手。

渾身濕透的烏鴉抖了一下羽毛，一雙大眼睛看向濱木綿，「呱」地叫了一聲，似乎在表達感謝。

下一剎那，烏鴉的一對翅膀發出啪吱啪吱的聲音開始變形，用力張開的翅膀已經變成人的手臂，揮動著黑色袖子。黑色的嘴巴不斷縮短，腦後的羽毛變成了蓬鬆的頭髮，原本被黑色羽毛遮住的臉露出了健康的皮膚。

短短幾秒鐘，三隻腳的大烏鴉就變成了穿著黑衣的少年。

「夏殿公主，感激不盡。」

臉上還帶著幾分稚氣的少年抓著一頭凌亂的頭髮說道，但瀧本毫不留情地賞了他一巴掌。

「你這個蠢貨！竟然在高貴的公主面前露出鳥形，還在她們面前變身，簡直寡廉鮮恥！」

「對、對不起！」少年慌忙跪地磕頭。

那些女官可能發現少年沒有危險，紛紛都聚集了過來。

「妳真的是皇太子的近侍嗎？」

「沒有搞錯嗎？」

女官冷眼看著前一刻還是烏鴉的少年，近侍在她們輕蔑的眼神注視下，整個人被驚嚇得縮成一團。

「真的很抱歉！」

在公主垂簾的包圍下，一名山內眾的年輕人在藤花殿大廳的中央鞠躬道歉。剛才那名近侍站在他身旁，被年輕人按壓住後腦勺，額頭幾乎要碰到地上了。

「妳是山內眾的澄尾嗎？」

緊急被從藤花宮請來這裡的大紫皇后在上座靜靜地問道。

「雖然他還未成年，但除了藤花殿，踏入禁止男人進入的櫻花宮可是重罪。本宮相信他不可能不知道會遭到嚴厲處罰。為什麼還會發生這種事？」

皇太子的近侍未經許可闖入櫻花宮之後，山內眾找來的這個名叫澄尾的男子，皮膚黝黑，在近衛隊內個頭並不算高，卻有著武人特有的銳利眼神。

「是的。」他聽了大紫皇后的話後點了點頭，不慌不忙地說明了情況，「請皇后殿下明察，這名近侍並無惡意。這件事對櫻花宮和皇太子殿下雙方而言，都是因為陰錯陽差導致的意外。」

「你說是意外？」

「對，接下來就由他自己來說明。」

「是的。」近侍聽了澄尾的話，點了點頭。

以皇太子的僮僕來說，這名少年容貌並不出眾，似乎也沒見過什麼世面，對眼前突如其來的情況感到倉皇失措。

「其實，我是和皇太子殿下一起來到這裡。我奉命陪同殿下來參加下午的儀式。」

「對喔！」藤波突然想起這件事，叫了起來。「皇兄目前在哪裡？按照原本的安排，他現在應該已經來這裡了吧！」

「正是為了此事。皇太子殿下交給我一封信，要我轉交給公主殿下。因為是緊急通知，所以我變成鳥形飛來這裡，只是我還不太習慣飛行……沒想到飛累了想休息一下的地方，竟然已經是櫻花宮內。真的非常抱歉！」

「他說他沒有發現。」澄尾開口為哭喪著臉的近侍補充道：「在接到櫻花宮的聯絡時，皇太子殿下通知山內眾**『我的近侍會前往櫻花宮，小心別誤抓了』**。這次引起的騷動，如果他是從〈土用門〉進入就不會有任何問題。懇請皇后殿下開恩，從寬處理。」

然而，藤花殿內的人已經不關心這個渾身髒兮兮的近侍了。

「兄長要給我的信呢？該不會遺失了吧？」

近侍聽了慌忙搖著頭說：「沒有！裝在書信盒內，應該沒有碰到水。就是這個。」

近侍遞上了一個綁了紫色繩子的漆器細長形書信盒。瀧本不發一語地接過後，走進垂簾，交給了藤波。藤波打開書信盒，裡面是淡紫色的信紙，她取信看了一會兒，失望極了。

「……兄長說他無法來參加下午的儀式。」

「怎麼會這樣？」

「真是……太遺憾了。」

這是登殿之後，第一次謁見皇太子的機會，既然皇太子不來，就失去了意義。

藤花殿內熱情頓失。

「請、請問，我、我會受到什麼處置？」近侍戰戰兢兢地左顧右盼。

大紫皇后看了他一臉沒出息的表情，嘆了一口氣。

「既然是皇太子正式派你來的，還是尚未戴冠的未成年，該由皇太子承擔聯絡不周之罪，而不是妳，而且也不可能體罰年幼的孩子。你去轉告皇太子，這筆帳記在他的頭上。」

原本緊張得渾身繃緊的少年鬆了一口氣。女官們在瞭解狀況後，也覺得嚴厲懲罰他未免太可憐，所以沒有認為這樣太手下留情。

「謝皇后隆恩！很抱歉，給大家添了這麼多麻煩。」

近侍的少年再度鞠躬後，和澄尾一起退出了櫻花宮。

「沒想到竟然會發生這種事。」五加小聲地嘀咕完，轉頭看向僵在一旁的馬醉木，深深嘆了一口氣。「原本不想讓您知道……事到如今，也不得不說了。」

剛才近侍在這裡時，馬醉木始終不發一語，她露出膽怯的眼神，僵硬地抬頭看著五加。

「這到底是怎麼回事？為什麼馬變成了人，人又變成了馬？妳剛才說，他們和我們一樣，都是八咫烏。這到底是什麼意思？」

「公主，」五加一臉凝重地開口說：「馬也和我們一樣，都是八咫烏的一族。」

「什麼……？」

「貴族可以一輩子都不變身成鳥，但大部分老百姓就沒辦法。除了像山內眾和藤宮連一樣，在發生狀況時變成鳥形作戰，有些人因為無法養家餬口，就必須像『馬』一樣工作。所以有時候會用馬來叫他們，羞辱這些地位低下的人。」

馬醉木感到震愕，她一直以為馬是馬，八咫烏是八咫烏，兩者毫無關連。

「這怎麼可能！那要怎麼變成鳥？」

「只要妳願意，也可以變身成鳥啊！」濱木綿走過來說道。

馬醉木詫異地仰頭看著她，濱木綿輕輕聳了聳肩。

「不然妳以為我們為什麼是卵生？當然是因為我們不是四腳獸，而是鳥的同類。」

因此，負責養育宮烏孩子的人，稱為〈羽母〉。羽母代替生母用羽毛孵卵，保護卵。

「我……以前完全、完全不知道這種事……」

「話說回來，貴族都不太願意承認自己具有烏鴉的性情，但我也能理解。」濱木綿無奈地看著說不出話的馬醉木。「妳似乎誤會了一件事。其實身為八咫烏之首的金烏，並不是代表族長的名字。因為應該成為族長的金烏尚未誕生，代替族長的人就叫〈金烏〉，而當今陛下的正式名諱，應該是〈代理金烏〉。」

馬醉木陷入了混亂。應該成為族長的金烏……這句話是什麼意思？

濱木綿輕輕笑著繼續說：「金烏並不是八咫烏，原本是完全不同的動物，至少前任代理金烏是這麼認為。」

「完全不同的動物？」

八咫烏原本是太陽的眷屬，如果失去太陽下山之後可以變身的能力，或如果以鳥形迎接夜晚，通常在晚上就會看不到。只有金烏例外，即使在夜晚，也可以自由飛翔。

根據文獻記載，只有宗家會誕生金烏，每隔幾代才會出現一次，而且規定一旦金烏誕生，即使親生母親是側室，即便上面還有好幾位哥哥，都可以直接繼承族長的地位。至今為止，已經很久沒有金烏誕生了，所以這項規定也形同虛設，直到目前的皇太子誕生。

「這麼說，當今皇太子的兄長禪讓給皇太子是因為……？」

「因為當今皇太子是〈真正的金烏〉。」

「馬醉木公主，妳連這種事也不知道，竟然還想成為皇太子的皇妃。」

驀然傳來一道冰冷的聲音，馬醉木錯愕地抬起頭。

「真赭薄公主……？」

「宮烏是宮烏，山烏是山烏。妳連兩者的區別都不懂，身為宮烏，也太奇怪了。」

真赭薄不知道對馬醉木有什麼不滿，句句語中帶刺。

「這麼說來，馬其實和我們一樣……」馬醉木對她的態度感到困惑，戰兢地反駁道。

「一旦變身成鳥形，就和我們不一樣了。這還用說嗎！」真赭薄心浮氣躁地皺起眉頭，大聲說道：「這種事是身為宮烏最低限度的常識！恕我直言，馬醉木公主，妳完全缺乏涵養，根本配不上皇太子。」

「秋殿公主，」白珠出聲制止真赭薄，眼神極其冰冷，「妳是不是說得太過分了？」

「不，白珠公主，秋殿公主說的沒錯，她顯然真的是〈烏太夫〉。」

茶花冷笑一聲走上前，馬醉木更加困惑。

「烏太夫到底是什麼?」

「那只是個歷史故事。」濱木綿瞪著茶花和真赭薄，豎起手指，指著天花板說：「妳看，上面不是有畫嗎?上面描繪了櫻花宮的由來。」

「由來……嗎?」

那是在很久很久以前，還沒有建造櫻花宮前的事。

有一名沒落的高貴公主撿到一隻受傷的烏鴉，帶回家照顧。烏鴉恢復健康後，想要報答公主，問了公主想要什麼。公主說以前曾經見過皇太子，希望能再見一面。於是烏鴉就趁公主在洗澡時，啣著她的衣服，故意飛到皇太子面前。皇太子感到很納悶，便跟隨著烏鴉，結果看到正在擦拭秀髮的公主。皇太子對公主一見鍾情，當場就向公主求婚。

「但是，當烏鴉看到公主打扮得明豔動人準備參加婚禮時，卻忘記了公主的救命之恩，很後悔她將要嫁給皇太子，便想要破壞自己撮合的這對佳人。」

烏鴉化身成為漂亮的公主勾引皇太子，希望他討厭真公主，但是，皇太子已經愛上了真公主，對烏鴉化身的公主不屑一顧。真公主也發自內心愛上了皇太子，無論烏鴉再怎麼說皇太子的壞話，也都不相信。

「最後，烏鴉想擄走真公主逃走，被皇太子綁住翅膀，丟到山崖底下。皇太子在崖上為公主建造了一座宮殿，這就是這座櫻花宮的起源。」

「原來是這樣的由來。」

「〈烏太夫〉就是那隻烏鴉變成公主時的名字，百姓還根據這個故事改編成戲曲，是很有名的經典作品。」

真赭薄漂亮的臉蛋扭成一團，看起來很醜陋，好像看到髒東西似的用扇子遮住了嘴巴。

「我猜想妳不知道，所以就告訴妳。烏太夫雖然外表很漂亮，但完全沒有宮烏的資質，甚至會接二連二露出馬腳。面對皇太子的發問，回應也是笑話百出，成為一齣很受歡迎的喜劇呢！」

真赭薄在說話時，茶花走到馬醉木面前，不滿地補充。

「即使妳稍微懂一點音樂，終究還是和烏太夫一般半斤八兩。皇太子根本不可能看上妳的，搞不懂妳在得意什麼。妳可以去看看那齣〈烏太夫〉，應該就可以搞清楚自己的身分了。」

啪地一聲，五加打落了茶花的扇子。茶花看著從自己肥胖的手上猝然掉落的扇子，齜牙咧嘴地問：「妳在幹嘛！」

「我才想問妳呢！竟然出言不遜！趕快向我的公主道歉！」

「明明是個鄉巴佬，竟然還想和白珠公主較勁，真是不自量力！難道妳們不知道大紫皇后說，這次登殿的公主中有人是烏太夫嗎？我只是把皇后的想法說出來而已，哪有說錯什麼！」

「妳們兩個人都別吵了。」茶花和五加幾乎快打起來，菊野上前勸說。

「大紫皇后有話要說。」濱木綿一臉無奈地說道。

茶花和五加頓時回過神，慌忙望向上座，看到緩緩搖扇子的影子。

「……比起〈烏太夫〉這齣戲，眼前這齣戲精彩多了。」大紫皇后笑著說道。

茶花和五加羞得滿臉通紅，茶花似乎無法忍受在大紫皇后面前出了糗。

「恕我澄清！」

「茶花，妳還有什麼好澄清的！不要把本宮的名諱，扯進這般低級的鬥爭中。」

大紫皇后厲聲制止，茶花只能百口莫辯。

「更何況本宮從來沒有說過馬醉木公主是烏太夫，烏太夫也可能是妳的主人，妳竟然無知到這種程度。」

茶花張口結舌，凝視著大紫皇后。

「……您說什麼？」

「同樣的話，別讓本宮說第兩遍，自己仔細去想清楚。」

大紫皇后說完，站了起來，靜靜地走回藤花宮。

「皇后殿下！」

茶花慌忙想要挽留，但大紫皇后頭也不回地走了。

其他人忍不住面面相覷，這才發現有人不見了。

「……馬醉木公主？馬醉木公主去了哪裡？」五加焦急了起來。

濱木綿面無表情地用下巴指向春殿的方向。

「妳們開始爭吵時，她就離開了。太可憐了！」

「……我認為，真赭薄和茶花必須道歉。」

剛才始終不發一語的藤波，面帶慍色地怒聲說道。

茶花發現惹怒了目前掌管櫻花宮的內親王，嚇得臉色蒼白。真赭薄則不發一語，沒有任何回答。

馬醉木獨自回到春殿，一踏進寢室，整個人便癱軟下來，雙腳無力。

她之前就知道自己才識不足，但做夢也沒有想到，自己竟然也可以變成烏鴉。比起自己受到嘲笑，她更發自內心害怕這個世界，因為自己的知識在這裡完全無法發揮作用。

**自己真的能夠變成烏鴉嗎**？她注視著自己擦拭眼淚的手，一下子握緊，一下子張開。

她還是不知道變成烏鴉的方法，甚至覺得是其他人為了譏笑不學無術的自己，才編出這個謊言。

「烏太夫……」真赭薄和茶花的話語，仍然縈繞在她的腦中。

「公主！」隨著一陣腳步聲，五加和女官回來了。

「公主！茶花說的話根本是戲言，您為這種話傷心，太不值得了。」

五加一看到馬醉木的臉，立刻沉痛驚叫著。

馬醉木看著五加一臉擔心的表情，無力地笑了笑。

「……五加、早桃，我打算回府。」

如果不是因病回府，就等於退出入宮。

五加大吃一驚，臉色大變地走到馬醉木面前。

「您怎麼可以說這種話？」

「但是，妳不覺得現在是很好的時機嗎？來櫻花宮之後，已經度過了上巳節和端午節，而且皇太子也不會選擇我，繼續留在這裡也無濟於事。」

「您怎麼可以這麼說！不要說老爺，藤波公主也絕對不會同意的。即使您對皇太子殿下沒有興趣，也不能現在就輕言放棄。」

馬醉木聽了五加語帶責備的話，低頭看著腳邊。

「我並不是對皇太子沒有興趣，只不過……」

「只不過？」

「因為皇太子根本不可能看上我……」馬醉木越說越小聲。

五加聽了露出了狐疑的表情，隨即發現自己失言，詫異地瞪大了眼睛

「公主，您該不會……？」

馬醉木聽到五加焦急的聲音抬起頭，臉上的笑容很不自然。

「五加，我沒事的，妳不用擔心。那只是我誤會了！因為我並沒有正式和皇太子見過面。啊，好丟臉啊！」馬醉木雙手捧著臉頰說：「只是以前瞥過一眼，竟然就以為可能是命運的安排。因為……我當時真的覺得他在對我笑。」

**我覺得這樣反而比較好。**馬醉木小聲呢喃，似乎在說服自己。

「我之前竟然還妄想，如果有機會再次見到皇太子，就要把自己的心意告訴他。」馬醉木苦笑了起來。「明知道皇太子根本不可能喜歡我……」

「公主！」

五加叫喚著，但她根本聽不到。

「是我自作多情。」

「公主。」

「所以，這樣比較好。」

「馬醉木公主！」

「我才沒有喜歡他……！」

馬醉木想要試著擠出笑容，轉頭看向五加的臉滿是淚水。當她瞧見五加露出心疼的眼神，才發非自己正在流淚，露出了不可思議的表情。

「咦？」

「……公主，都是我的錯，我之前完全沒有察覺到您的心意……不要緊，我們都瞭解了，您不需要再強顏歡笑。」

馬醉木聽到五加溫柔的安慰，淚珠從清澈的淺雙瞳中淌了下來，她雙腿一軟，癱坐在地，情不自禁掩面哭泣。

當她醒來時，發現房間內已經暗了下來，五加不在身邊。

應該是自己哭累之後睡著了，五加也就沒再打擾自己。她摸著發痛的腦袋坐起身，蓋在身上的衣服滑落下來。

那是一件紫色綢緞的高級和服，高雅的香氣很像是大紫皇后的衣裳。

**會不會是藤波呢**？正當她這麼想時，看到前方的寫字檯上，有一樣以前沒有的東西。那是一根散發出清新香氣的橘樹樹枝，枝頭的白花之間，綁了一封信。

她解開信一看，在流暢秀麗的筆跡中，看到了自己的名字，她知道那是寫給自己的。

在『馬醉木公主芳啟』旁，只寫了一行內容。

『請堅強以對，避免重蹈令堂的覆轍。』

什麼意思？信上並沒有留下寄信人的名字，但附上一句——

『少了浮雲之後，工作輕鬆多了。』

# 第三章　秋

不久之後，迎來了七夕。

時間過得很快，端午節至今已過了兩個月，皇太子依舊不曾造訪櫻花宮。不過，七夕和上巳節、端午節不同，是以皇太子為主的儀式，這次他一定會現身。

這將是馬醉木和其他公主登殿後，皇太子第一次正式踏進櫻花宮。因此可以感受到所有宮殿的女官，都為了趁這個機會擄獲皇太子的心，而卯足了全力。

「聽說，秋殿每天都會收到裝著綾羅綢緞和髮簪的箱子。」

聽到早桃的話，正在為七夕的儀式準備衣服的五加，忍不住嘆著氣。

「西家似乎為七夕宴使出了渾身解數。」

「就連宗家派來的女官，也都要協助修改衣服。只要走進秋殿，每天都可以看到很多正在縫製的衣裳，簡直就快被五彩繽紛的大浪吞噬了。」

早桃瞥了一眼自己的衣服，忍不住喟然而嘆。

「但夏殿完全沒有這種動靜。我真的不希望濱木綿公主成為櫻妃。要是她入宮的話，所有女官會悲泣成一團吧！」

聽說真赭薄會將高級的綢緞賞賜給女官，但濱木綿甚至連一塊麻布都不會給。

五加聽了忍不住顰眉。

「怎麼會這樣？南家不是送了很多衣服來嗎？」

「聽說她會把那些衣服偷偷送往城外賤賣，再將換得的錢買酒喝。」

簡直令人瞠目結舌。

「雖然比夏殿好多了……但春殿能不能再加把勁呢？」

馬醉木聽到五加帶著怨氣的話，輕輕地苦笑著。

「妳不要嫉妒人家啦！春殿有春殿的作法，不是嗎？」

「雖然是這樣……」五加瞪著掛在衣架上的和服，心浮氣躁地說：「如果老爺願意多花點錢在這上面，也不必擔心會有報應。」

馬醉木忍不住輕聲喟然，不由得回想起這兩個月來發生的許多事。

首先，她在對五加說想要回府的隔天，藤波就上門來找她。

「我聽五加說了，妳萬萬不可回府。」

藤波不同意她回府，面露難色且堅決反對馬醉木的想法。

「兄長應該會為這次的事，捎信來道歉，妳等看了信之後再決定也不遲。」

「但是……皇太子的道歉信，也是寫給四名公主，也必定僅是一些客套話而已，根本沒什麼好高興的。」

藤波聽著她委屈的牢騷，似乎下定了決心，堅定地搖了搖頭。

「姊姊，兄長對妳登殿只會感到高興，絕對不會看不起妳，或是說妳是什麼烏太夫。如果真的有什麼烏太夫，那也是想要扭曲不利於自己的現實之人。在宮中，帶有惡意的謊言很容易不脛而走，充滿善意的真相卻無法傳達，就連我也常常因為身分的關係，難以實話實說。雖然我無法詳細說明，但請妳相信我，請一定要繼續留下來。」

馬醉木被她的氣勢震懾住，忍不住點了點頭。既然藤波會這麼說，顯然是有什麼不便讓自己知道的隱情吧！

馬醉木打算返鄉回府一事，終於解決了，春殿內的所有人都鬆了一口氣，女官和女僮僕都被主子昨天的想法驚嚇到了。

馬醉木感到很對不起她們，這時她想起了昨天紫衣的事。

「藤波公主，您該不會昨天也來過這裡吧？」

由於馬醉木昨天睡著了，覺得有些對不起藤波，所以這麼問她。

「沒有啊！妳為什麼覺得我有來過？」藤波瞪大了眼睛說。

「咦？不是您把金烏陛下聽差的信帶來的嗎？」馬醉木拿出紫衣問道。

藤波的表情突然緊張起來。

「對，沒錯沒錯，我真是昏了頭！但那個聽差找妳有什麼事？」

藤波似乎並不知道綁在橘樹枝上那封信的內容。

『請堅強以對，避免重蹈令堂的覆轍。』

既然說是「重蹈覆轍」，感覺並非是好事。馬醉木不知道對方為何會這麼說，她想要問藤波，但又覺得連自己也不懂的事，以同樣方式被帶大的藤波也不可能會懂，看來必須直接問問那個聽差。

沒想到馬醉木一說要寫回信給聽差時，藤波不認同地蹙起眉頭。
「和聽差通信，並不是值得鼓勵的事……」
等到藤波離開後，馬醉木不經意地試著向五加打聽，竟然是大失策。五加一聽到「重蹈覆轍」這幾個字，立刻臉色大變。
「您在說什麼啊？這是聽誰說的？」
五加怒氣衝衝地問，馬醉木被她嚇到了。
「我只是剛好聽到那些女官這麼說。」
五加聽了她的回答，深深地嘆了一口氣。
「這些人真是沒有大腦，我得好好地叮嚀她們……馬醉木公主，妳聽好了，」五加挑起眉毛，毫不猶豫地說：「之後即使有人議論您的母親大人，也絕對不要理會他們。您只要知道，您的母親大人是非常出色的人。」
五加一說完便立即轉過身，馬醉木第一次對她產生了懷疑。**五加有事瞞著我。**
雖然她原本打算悄悄探問其他女官，但也無法如願。因為五加已經搶先一步囑咐女官，不要隨便輕言。馬醉木也問了早桃，但她並不是東領的人，對解東家的事不太瞭。

**到底該怎麼辦呢**？馬醉木忍不住苦惱，早桃提出了一個對策。

「要不要由我來和東家聯絡？」

在櫻花宮內，四家公主必須透過藤花殿才能與外界聯繫。公主寫的信要先透過近侍交給藤花殿的女官，再由藤花殿的主人交給外面的人。這是唯一的聯絡方式。

早桃是打雜的下等女官，偶爾會去櫻花宮外，她說自己也常寫信回家或寄給弟弟。由於不是正規的手段，所以無法保證信件必定能寄到東領。但事到如今，也無可奈何了。雖然早桃說，不知道下次何時才能外出，但馬醉木還是偷偷把信先交給了她。

「如果妳知道寫信給我的聽差是誰，能否告訴我？」

「我知道了，我會負責調查。若是宗家的聽差，應該很快就可以找到。」

早桃很有自信地打保票。

幾天之後，早桃又納悶地來找馬醉木，手上拿著一封信。

「還是查不到是誰。但在我去向宗家的人打聽的隔天，這封信就出現在我的寫字檯上。」

早桃交給她的信上，用優美的字跡寫著『**馬醉木公主芳啟**』。馬醉木帶著緊張的心情打開信，發現上面只寫了關心她的內容，完全沒有提到「重蹈覆轍」的事。不久之後，又收到了東家的信，信中也只關心馬醉木的健康，至於母親的事，只說無法在信中提及。

「我會再寫信給東家。除此之外……也會回信給宗家的聽差。能不能幫我一個忙，將信放在妳的寫字檯上？」

「好的，沒問題。」

早桃似乎也很想知道那個聽差到底是誰，所以欣然答應了馬醉木的要求。早桃放在寫字檯上的信很快又消失了，幾天之後，在寫字檯上發現了回信。

於是，馬醉木透過早桃與那名聽差秘密通信。聽差寫給馬醉木的信，都是一些無關緊要的事，再也沒有提到有關「重蹈覆轍」的事。

馬醉木一直對此耿耿於懷，就這樣來到七夕的前一天。

馬醉木鬱鬱寡歡地做著準備工作，耳邊傳來五加嚴厲的疑問聲。

「公主，您究竟在做什麼？」

「……我想把衣服掛在這裡作為裝飾。」

櫻花宮都會把漂亮的衣服掛在衣架上，作為房間內的裝飾品。馬醉木一臉訝異，不知道五加為什麼露出那麼厭惡的表情，還從她手上把衣服搶了過去。

「這不是蘇芳的和服嗎？」

這是之前真赭薄送給馬醉木的見面禮。

五加看著和服發出的美麗光澤輕蹙眉頭，一臉悲痛地嘆著氣。

「難道您沒有自尊心嗎！把衣服掛起來當裝飾品當然沒問題，但為什麼偏偏掛其他家公主送的衣服呢？簡直豈有此理！」

馬醉木被五加罵得縮成一團，抬眼看著五加。

「因為我找不到其他適合這個季節的衣服。」

「既然這樣，就不必硬要當裝飾。竟然在七夕掛這件衣服，真是太荒唐了！」

五加咬牙切齒地說完後，粗暴地把蘇芳的和服揉成一團。

馬醉木看到漂亮的深紅色和服被揉亂了，內心很是難過。

在櫻花宮內，七夕是公主送衣服給皇太子的節日。

傳說中，八咫烏一族以前來自一個名叫〈唐土〉的地方。在那裡，有一對情人被拆散了，每年只有在七夕的晚上才能見面。由於唐土的女人個個精通女紅，到了山內，七夕便成為女人許願自己的女紅等技藝精進，同時能向男子表達愛慕的日子。以前的女人有心儀的對象時，會耗費一年的時間，縫製兩件漂亮的衣服，一件穿在自己身上，另一件送給意中的男子。

不過，現在沒有人會想花一年時間縫製衣服，更何況很多公主根本就不會女紅。馬醉木也是坐在幾乎快完成的衣服前，象徵性的縫上一、兩針，然後再穿上那件衣服去參加七夕的儀式，其他公主八成也差不多。

她來到舉行儀式的土用門舞台，發現供品台已經搭建好了，上面排放了許多物件。被稱為〈星座〉的供品台上，有著五彩繽紛的線和布，還放了金針和銀針等女紅使用的工具。四家公主的座位旁則準備了衣架，都掛著要進貢給皇太子的和服。

公主把成對和服中的其中一件穿在身上，另一件掛在衣架上。

「只剩下秋殿公主了，她到底在磨蹭什麼？」

五加忍不住抱怨，秋殿一行人好像聽到她的怨言似的，終於姍姍來遲。秋殿女官們穿紅著綠都在意料之中，當所有人看到真赭薄的身影時，還是忍不住瞪大了眼睛。

真赭薄的衣服簡直可用登峰造極來形容。

從領口中央到袖子，然後到和服的下襬，都是呈放射狀的精細羽毛圖案，可能是模仿展翅的赤烏和金烏。在座的女官看到真赭薄的衣服後，忍不住發出感嘆的聲音，當她漸漸走近，看清楚她衣服上的圖案後，更加發出了驚嘆聲。

看起來像是細膩羽毛的圖案並不是用一整塊布染出來的，而是用小布片縫在衣服上。遠看真赭薄的衣服，從領口到衣襬，是烈火般的鮮紅到柔和淡紅的漸層，但是近看之後，才發現是以精心挑選的小布片縫製而成。做這件衣服到底花了多少工夫？這比用一整塊布做成的衣服更加考究，更加奢華，宛如赤烏在晚霞的天空中張開紅色的翅膀。掛在衣架上的那件準備進貢給皇太子的衣服則用布料模仿了金色的羽毛，宛如一隻金烏。用不同比例的金線和銀線編織出的布片聚集在一起，形成了難以用言語形容的金銀漣漪。

雖然每一家的公主都準備了華美的衣服，但不需要比較，就可以知道西家的衣服獨佔鰲頭。

菊野大聲宣稱，這是秋殿公主親手製作的。

「怎麼可能？」其他家的女官都瞪大了眼睛。

「千真萬確，」真赭薄自信滿滿地說，「這是我為了皇太子花了整整一年的時間製作的外衣，完全不假他人之手。」

女官議論紛紛，有人說，一定是由女官代勞。

真赭薄狠狠瞪著聲音傳來的方向，突然用嚴肅的口吻說：「我愛皇太子，要送給心愛的皇太子穿的衣服，怎麼可能假其他女人之手？這件衣服從頭到尾都是我親手製作，這是我最低限度的矜持。只要想到皇太子，這點事根本不算什麼。只要把這件衣服交到皇太子手上，他就會發現誰最愛他。」

真赭薄說出最後那句話時直視著馬醉木。

馬醉木為自己並沒有在要送給皇太子的衣服上多花點心思感到羞愧不已。白珠可能也有同感。濱木綿雖然面不改色，但現場陷入了令人心驚膽戰的沉默。聽到等候已久的皇太子終於來訪時，真赭薄立刻露出興奮的表情，馬醉木內心無法保持平靜。

四隻馬拉的飛車從空中馳向土用門。

當飛車落地，從飛車的內簾下露出了紫色的衣襬。

馬醉木忍不住心跳加速。

雖然很不想看到皇太子和真緒薄在一起，但仍然無法克制內心的激動。

「皇太子殿下駕到！」

馬夫恭敬地行了禮，掀開了簾子。所有女官都同時探出身體——但是，當她們看到黑衣外穿著紫色長衣的人，全都瞪大了眼睛。

因為皇太子的近侍坐在飛車上，滿臉緊張，緊緊靠在車內。

「怎麼又是妳！」

「對不起！」

茶花尖叫起來，近侍也大聲回答。

他以驚人的速度跳下飛車，然後當場跪在地上，額頭都碰到了地面。

「殿下因為臨時有急事無法前來，要我向大家說『抱歉』。」

「開什麼玩笑！又和端午節時一樣嗎？」

所有人都看傻了眼，只有茶花還有力氣發脾氣，她滔滔不絕地數落起來。

「……皇太子到底在想什麼？」

「難以相信。」

「為什麼皇太子不來！」

女官們漸漸瞭解了眼前的狀況，尖叫著咒罵起來，但所有人的臉上都帶著不安。因為自登殿至今，皇太子從來不曾現身，而且甚至沒有來參加宮中規定皇太子必須參加的七夕儀式，簡直就像是刻意不和這四位公主見面。

事情顯然不單純。

女官們內心充滿了難以用言語形容的不對勁感覺，茶花痛罵著近侍。

「而且這是只有宗家的人才能坐的御用飛車，為什麼坐在裡面的不是皇太子，而是妳呢？」

「前一刻坐在裡面的不是我，真的是皇太子殿下。」

周圍的人都倒吸了一口氣，近侍拼命解釋。

「在來這裡的途中，我向皇太子報告了緊急的消息，皇太子便要我坐上車，然後自己離開了。因為皇太子說，不能派空的飛車來這裡，所以就命令我坐上車。」

「既然這樣，就不要穿上這件紫衣，故意唬弄人。」

「妳別罵我啊！如果要怪的話，就去怪為我穿上這件衣服的皇太子殿下。」

也許是因為茶花太激動了，近侍的態度也變得很不客氣。

茶花不悅地皺起眉頭，還來不及反駁，就有一個低沉的聲音對近侍說：「……兄長到底有什麼急事讓他非去不可？」

一直坐在上座的藤波問道。

近侍急忙低下頭，垂下雙眼，不敢正視公主殿下的臉。

「西家的家主再三叮嚀，請皇太子無論如何都必須參加七夕宴。」

馬醉木看向真赭薄，真赭薄用扇子遮著臉，茫然地注視著近侍。

「但是，有人在自家設了宴席……請皇太子非去不可。」

「那個人是誰？」

近侍聽了藤波的質問，一時語塞。藤波催促他趕快回答，近侍嘆了一口氣，似乎下定了決心。

「是南家的家主。」

所有人都發出了驚叫和困惑的聲音。

「怎麼會有這種事？」

「皇太子殿下太過分了！」

「這不就代表不理會西家的要求，去討好南家嗎？」

「但南家家主到底在想什麼？」

「這根本可以認為是在向西家宣戰。」

女官們七嘴八舌地討論著，這時，響起了乾笑的聲音。

「真赭薄，我不是說了嗎？」

——說話的是南家的濱木綿。

「妳的美貌根本無法發揮任何作用。」

濱木綿緩緩抱著手臂，悠然地看了過來，真赭薄的臉越來越紅，最後揮身發抖，氣得把手上的扇子往地上一丟。

「所以是妳搞的鬼！」

真赭薄尖聲叫道，濱木綿不慌不忙地撿起飛到她腳下的扇子，沒有絲毫得意，走到真赭薄面前，一臉同情地把扇子遞還給了她。

「真赭薄，妳別搞錯了，我可沒這麼大的能耐，」濱木綿注視著真赭薄，靜靜地說：

「是南家的勢力。」

——這時，馬醉木似乎在濱木綿身後看到了大紫皇后的身影。

真赭薄可能也有相同的感覺，她的身體用力抖了一下，推開濱木綿遞過來的扇子，快步走回自己的宮殿。

「公主，等一下！」

菊野發出悲慘的聲音追了上去。白珠表情木然地目送她們離開，茶花看到主人的樣子，幾乎快哭出來了，對著皇太子的近侍說：

「哼，太可惡了！」

「好痛！」

茶花緩緩拿出自己的扇子開始打近侍。

「如果妳辦事牢靠，就不會發生這種事了！」

扇子啪啪地打在近侍身上，近侍發出慘叫聲。

「原諒我！」

近侍道歉之後，快步逃開，避開了扇子。

「給我站住！不准逃走！」

茶花激動地追了上去，近侍跳到舞台的欄杆上，然後飄然跳了起來。欄杆外是山崖。馬醉木忍不住捂住了嘴，但近侍並沒有跌下去，轉眼之間，前一刻還是近侍的大烏鴉就拍著黑色翅膀飛走了。

事態的急速發展讓馬醉木看得目瞪口呆，直到有人拉她的袖子，才終於回過神。她轉頭一看，發現藤波咬著嘴唇，抬頭看著她。

「這絕對不是兄長不想來而不來，請妳不要倉促行事。」

馬醉木知道她指的是回府一事，順從地點了點頭。

「我沒事。」

馬醉木為不必看到真赭薄和皇太子突然關係親密而暗自鬆了一口氣，但她更擔心當事人真赭薄。南家突如其來展現勢力，不知道真赭薄有什麼感想。

她看向商羽門，已經不見真赭薄的身影。

匡噹。鏡子應聲而碎。菊野縮起了脖子。

「菊野，妳太笨了！我不是叫妳去打聽清楚嗎？」

菊野心愛的主人真赭薄在說話的同時，把手邊的東西丟了過來。

七夕那件事之後，櫻花宮內整體氣氛變得更加詭譎。除了各種典禮儀式之外，各家之間不再有任何交流，每一家的公主都足不出宮。尤其是真赭薄，更是氣得火冒三丈，每天都對著菊野發脾氣。

皇太子的親信中，有一個人也和真赭薄一樣，是來自西領的山烏。他就是在端午節時來接另一名近侍的澄尾。

「我聽說他是同鄉，妳無論如何都要去向他打聽情況。」

當真赭薄氣勢洶洶地這麼說時，菊野當然不敢說不，於是就奉真赭薄的命令，千方百計安排了和澄尾見面，而且還謊稱家人病危外出。

這個名叫澄尾的男人是個厲害角色，他雖然是山烏，卻憑著自己的才智成為皇太子的親信。聽說他從小就認識皇太子，如果不考慮身分，他可以說和皇太子是好朋友。這種關係當然並不是他唯一的強項，他以第一名的成績從山內眾的培訓機構勁草院畢業，成為山內眾保護皇太子，但從他那裡打聽到的消息對真赭薄似乎不太有利。

「皇太子最近經常派人去櫻花宮。」

澄尾來到見面的地方後，一派輕鬆地說。

菊野忍不住屏住呼吸，內心雖然有不祥的預感，但還是繼續追問：「是和誰在通信嗎？」

「我可沒這麼說，可能是和皇妹聯絡，也可能只是季節的問候，不是有很多可能嗎？皇太子也為了缺席儀式寫了道歉信，公主應該也曾經接到皇太子的信吧？」

菊野立刻露出了緊張的表情，澄尾說不出話。

「不可能吧？」

「至今為止，秋殿從來沒有收到這種信。」

澄尾的臉上露出了困惑的表情。

「怎麼可能有這種事……」

到底是怎麼回事？兩個人都皺起了眉頭，澄尾突然眨了眨眼睛說：「對了，在上巳節之前，皇太子不是曾經經過櫻花宮附近嗎？」

菊野也清楚記得這件事，只不過她不記得當時澄尾也在皇太子身邊。

「皇太子當時好像滿臉喜悅地看著櫻花宮。」

「對啊，我們也都很驚訝，有親信問他，為什麼這麼高興，他回答說『因為我想起了櫻花』。妳知道這句話的意思嗎？」

菊野搖了搖頭說：「妳不是在皇太子身邊多年，難道沒有頭緒嗎？」

澄尾低嘆了一聲說：

「因為以前經常有頑皮鬼帶他偷溜出去。」

雖然澄尾說得事不關己，但一定就是他自己。

「雖然宮烏都覺得他體弱多病，很少出宮，但我可不這麼認為。他偷溜出宮時，可能曾經和誰有過接觸。雖然他並沒有告訴我理由，但似乎對櫻花情有獨鍾。」

菊野咬著嘴唇。果真如此的話，形勢對自家公主很不利。

「皇太子有沒有提到我家的公主？」

澄尾聽了菊野的問題，似乎一時不知道該怎麼回答，也可能突然想起了自己的立場。

「……聽說是一位很出色的千金，聰明又美麗。」

這次能夠聽到這句話，也許就該感到滿足了。澄尾可能也有同感，猛然站了起來。

「我說了太多閒話，也差不多該回去了。」

「很高興和妳聊天，希望下次還有機會。」

「好，我也很高興。」

澄尾微微欠身，又聊了兩、三句，離開了西家的別宅。菊野看著澄尾變成了鳥形，從山間飛走之後，忍不住煩惱，到底該如何向真赭薄報告這件事呢。

果然不出所料，真赭薄引頸期盼著菊野的歸來。菊野在轉達澄尾告訴她的情況時，措詞十分謹慎，以免刺激主人的神經，但她的話只說到一半，這種努力就泡了湯。

「皇太子寫了信嗎？」真赭薄緊張地問：「那我為什麼沒有收到？菊野，妳沒搞錯吧？」

真赭薄氣勢洶洶，只差沒有抓住菊野的衣服胸口質問。

「也可能只是寫信給藤波公主。」

菊野慌忙安慰道，但真赭薄已經聽不進去了，她怒不可遏地質問，為什麼沒有問清楚。

雖然她問話的語氣很嚴厲，但臉上的表情顯得失魂落魄。

「皇太子大笨蛋，我絕對不原諒他移情別戀！」

然後，就放聲大哭起來。她握著拳頭亂揮亂打，就和小時候一模一樣。菊野以前是她的羽母，對她這樣發脾氣習以為常，於是就起身打開通往隔壁房間的紙拉門，讓她一個人靜一靜。

就在她打開紙拉門時，眼前的景象讓菊野忍不住瞪大了眼睛。

反射了鮮豔楓葉的光線從敞開的對開門照了進來，明亮了室內，就連掛在衣架上的一整排蘇芳和服，看起來也宛如紅葉侵蝕了整個房間。

像滋潤果實般的紅色，像燃燒火焰般的紅色，還有像鮮血般的深紅色。但在一片耀眼的紅色中，出現了一個影子。在就連女僮僕都穿著錦緞的秋殿內，那個女官一身暗色的裝扮顯得格格不入。

有人闖了進來。當菊野發現這件事時，忍不住大叫了起來。

「妳在那裡幹什麼？」

這個時候，五加正在春殿內教馬醉木認識薰香的種類。

「這是被稱為山內的三種貴香，也具有藥效，而且很知名，您最好記住，目前只能在有限的地方採集到這三種貴香。」

五加說完，便把向藤波借來的扇子遞到馬醉木面前。

「尤其伽亂是只能在南家的土地上採集到的最高級香料。聽說來自幼龍的眼淚，但不知真偽。使用方法不同時，既可以成為藥，也會變成毒，再加上稀少的關係，只有南家和南家進貢的宗家才能使用。」

扇子的香氣的確高雅宜人，馬醉木想起在寶物庫遇到的聽差身上也有相同的香氣，忍不住納悶。

難道長時間服侍高貴的主人，聽差身上也會發出和主人相同的香氣嗎？

正在收拾香壺時，外面突然傳來吵鬧的聲音。隨著走廊上一陣急促的腳步聲之後，傳來女官呼喚馬醉木和五加的聲音。

登殿至今，從來沒有發生過這種騷動。

五加一臉訝異，還來不及走出去張望，女官就衝了進來。

「出事了！聽說春殿的女官擅自闖進秋殿深處——」

「什麼？」

「目前菊野正在盤問，請您馬上過去。」

女官的話還沒說完，五加就快步衝出了春殿。

在櫻花宮，女官犯罪就是主人的疏失，也會成為主人家的污點，而且這次不是在春殿內發生的事，而是和其他家也有密切的關係。

馬醉木臉色蒼白，也急忙趕去現場。經過了夏殿和藤花殿前，穿越商羽門時，看到秋殿前聚集了很多人影，冬殿、夏殿和藤花殿的女官也都在那裡。馬醉木走過去時，那些女官立刻讓出一條路。馬醉木在讓開的人牆中，看到了她很熟悉的女官——早桃。

「這到底是怎麼一回事？」

真赭薄厲聲問春殿的女官，癱坐在地上的小偷渾身發抖。

她被拉到秋殿門前，頭髮凌亂，雙眼通紅，看起來很狼狽，完全感受不到絲毫的可愛和氣質，而且她從剛才就一臉茫然，什麼話都不說。真赭薄原本就心浮氣躁，所以現在更是氣急敗壞，咬牙切齒。

「她想要偷我的蘇芳和服，而且是那件我為七夕製作的衣服！」

她抓在手上的紅色和服激怒了真赭薄，說話也忍不住發抖，瞪著春殿的女官。五加倒是鎮定自若，用鬆了一口氣的態度，平靜地看著真赭薄。

「秋殿公主，恕我說明，她並不是春殿的女官。」五加說完之後，才終於回頭看著趕到的馬醉木，指著早桃問：「馬醉木公主，請問她是哪一個宮殿的女官？」

馬醉木看著早桃，瞪大了眼睛回答：「是夏殿的女官，但是……」

五加稍微提高了音量，打斷了她的話。

「沒錯，她的確和馬醉木公主關係很好，所以才會被誤認為春殿的女官。」

秋殿的人得知小偷是夏殿的人，個個都沒有好臉色。

「趕快去叫夏殿的人來這裡。」

「好。」立刻有幾名女官一起跑了出去。

又是南家嗎？這件事不能善罷甘休。

真赭薄瞪著小偷時，馬醉木突然站在她們中間。

「請等一下！早桃是好人，一定有什麼原因。」

「公主！」

馬醉木不顧五加的制止，拼命為小偷袒護。

「也許是……」馬醉木把雙手放在早桃的雙肩上，想要為她壯膽，早桃的身體抖了一下，「也許是為了我……因為我很羨慕妳這件漂亮的衣服，所以她可能想看一下是怎麼縫製的。是不是這樣？果真如此的話，並不是她的錯。」

馬醉木拼命為早桃求情，菊野皺起眉頭，好像在拍灰塵似地搖著扇子。

「即使是這樣，您也沒有任何過錯，也無法代替她負責。不管願不願意，這件事都要由南家來賠償。即使南家堅稱自己沒有過失，也無論如何都要付出代價。」菊野冷冷地說。

馬醉木還來不及回答，就聽到一個陌生的聲音說：「沒這個必要。」

馬醉木轉頭一看，發現濱木綿身邊的一個平時很少說話的女官冷冷地看著早桃。圍觀的人慌忙讓出一條路，夏殿的女官慢條斯理地走了過來。早桃看到那個女官，顫抖得更加厲害。

「妳要怎麼為閣下的大禍負責……？」

馬醉木第一次聽到那個女官說話的聲音。她的態度鎮定自若，但說話冷若冰霜。看到早桃沒有回答，她瞇起眼睛，眼神更加銳利。

「妳讓南家蒙了羞，即使妳原本是宗家的女官，也無法原諒，我相信妳心裡應該很清楚。」

早桃的肩膀更加用力顫抖，但仍然沒有抬起頭。

女官發現真赭薄皺起了眉頭，淡淡地鞠了一躬說：「我也很驚訝她竟然做出如此愚蠢的行為，誰都不會想到，宗家調教出來的女官竟然會做這種事。」

女官的話，似乎表示夏殿完全沒有任何責任。

菊野忍不住生氣地說：「妳的意思是和妳們完全沒有關係，是嗎。宗家的女官的確不可能做這種事，如果有問題，一定是去了夏殿之後出了問題。」

即使聽到菊野暗指夏殿的疏失，夏殿的女官仍然面不改色。

「這當然也有可能，但是，這已經不是秋殿和夏殿能夠解決的事了，當然必須嚴厲處罰，我們絕對不會護短。我認為必須請示藤波公主，查明事實真相。」

真赭薄聽出了夏殿女官的言下之意，瞪大眼睛看著菊野。菊野見狀，愣了一下，輕輕地點了點頭。

一旦發生糾紛或是失竊，通常都會私下解決。真赭薄以為別家的女官偷竊未遂時，也會用相同的方式處理，但事情似乎比她想像中更嚴重。

當初是自己把這件事鬧大，現在竟忍不住膽怯起來。

「但是……只不過是一件蘇芳的和服，事情鬧這麼大，似乎有點小家子氣……只要她真心道歉，我也不是不能原諒她。」

「那可不行。」

斷然拒絕的不是菊野，而是夏殿的女官。

「雖然很感謝秋殿公主的溫情，但這樣南家的面子掛不住。對您來說，只是一件衣服而已，但蘇芳的和服很高級，南家的女官竟然因為私利私慾試圖偷竊，真的讓南家顏面失盡。」

真赭薄聽到她這麼說，終於恍然大悟。

原來那個女官想要和這個年輕女官切割。

她想要告訴在場的所有人，為了避免今後的糾紛，南家和這個年輕女官毫無關係。她打算無情地切割和這個年輕女官的關係。

在場的女官都不安地面面相覷，只有真赭薄獨自焦急起來。她並不想把事情鬧得這麼大，只是剛好今天心情很不好，如果是平時，並不會這麼情緒化。

真赭薄進退維谷，不知所措，夏殿的女官似乎知道和她交涉也沒用，於是將視線移到菊野身上，保證將會嚴格懲處，希望可以將年輕女官交還給她。

「但是……」

「妳們應該沒什麼好不滿的，請馬上做出決定。」

夏殿的女官進一步逼迫著，這時，她的身後突然響起一個毅然的聲音。

「蕁麻，妳越來越厲害了，也不知會我一聲，就打算開除女官嗎？」

那個叫蕁麻的夏殿女官立刻皺起了眉頭，不耐煩地轉過頭。

「濱木綿公主，恕我……」

「看來妳也年老昏聵了，竟然忘了通知我。不中用的女官，不也是有損南家的名聲嗎？」

濱木綿直言不諱地說了自己想說的話，完全不讓蕁麻有開口的機會。她冷冷地推開蕁麻，也沒有看慌忙後退的馬醉木一眼，彎腰蹲在跪地的女官面前。

「早桃，妳什麼話都不說根本無法解決任何問題，妳說說到底是怎麼回事，不管說什麼都沒問題。」

她的語氣很溫柔。

早桃驚訝地抬起頭，仔細端詳著濱木綿的臉。

早桃似乎整個人呆住了，從剛才就一直臉色鐵青的秋殿女官代替早桃回答說：「早桃很羨慕秋殿的女官。」

「啊？」

濱木綿驚訝地看向說話的女官，女官有點膽怯，但濱木綿沒有吭氣，繼續等待她的下文，她才戰戰兢兢地開了口。

「早桃在宗家時，總是穿得很漂亮，因為她很會做衣服……她向來都很期待藤波公主賜給她的綢緞。」

濱木綿臉上露出了理解的表情，剛才都閉口不語的女官們見狀，也都紛紛開了口。

「我和早桃一樣，都是宗家派來的女官，我能夠理解她的心情。」

「我們都穿五顏六色的新衣服，但早桃去了南家之後，每天都穿同樣的衣服。」

「真赭薄公主的衣服特別華麗。」

「難怪她想要親手摸看看。」

濱木綿面對這些女官露出的責怪眼神，忍不住苦笑。

「原來是這樣，我瞭解妳們想要表達的意思了，即使這樣，也不能無視早桃犯下的錯。」

所有的女官都面露可怕的表情。

濱木綿不理會她們，對早桃說：「我只想問一個問題，妳真的打算偷真赭薄的衣服嗎？」

濱木綿一臉嚴肅的表情問，早桃雖然仍然低著頭，但第一次搖了搖頭。

「所以，妳並不是想偷衣服，對不對？」

早桃明確地點頭。濱木綿確認之後，突然笑了起來。

「看來這件事的原因在我身上。秋殿公主！」

呆若木雞的真赭薄聽到濱木綿叫自己時，終於回過神。

「什、什麼事？」

濱木綿用力一拉衣襬，面對著真赭薄，令人驚訝的是，她當場雙手伏地，對著真赭薄深深鞠躬。

「很抱歉，雖然我手下的人做了很不光彩的事，但懇請妳能夠寬宏大量。侍女的錯就是主人的錯，如果妳願意大人不計小人過，要我怎麼道歉都沒問題。」

所有人全都驚訝得說不出話，從濱木綿平時的行為，很難想像她會這麼做。蕁麻搶先開了口。

「濱木綿公主！這樣有損南家的立場。」

「蕁麻，妳閉嘴！」

濱木綿厲聲說道。蕁麻嚇得閉了嘴，濱木綿低聲繼續說道。

「對妳我而言，只是『多了一件麻煩事』而已，但是，對早桃來說，事情就沒這麼簡單了。她只是喜歡漂亮衣服的年輕女孩，看到漂亮衣服想摸一摸而已，如果她因為這件事被趕出宮，她的人生就毀了。」

早桃並不是宮烏，一旦被趕出宮，日後的落魄可想而知。早桃似乎也想到了這件事，背脊激烈顫抖。濱木綿靜靜地看著早桃，將視線移向蕁麻。

「妳有決心背負她的家庭和未來嗎？」

這句話打動了在場的所有人。蕁麻想要開口說什麼，但最後用力閉上了嘴巴。濱木綿見狀之後，沒有再說什麼，抬頭看向真赭薄。真赭薄緊閉雙唇，目不轉睛地看著濱木綿。

「情況就是這樣，如果要我賠錢或是罵我都無妨，但可不可以請妳放過她？」

雖然濱木綿說話的語氣聽起來像在開玩笑，但她的眼神很認真。南家和西家的兩名公主默默對峙，周圍的人都屏息斂氣地看著她們兩人。

不一會兒，真赭薄輕輕笑了起來。

「……沒什麼放不放她一馬，我一開始就這麼說了，是妳的人說絕對不能原諒她。」

「對，是啊。」濱木綿放鬆了臉上的表情，「對不起，給妳添麻煩了。」

「這件事就這樣解決了，妳也不要再跪在地上了，堂堂的夏殿公主，也未免太有失身分了？」

真赭薄轉過身說：「而且也不需要什麼錢，那件衣服就送給她吧。雖然這件衣服很重要，但我可以再做一件更好的衣服——我原本就沒有打算要妳們這麼鄭重其事地向我道歉，這只是一件小事而已。」

真赭薄說到這裡，似乎想起了什麼，回頭看著早桃說：「對了，妳是不是叫早桃？這次就看在妳主人的面子上原諒妳，妳要好好反省。」

早桃嗚咽著，一次又一次點頭，然後用像蚊子叫一樣的聲音道歉說聲「對不起」。周圍的緊張氣氛瞬間緩解，真赭薄的心情也終於放鬆了，當她準備走回秋殿時，突然愣在原地。因為她發現濱木綿低頭看著早桃的表情和前一刻判若兩人。

「濱木綿。」

真赭薄忍不住叫著她的名字，但濱木綿的那種眼神消失了，當她看向真赭薄時，露出了和剛才一樣，對寬大處理表達感謝的笑容。

怎麼了？濱木綿用眼神問，真赭薄不知道該對她說什麼。

「不……沒事，希望妳不要過度責備她。」

「好。」聽到濱木綿的回答，周圍的女官也都鬆了一口氣。

真赭薄快步離開這個是非之地，急忙走進自己的宮殿。她感到內心深處無法平靜，有一種不祥的感覺，而且她的預感很快便成真。

隔天，早桃就失蹤了。

淨身的瀑布清澈冰涼。從瀑布底流出的水中，漂浮著已經變紅的楓葉。

馬醉木獨自來到淨身的瀑布。

瀑布周圍都是巨大的黑色岩石，長了青苔的地方鮮綠欲滴。周圍有許多楓樹和山櫻，可以擋住周圍的視線。平時這些樹的樹枝上都掛著打算在淨身後穿的錦衣、髮帶或腰帶，在這個季節，紅色和黃色的楓葉取代了這些衣服的美。只不過坐在巨大岩石上的馬醉木無心欣賞眼前美景，而是重重地嘆了氣。

自從秋殿事件發生之後，五加提到早桃就很冷淡。即使得知在櫻花宮遍尋不到早桃的身影，也說一定是早桃沒臉見人。馬醉木無法忍受這種可怕的氣氛，所以來到這裡獨自靜一靜。

早桃失蹤已經十天了。雖然因為她擅自外出，已經委託山內眾找人，但遲遲沒有消息。有人認為她為自己犯下的錯感到懊悔，所以主動離開了櫻花宮，甚至有些毒舌的人說什麼她拿到了蘇芳和服，不想繼續供職宮中，過好日子去了。

無論如何，沒有人知道早桃到底去了哪裡。

同時，對馬醉木來說，也失去了為她傳遞書信的人。她怔怔地看著最後收到的信，突然察覺背後站了一個人影。

「在那裡的是春殿公主嗎？」

聽到聲音後回頭一看，原來是白珠。

「白珠公主，妳怎麼會來這裡？」

馬醉木慌忙站了起來，把信放進懷裡問道。

「我還想問妳呢，妳在這裡幹什麼？我正在找妳。」

白珠冷冷地說。

「妳在找我？有什麼事嗎？而且妳在生氣嗎？」

馬醉木戰戰兢兢地問，但白珠沒有理會她，把頭轉到一旁不發一語，馬醉木有點不知所措。

「北家有很多武人。」白珠仍然沒有看馬醉木，突然開口說道，「當然也知道很多即使在宮中供職的文官也不可能知道的事，還有皇太子身邊的事，而且皇太子的近侍也是北領的人。」

「這樣啊！」

馬醉木不置可否地應了一聲，還是不瞭解她想要表達的意思。

「聽說皇太子殿下經常寫信。」

「……寫信？」

「對，在我們登殿之後，也寫了好幾次信，雖然送到了櫻花宮，但我從來沒有收到過任何一封信。聽說皇太子為沒有來參加節慶，給四個宮殿都寫了道歉信。」

馬醉木越聽越覺得事態嚴重，忍不住輕輕皺起了眉頭。

「皇太子寫信給我們四人，卻因為某種緣故，沒有送到我們手上嗎……？」

「對，有人動了手腳，不讓我們收到信。」

白珠說完，轉身面對馬醉木，用凶狠的眼神看向馬醉木。

「是不是妳做的？」

馬醉木用力倒吸了一口氣，難以置信地緩緩搖頭。

「妳在說什麼呢？搞錯了，妳搞錯了。」馬醉木拼命否認。

白珠冷笑一聲說：「我搞錯了什麼？我全都知道。」白珠露出可怕的眼神說，「妳籠絡那個叫早桃的宗家女官，獨自霸佔了皇太子寫來的信。是不是妳命令她這麼做？」

「怎麼可能？妳誤會了，我也從來沒有收到過皇太子寫來的信。」

把這件事怪罪到自己頭上簡直太莫名其妙了。馬醉木努力思考如何才能澄清白珠的誤會，但一時想不到妙計。

白珠可能覺得她的態度很可疑，收起了臉上的笑容，露出銳利的眼神說：「妳少說謊！那和妳通信的人是誰？」

「他是……」

馬醉木反駁到一半，就把話吞了下去。因為和她通信的對象也不是普通人。她知道自己做的事違反了櫻花宮內的好幾項規定，但她不能因為自己的緣故，造成他人的困擾。

白珠看到馬醉木結結巴巴說不出話，似乎決定不再繼續偽裝成良家閨秀。

「只剩下妳了，我勸妳早日放棄，趕快回府！」

「妳……太過分了，為什麼這麼說？」

「閉嘴！妳應該在我上次提出要求時，就乖乖退出。事到如今，我已經不想聽妳的辯解了。妳和妳母親一樣寡廉鮮恥，自己無法入宮，竟然還把櫻花宮搞得烏煙瘴氣。」

馬醉木聽到白珠提到「母親」兩字深受衝擊，好像被人用力抓住了心臟。

「母親大人，我的母親大人和這件事有什麼關係？」

「事到如今，妳還想裝糊塗嗎？」

不是。是自己真的什麼都不知道。

「請妳告訴我！妳是說，我的母親大人以前也曾經登殿嗎？妳說她把櫻花宮搞得烏煙瘴氣，到底發生了什麼事？」

「夠了沒有？妳這種不瞭解任何骯髒事，深信自己永遠都清純可愛的臉，讓我發自內心感到厭惡！妳說清楚，皇太子的信在哪裡？趕快把皇太子寫給我的信還給我。」

馬醉木看到白珠氣勢洶洶的樣子，忍不住把手放在胸口。白珠眼尖地發現了，雙眼發亮，伸手抓向她的胸口。

「所以妳帶在身上……？趕快給我！」

白珠試圖把馬醉木的手推開。

「不要！我說了不是妳想的那樣！」

雖然兩個人推來推去，馬醉木仍然死命保護懷裡的信。

「妳還嘴硬！」

「不要！來人啊！」

馬醉木哭了起來，但仍然不鬆手，白珠氣急敗壞，緩緩推開馬醉木，從自己的懷裡拿出了劍，毫不猶豫地從劍鞘中拔了出來。

「好，既然妳死都不願承認，那我就不客氣了。」

馬醉木剛才被白珠推倒在地，看到刀身發出的冷光，忍不住倒吸了一口氣。

「不要……求求妳、不要……」

馬醉木抵抗的聲音比她想像中更柔弱。白珠對她的求救聲無動於衷，她也滿臉蒼白，舉起懷劍，朝向馬醉木撲了過去。

「……如果妳想恨我，那就儘管恨吧！」

馬醉木尖叫起來。

隨著輕輕沉悶的聲音，馬醉木瞪大的雙眼看到白珠用懷劍割斷了她的和服褲裙的結，布片無聲無息地落在岩石上。

白珠站了起來，冷冷地對著抓著褲裙喘著粗氣的馬醉木說：「妳給我趕快回去春殿，收拾東西回府，下次就不會這麼輕易放過妳。」

白珠粗暴地抓起馬醉木的衣服，把她整個人拎了起來，然後用力推進水裡。

水很冷，浮在水面的楓葉都亂舞起來。被推下水的衝擊和水的冰冷讓馬醉木快要溺水了。她死命掙扎，吃了好幾口冷水。

她伸出手想要求救，突然有人抓住了她的手。

「馬醉木！妳不要慌張！」

那個人用力把她抓了起來，她的臉露出了水面。她咳嗽著直起身體，發現是完全可以站直的淺灘。她抬頭一看，看到了那個跳進水裡，不顧衣服濕透，把自己抱起來的人。因為滿臉是水的關係，所以看到的一切都有點模糊，但一看到那個人一身紅衣，忍不住大驚失色。

「真、真赭薄公主？」

「沒事了，妳站起來。」

真赭薄抱著馬醉木，所以呼吸急促地瞪著白珠。

「白珠，妳竟然做這種事，到底想幹嘛？」

白珠聽了真赭薄的話，臉上終於有了表情。雖然她仍然臉色蒼白，但露出了冷酷的笑容。

「我不知道妳在說什麼？馬醉木公主自己跌倒，跌進水裡了。」

「妳不要裝傻，我全都看到了，我親眼看到妳把馬醉木推下了水，如果藤波公主知道了，看妳要怎麼交代。」

真赭薄咄咄逼人地質問，白珠冷笑一聲反問：「事到如今，妳認為我還會怕藤波公主嗎？更何況剛才只有妳一個人看到，只要我主張是東家和西家沆瀣一氣想要陷害我，沒有人敢對北家出手。」

「妳腦筋有問題嗎？我相當於西家的家主，宗家怎麼可能不相信我的話？」

真赭薄斥責道。

白珠一臉不屑地看著真赭薄說：「秋殿公主，這句話該由我來說。雖然我之前都沒有吭氣，但沒想到妳竟然這麼天真這麼傻。」白珠的嘴角露出了冷笑問：「妳是不是有一個弟弟？」

真赭薄突然被問到這個問題，一時說不出話。

「……妳說什麼？」

「我聽說他即將進入勁草院，沒錯吧？」

馬醉木瞥了真赭薄一臉，發現她露出了畏縮的表情。

「這兩件事有什麼關係？」

「勁草院大部分老師和幹部都是北家的武人，如果妳為弟弟的將來著想，最好對我客氣點。」

真赭薄瞭解了白珠這句話的意思後，頓時臉色發白。

「……妳是在威脅我嗎？」

「對，沒錯，妳終於知道了嗎？妳和馬醉木都太遲鈍了，簡直讓人受不了。」

白珠冷笑著說，真赭薄一時語塞，但很快就勇敢地露出了從容的表情反駁說：

「妳是認真的嗎？妳說這種話，難道西家就會乖乖聽從嗎？」

「那妳就試試看啊。」白珠一派輕鬆地說，「妳真的那麼蠢嗎？政局已經和妳想的大不相同了。」

北家的軍事勢力很強大。政治實權都集中在南家和西家手上，也因為這個原因，加入宗家的武人人數相當少。

「如果北家和南家聯手，西家就面臨最大的困境。剛登殿時，被妳瞧不起的北家鄉下公主現在掌握了妳的命運，對妳來說，應該是晴天霹靂吧？但是，妳家除了靠中央狐假虎威以外，沒有任何能耐，妳以為北家之前為什麼對妳家唯命是從？都是為了今天讓我入宮做準備。」

白珠壓低了聲音，小聲地說：「北家並不是追隨西家而已，而是韜光養晦，靜靜等待掌握政權的機會。是不是很可笑，妳應該做夢也不會想到，有朝一日，竟然需要看北家的臉色。妳這是自作自受。」

白珠露出得意的笑容，真赭薄用力吸了一口氣。

「南家、南家不可能允許妳入宮……」

白珠鎮定自若地搖了搖頭。

「何以見得？如果以這次入宮作為交換條件，北家和南家聯手，對他們來說，不是很划算嗎？」

真赭薄想起了濱木綿破壞七夕宴的身影。當時，她說了什麼？

『妳的美貌根本無法發揮任何作用。』

『真赭薄，妳可別搞錯了，我可沒這麼大的能耐。』

『是南家的勢力。』

濱木綿完全沒有提到自己要入宮的事！

「所以，皇太子沒有來參加七夕宴是因為……」

白珠面無表情地說：「當然是南家為了成全我，打壓了西家的主張。我要讓妳為之前認為北家沒有實力而不把我放在眼裡而後悔。」

「開什麼玩笑！即使家族的勢力是這樣，皇太子也不可能選中像妳這種女人。」真赭薄喘著氣大叫道，「真想看看皇太子知道妳欺負馬醉木會怎麼說。」

白珠聽了這句話，立刻目露凶光，她突然逼近真赭薄，語帶嘲笑地開了口。

「妳儘管去說啊！如果皇太子討厭我，那我就會讓妳、濱木綿和馬醉木全都無法繼續留在櫻花宮，我要讓皇太子只能選我！我帶著北家悲壯的誓願，無論如何都要入宮，才會來到這裡。只要能夠達到這個目的，其他的一切都不重要！」

白珠撂下這句話，顯然她是認真的。

「也許妳是因為愛上了皇太子，才會來到這裡，但我和妳不一樣。——我根本不在意皇太子想什麼。」

白珠突然恢復了鎮定，靜靜地說道。

白珠完全沒有任何感情的這句話，比真赭薄之前聽到的任何聲音更加震撼，她突然覺得白珠很可憐，所以在下一剎那，她暫時忘記了自己陷入了困境，脫口問道：「——難道妳的內心不覺得寂寞嗎？」

白珠好像被說中了痛處，瞪大了眼睛。

她短暫地露出了像小孩子般的表情，接著是像是在哭一樣的笑容。

「完全不會……。這種感情，我早就已經丟掉了。」

白珠露出凝望遠方的眼神小聲說道。她嘆了一口氣之後，抬起了頭，臉上已經沒有絲毫脆弱的表情。

「秋殿公主，妳聽好了，這是我最後的忠告。如果不把我放在眼裡的妳入宮的話，妳弟弟的命運將會很悲慘。如果妳做好了這種心理準備，就儘管去做任何事吧。」

白珠說完，又瞪著渾身顫抖的馬醉木說：「妳也一樣，給我趕快回府，萬一最後是妳入宮，萬一最後我無法入宮，」她再度拿出了插在懷裡的懷劍，對著大驚失色的馬醉木和真赭薄說：「我就會用這把劍插進喉嚨，自我了斷，希望妳們不要忘了我有這麼大的決心。」

白珠說完，轉身離去，馬醉木和真赭薄都說不出話。

這時，水面泛起一道漣漪。

下雨了。可能是過雲雨，突然下起的雨越來越大，轉眼之間，就把所有的地方都打濕了。

「太過分了……」

馬醉木不停地說著「太過分了」，便在水裡哭了起來。

真赭薄在她身旁茫然地看著白珠離去的方向。

過了一會兒，真赭薄用沙啞的聲音對馬醉木說：「……妳不要再哭了，再怎麼哭，也無法改變任何狀況。」

「但是……」當馬醉木抬起頭時，看到菊野帶著大批女官出現在真赭薄身後。真赭薄發現後，用力吸了一口氣，挺直了身體。

「公主，這……這裡發生了什麼事？」

「菊野，妳這個笨蛋，怎麼現在才來？」真赭薄怒罵道，「妳還在磨蹭什麼？趕快去秋殿準備好湯殿，還有乾淨的衣服。」

真赭薄不由分說地把馬醉木帶去了自己的宮殿，那裡已經準備好洗澡水、乾淨的衣服和熱騰騰的飯菜，馬醉木基於和剛才不同的理由又想哭了。

洗完澡，也借了真赭薄的衣物，吃了美味的飯菜，心情終於平復之後，才終於能夠向真赭薄表達感謝。

「今天給妳添了很多麻煩，真的很抱歉……」

真赭薄靠在扶手枕上，靜靜地說：「妳不必放在心上，對妳來說，才是一場災難。我做夢都沒有想到，白珠竟然會有那種想法……」

真赭薄露出凝望遠方的眼神，怔怔地嘀咕道。

「至今為止，我所做的一切，都深信只要真心誠意愛慕皇太子，皇太子一定會來迎接我。我真是太天真了。」

真赭薄痛苦地繼續說了下去。

「我真的太天真了，雖然有點不甘心，但濱木綿說的沒錯，我真的完全搞不清楚狀況，無論是有關政治，還是一起登殿的其他人。」

真赭薄說到這裡，突然想到什麼似地看向馬醉木：「現在回想起來，我也對妳說了很過分的話。我完全沒有考慮到妳的心情，只想到自己……。我太傻了，對不起，我沒有多加思考就說的話，一定讓妳很受傷。」

真赭薄說話時的眼神平靜而清澈，也帶著悲傷。

馬醉木感覺她和以前不一樣了，所以只是搖著頭說：「沒關係，這些事都已經過去了。」

「謝謝妳的諒解。」

真赭薄露出的微笑比之前看過的任何表情更溫柔。馬醉木感覺到自己的身體在眼前意想不到的平靜氣氛中漸漸放鬆下來，這也許是登殿以來，第一次和他家的公主心靈相通的時刻。

「但是，」這時，站在一旁的菊野突然語氣沉重地說，「公主，白珠公主對您說的話是真的嗎？……就是她說南家在為北家出力的那件事。」

「我認為並不是完全沒有可能。雖然現在發現有點太晚了，但在很多事上都可以發現類似的跡象。」

濱木綿之所以毫不掩飾對皇太子的嫌惡，是因為她原本就不打算嫁入宮中。如果在登殿前，就已經和北家之間有了密約，濱木綿只是來充場面，也難怪那些女官完全不尊敬她。

「我應該更早注意到這些事，因為濱木綿原本要嫁給皇太子的兄長，她不可能為了進宮，欣然答應嫁給自己根本不喜歡的男人。」

「有這種事？」馬醉木瞪大了眼睛問。

在皇太子四、五歲的時候，他的兄長將日嗣皇太子的寶座讓給他。在那之前，南家的家主當然希望將自家的長公主嫁給有血緣關係的外甥。

「南家的家主應該為此用盡了各種方法，原本對嫁給兄長寄予厚望，結果這件事破了局，南家發生了內鬥，甚至換了家主。」

「但詳細情況就不太清楚了。」菊野補充說。

真赭薄立刻回答。「我也曾經聽說，南家的人經常自相殘殺，我猜想家主和濱木綿的處境都很嚴峻。」

「果真如此的話，很多事情都解釋得通了。」馬醉木嘆著氣說，「濱木綿覺得皇太子殿下是萬惡的根源。」

馬醉木回想起登殿以來，濱木綿完全不想成為皇太子妃的各種行為。

「如果南家為北家出力，無論藤波公主說什麼都沒用了。」

馬醉木回想起土用門掛著的巨大的幔幕，微微皺起了眉頭。

「妳的意思是說，赤烏……大紫皇后會置之不理嗎？」

「是啊，她會把白珠說的話當真，搞不好會認為我們在說謊。」

一陣凝重的沉默。

「對了，」菊野再度開了口，「春殿公主，冬殿公主為什麼對妳做這種事？」

事到如今，馬醉木不可能不告訴她們實情，她無力地回答：「是因為信的關係。她誤會了和我通信的對象，那封信根本不是皇太子寫給我的。」

真赭薄露出了微妙的表情。

馬醉木拿出了信對她說：「如果妳不相信，可以自己看。」

「如果妳不想給別人看，不需要勉強。」真赭薄慌忙婉拒。

但馬醉木堅定地搖了搖頭。「並沒有什麼見不得人的內容，寫信給我的，是以前曾經照顧我的僕人。」

女官剛才貼心地把信夾在乾布之間，外面只寫了「公主大人」幾個字。因為被雨淋到，字有點暈開的關係，所以信紙上發出了很濃的墨汁味。真赭薄費力地看了已經暈開的文字，感受到對方對馬醉木的關心和擔心，語帶佩服地稱讚了寫信的人。

「真是一個對主人很忠心的僕人。」

「他並不是我的僕人。」

「他在信中寫的這句『**恕我無法在信中奉告令堂的事**』是什麼意思？」

馬醉木聽了真赭薄的話，倒吸了一口氣。自從七夕那件事之後，她和真赭薄就沒什麼來往，但真赭薄和自己不一樣，為了登殿接受了紮實的教育，所以或許可以向她打聽一下。

「真赭薄公主，我知道問妳這件事有點奇怪，但妳是不是知道我母親的事？」

真赭薄瞪大了眼睛問：「令堂的事？」

「對，我的女官不肯告訴我，但我母親似乎參加了上一次登殿。」

「上一次登殿？妳是說以春殿公主的身分嗎？如果是這樣的話，」真赭薄很快點了點頭，「令堂是不是叫浮雲公主？」

馬醉木聽到這個出乎意料的名字，用力吸了一口氣。

「浮雲？這是她的小名嗎？」

「對，我曾經聽姑姑說，她是彈琴的高手，她的那把琴名叫『浮雲』，所以春殿公主也用這個名字作為自己的小名。」

所以，五加之前服侍的公主，就是自己的母親嗎？

目前在自己手上的那把琴，原本是母親的琴。這件事對馬醉木造成了不小的衝擊。回想起五加看到「浮雲」時的反應，她應該立刻就知道那曾經是馬醉木母親的那把琴，但她為什麼隱瞞這件事。

「……上一次登殿時似乎發生了不少狀況，妳的女官不願向妳透露這些事也是情有可原。」

菊野看到馬醉木慌亂的樣子，用柔和的語氣關心地說。

「妳說發生了不少狀況，可以請妳告訴我具體發生了什麼事嗎？」

馬醉木一臉嚴肅的表情，合起雙手拜託。

「拜託了，我不希望我永遠都這麼無知。」

菊野似乎很猶豫，因為既然馬醉木的女官也不願意告訴她，自己是否也該守口如瓶，但可能被馬醉木拼命拜託的樣子打動了，她皺起兩道柳眉，最後還是答應了。

「既然當事人都這麼說了，那我也不能不說了。大紫皇后嫁入皇宮這件事就有蹊蹺。」

真赭薄斷言道，「因為金烏陛下和大紫皇后當初並沒有積極的交流，他們之間的關係並不好，最後是夏殿使用了骯髒的手法，大紫皇后才會嫁入皇宮。」

菊野嘆著氣，點了點頭說：「是啊！當今陛下在挑選櫻妃之前，夏殿公主就已經懷了目前皇太子的兄長。」

「……啊？」

「也就是說，夏殿硬是把當時的皇太子帶去寢室，比宗家更早公佈已經懷孕的事。」

「即使金烏陛下原本沒有此意，夏殿一開始就決定用賤招，其他家的公主都上了夏殿公主的當。現在的公主都用正當的方式競爭，所以不太希望妳們知道這些事。」

馬醉木愣了一下，漸漸紅了臉。難怪五加不願意告訴自己。

「雖然大紫皇后說，這次登殿的公主中有『烏太夫』，其實她自己以前就是。」

之後，真赭薄的姑姑成為金烏陛下的側室，生下了皇太子，但在兄長決定讓位給皇太子後，不久就離開了人世。

「馬醉木公主，妳千萬不要被她的話迷惑了。」

『步上後塵』這句話，應該是指被大紫皇后搶先的意思。

「我大致瞭解了……難怪五加不願意告訴我。」

即使問身分不同的聽差這種事，聽差當然也無法回答。

馬醉木看著信，覺得自己做了傻事，真赭薄把信交還給她。

「但是，妳為什麼不給白珠看這封信？」

「因為不是用正規手段送來的信，讓我有點心虛……而且看她當時的態度，我覺得她會把信撕掉。」馬醉木露出一絲不安的表情。

真赭薄淡淡苦笑說：「妳放心，我心胸沒有這麼狹窄，不會去告密。」

「真的很感謝妳……」

雨已經停了，但天色也漸漸暗了下來。馬醉木看著屋簷滴下的水滴，想起自己沒有打一聲招呼就離開春殿已經很長時間，突然緊張起來。

菊野鎮定地對她說：「您來秋殿後，就立刻派人去通知春殿了，敬請放心。」

「妳今天就住在這裡，事到如今，也不必說打擾了。」真赭薄站了起來，「更何況即使可以穿我的襌裙，但外衣就沒辦法掩飾了，如果被五加發現，一定會引起軒然大波。」

真赭薄把放在一旁晾乾的小袿遞到馬醉木面前，馬醉木發現衣服破了，說不出話。應該是剛才被白珠扯破的。她緊張得不知如何是好。

真赭薄笑了笑說：「別擔心，我會幫妳縫好。」

「妳親自為我縫補嗎？」馬醉木驚訝地問。

「之前不是就說了嗎？公主很擅長女紅。」菊野一臉得意地說。

「衣服差不多乾了，趕快拿針線箱過來。」真赭薄檢查著馬醉木的衣服說道：「這點小破洞，與其叫女官，我自己縫補還比較快，天黑之前就可以補好。」

真赭薄說完，就拿著衣服走去隔壁房間。她俐落準備的身影是馬醉木以前從來沒有看過的一面。

在有著許多黑得發亮柱子的房間內，有一張面對門外的細長形工作桌，和工藝精巧的針線箱。插在針座上的針在柔和的斜陽下發出細膩的光芒，坐在工作桌前的真赭薄熟練地把線穿進針內，在馬醉木靜靜的陪伴下，默默地縫補起來。

在被雨淋濕的空氣中，可以聞到落葉獨特的甘甜。

真赭薄的背影在門外明亮的光線中，散發出嫻淑的女人味。

敞開的門外，紅色楓葉上的水滴，閃耀著光芒。這片景象反射在擦得光可鑑人的漆黑地板上，宛如落葉浮在黑色的水面。真赭薄隨意披散的紅色頭髮就像是閃著赤銅色的大河，眼前的景象讓任何繽紛的錦衣都相形失色，難以想像人間竟有如此美景。

真赭薄的針線活的確俐落流暢，如果只看她的手，難以想像她是西家嫡系長公主，難怪她說自己縫補會比專門做針線活的女官更快，她的女紅果然比行家更勝一籌。

「妳真的很拿手。」馬醉木忍不住稱讚。

真赭薄瞥了她一眼，露出淡淡的笑容：「因為我有一個弟弟。」

真赭薄俐落地縫補著，小聲嘀咕道。

馬醉木沒有說話，等待她繼續說下去，她邊縫邊說了起來。

「雖然我有很多同父異母的兄弟姊妹，但只有兩個同父同母的兄弟，一個哥哥和一個弟弟。妳有弟弟或是妹妹嗎？」

「沒有，」馬醉木回答說，「很可惜沒有任何弟妹。」

「是嗎？有一個無條件依靠妳的人是件很棒的事，我母親不太管我弟弟，所以他有點把我當成了媽媽。他從小就很調皮，」真赭薄一副姊姊的樣子笑了起來，「他明明是宮烏，卻整天去外面玩，然後回來時衣服破了洞。如果被羽母發現，就會挨罵，所以他就來找我。我每次看到他快哭出來的樣子，就覺得很好笑。」

真赭薄說，於是她就偷偷幫弟弟補衣服，也沒有罵他。

「結果他就習以為常，每次都來找我，我的手藝也就越來越好了。」

真赭薄告訴馬醉木，她弟弟即將進入勁草院，以後就見不到了。

「以後也沒辦法為他縫衣服了……」

真赭薄悵然地說完，臉上露出了複雜的表情嘆了一口氣。

「但我不能在這裡感傷，如果白珠說的話屬實，我弟弟的命運也取決於我……」

逆光中，馬醉木無法看到真赭薄此刻的臉上帶著怎樣的表情。

馬醉木在隔天回到春殿後，面對了五加。

由於馬醉木和秋殿之間決定把昨天發生的事當作秘密，五加不瞭解情況，責備馬醉木未經同意就住在秋殿。

「請您以後不要再有這種輕率的行為！難道您沒有自尊心嗎？」

馬醉木聽了五加這句話，毫不畏懼地看著她的眼睛說：

「我怎麼可能有什麼自尊心？我這麼沒出息，就連最親近的女官也對我隱瞞母親曾經登殿的事。」

五加聽了馬醉木的話，瞪大了眼睛。

「馬醉木公主，您從哪裡……？」

五加說到一半，可能察覺到是秋殿公主。她看到主人露出強烈的眼神，發現自己的行為反而削弱了馬醉木的自信。

停頓片刻後，她用力垂下肩膀，當她再度開口時，語氣已經不再像前一刻那麼嚴厲。

「……馬醉木公主，我剛才的態度太嚴厲了，但我唯一的指望，就是盼著您能夠入宮。」

馬醉木聽到她和前一刻判若兩人的無力聲音，忍不住吞著口水。因為五加只有在談論母親的事時，才會露出這樣的表情。

「指望？」

「我指望能夠得到您母親大人的原諒。」

馬醉木倒吸了一口氣。
「您的母親大人以前登殿時叫浮雲公主，是我發誓苦樂與共，誓死效忠的主人。」
馬醉木聽了五加的話，緩緩點了點頭。
「對，我聽真赭薄公主說了。」
「但是，」五加摸著馬醉木的臉頰說，「您並沒有聽說浮雲公主和金烏陛下相愛這件事吧？」
馬醉木覺得喉嚨深處的空氣好像變成了石頭。
「妳……妳說什麼？」
「這件事千真萬確，之後成為皇太子和藤波公主母親的側室室——十六夜公主回府，不在櫻花宮內，所以金烏陛下最常臨幸浮雲公主。」
但最後夏殿的公主先懷了金烏陛下的孩子，順利嫁入了皇宮。
「浮雲公主無法完成夙願進入皇宮，帶著失意回到了東領，然後生下了您，之後離開了人世。我一直覺得浮雲公主死了，而我卻活了下來是莫大的恥辱，但我最近開始覺得，這一切都是上天的安排，都是為了讓您能夠嫁入宮中。」

五加注視著馬醉木的雙眼，靜靜地對她訴說。

「請您一定要實現您母親大人未竟的夢想，所以，您一定要抬頭挺胸。」

五加垂著雙眼說道。

秋天結束，冬日的氣息越來越濃的這一天，所有人都在不知道發生什麼事的狀況下聚集在藤花殿內，看到澄尾出現在大廳中央，才發現出了事。

在櫻花宮的所有人都到齊之後，澄尾一臉沉痛的表情，拿出了一樣東西。

「首先請大家看一下這個。」

說完，他把一件燦爛奪目的深紅色美麗和服攤在木板地上。櫻花宮內的所有人都對這件和服上細膩的羽毛圖案記憶猶新，許多女官都忍不住倒吸了一口氣，同時看向真赭薄。那是真赭薄製作，之後送給早桃的衣服。不，如果只是這樣還沒有問題，但眼前這件衣服上有和之前決定性的不同。

在鮮豔的紅色中，有些金色的刺繡弄髒了。

仔細一看，立刻便知道弄髒的原因了。

乾掉後變成黑色的血沾在衣服上。

「這是……」

真赭薄因為緊張而停頓了一下，用力吐了一口氣後繼續說了下去，「這曾經是我的衣服，我送給早桃了。」

「秋殿公主，」

澄尾抬起的雙眼露出了銳利的眼神，菊野察覺後，走到垂簾外，想要保護主人。

「請等一下，由我來說明詳細的情況。」

菊野走向澄尾，快速地說明了事情的來龍去脈。在場的女官都竊竊私語，真赭薄的雙眼緊盯著那件鮮紅色的和服。

早桃到底發生了什麼事？

所有女官都因為產生了不祥的預感而臉色蒼白，澄尾聽完菊野的說明後，語氣沉重地開了口。

「今天我代表山內眾，以及皇太子殿下來這裡，所以請各位仔細聽我說。」

女官們聽到澄尾說話如此鄭重其事，不安地互看著。

「宗家的女官，目前在夏殿供職的早桃……因為涉嫌擅自外出，所以受櫻花宮之託展開搜索。」

現場陷入了緊張的寂靜。

「——很遺憾，當我們找到她時，她已經辭世了。」

所有人都無法理解聽到了什麼。

「那是……」五加發出了語帶遲疑的聲音。

「那真的是早桃嗎？會不會是很像她的另一個人？」

「已經請她的親弟弟確認過了，她弟弟說沒錯。」

「怎麼可能！」

馬醉木叫了一聲，在垂簾內無力地癱倒了。同時，藤波的垂簾內發出了倒吸一口氣的聲音。

瀧本悄悄走到藤波身旁，摟著她的肩膀，請她要堅強。

「為什麼會發生這種事？」

菊野忍不住問澄尾，澄尾似乎覺得難以啟齒，但還是淡然地回答了這個問題。

「目前還不瞭解詳細情況，但她倒在山谷的谷底。」

「是……意外嗎？」馬醉木語帶顫抖地問。

櫻花宮建造在峻嶺上，修整過的地方很安全，但只要走出宮外，就有不少山崖峭壁，可以看到山谷的谷底。如果在那裡不慎滑落，後果不堪設想。

但是，澄尾的回答不置可否，只說目前正在調查，從他的回答來看，這件事顯然有疑點。

根據澄尾之後的說明，得知早桃披著那件蘇芳和服倒在谷底。她的屍體已經由她弟弟送回老家，即使和她親近的人也無法見到她最後一面。

「之後可能會向各位瞭解情況，敬請協助。」

瀧本在澄尾的注視下從垂簾內走了出來。

「瞭解了，直接詢問的工作就交給我們吧。」

「拜託了。」

澄尾向瀧本深深鞠了一躬，退出了藤花殿。

「等一下！」

澄尾正準備離開，馬醉木對著他的背影喊道。澄尾已經走出土用門，正打算從舞台上飛離，聽到聲音，驚訝地轉過頭，看到馬醉木一身華服，知道她不是女官，忍不住瞪大了眼睛，看到五加責備的眼神，慌忙低下了頭。

「原來是春殿公主，找我有什麼事嗎？」

「早桃和我很親近，請問、她真的……？」

馬醉木無法把話說完。澄尾聽到她含著眼淚說不下去，咬著嘴唇，向她鞠了一躬。

「真的很遺憾……請節哀。」

「怎麼會這樣？為什麼？」

馬醉木忍不住身體搖晃，「公主！」五加叫了一聲，伸手扶住了她，她倒在五加身上。

「她是外出辦事時不慎墜落嗎？」

「目前還不知道，山內眾還在調查到底是不是意外。」

澄尾的回答刻意模糊焦點，五加聽了，瞇起了眼睛。

「有可能被人推落，或是她自己跳下山谷嗎？」

「我剛才已經說了，目前還不知道。」

「但她是開朗體貼的人，不可能自殺，而且也不會招人怨恨！請妳不要說這種莫名其妙的話。」

馬醉木的眼淚忍不住流了下來，她回想起早桃答應會協助她時的開朗笑容。

澄尾已經跳到欄杆上，向馬醉木鞠了一躬。

「春殿公主，皇太子率領的山內眾必定會傾全力調查，我也會全力以赴，希望下次來這裡時，可以給各位帶來好消息。恕我告辭。」

話音剛落，他就翻了一個跟斗，變成了鳥形飛走了。馬醉木目送著他離去，有一隻無力的手搭在她的後背。

「姊姊……為什麼會這樣？」

藤波露出空洞的眼神目送澄尾離去，馬醉木見狀，淚水忍不住流了下來。

「藤波公主。」

「為什麼會發生這種事？為什麼早桃死了？」

藤波緩緩搖著頭，似乎無法接受這個事實。

「完全沒想到竟然會發生這種事……早桃……早桃為什麼……為什麼？」

藤波幾乎快昏倒了，馬醉木慌忙抱住了她。

「藤波公主，您要堅強！」

「但是，姊姊！早桃她、早桃她死了……」

藤波全力顫抖，淚水在眼眶中打轉。

「為什麼？早桃為什麼死了？唉，早知如此，之前就不該提拔她來當我的女官。」

藤波放聲大哭起來，馬醉木抱著藤波，發現自己也因為傷心而渾身顫抖。

「藤波公主，您別這麼說，早桃如果聽到，一定會很難過。您不用擔心，」馬醉木語氣堅定地說，「山內眾必定會查明真相，我相信其中一定有什麼原因。」

藤波聽了，倒吸了一口氣，沒有再說話。

「不用擔心。」馬醉木挺起胸膛說，讓這句話聽起來更有力。

「早桃不是遭人殺害，就是自殺吧？」

冬殿的茶花突然開口說道。

春殿一行人和藤波離開後，其他人仍然坐在原位，相互偷瞄著。有幾名年輕女官可能是早桃的朋友，不時發出啜泣聲。茶花的發言和感傷的氣氛格格不入，但並沒有人指責她。

「雖然不願意承認，但這麼想比較合理……」

菊野嘆著氣，同意了茶花的意見。

「否則山內眾不可能特地來這裡，如果只是發生意外，通常都派近侍來通知。」

「蘀麻，妳是不是知道什麼？」

之前早桃偷溜進秋殿時，蘀麻要求嚴厲處罰她，大家都對這件事記憶猶新。

所有女官聽到茶花這麼問，都偷瞄著蘀麻。

「太荒唐了。」

蘀麻微微皺起了眉頭，但濱木綿搶先反駁道。

「那件事不是早就不再追究了嗎？雖然她這個人冷冰冰，但她並不傻，事到如今，才不該用這種最糟糕的方式重提舊事，對不對？」

濱木綿徵求蘀麻的同意，蘀麻很不甘願地點了點頭。

「……即使過度制裁她，對我們完全沒有任何好處，我們才不會做這種沒有意義的事。」

「既然這樣……」

茶花又開了口，瀧本拍了拍手，制止了她。

「好了，不要再說了！憑臆測討論這件事只會徒增空虛，而且憑臆測譴責他人簡直愚蠢至極。」

「搞不好並不能說是臆測。瀧本姑姑，早桃的事也並非和妳完全無關。」

瀧本露出嚴厲的表情瞪著茶花。

「妳這句話是什麼意思？」

「早桃原本是宗家的女官，明明經驗不足，還一副目中無人的態度，這代表女官的教育有問題。」

「如果這是之前大紫皇后說的〈烏太夫〉所為——」

突然響起的說話聲，制止了咄咄逼人的茶花，瀧本和茶花聽了白珠銀鈴般的說話聲後都閉了嘴。

「最可疑的不就是春殿的馬醉木公主嗎？」

攙扶著藤波走進藤花殿的馬醉木瞪大了眼睛，所有女官的視線都集中在她身上，她忍不住緊張起來。

「妳、妳說什麼……？」

「妳之前不是籠絡她，要她幫妳做很多事嗎？現在是不是覺得她礙事，所以就收拾了她？這很像是詭計多端的東家會做的事。」

「妳憑什麼說這種話？」

五加怒不可遏地大聲質問的同時，前一刻還失魂落魄的藤波公主抬起頭，怒目圓睜地看著白珠。

「白珠！妳侮辱姊姊，就等於在侮辱我！妳搞清楚狀況了嗎？」

藤波雖然臉上帶著淚痕，但還是滿臉怒氣地大聲斥責。白珠露出不耐煩的表情看了藤波一眼，把臉轉到一旁。

「有宗家撐腰這件事，不是更啟人疑竇嗎？」

「公主言之有理。」茶花也氣鼓鼓地說，「瀧本姑姑假裝中立，根本不值得信任。」

「妳說什麼——！」

「夠了，煩死了，都別再說了！」

真赭薄忍無可忍地加入了戰場。

「說什麼〈烏太夫〉，太可笑了！櫻花宮原本是宮烏的子女相互切磋，磨練自我，成為出色櫻妃的地方，現在這樣相互詆毀，根本是本末倒置。」

「如果早桃是自殺，秋殿公主不是也有責任嗎？」

白珠若無其事地說，真赭薄露出訝異的表情。

「妳在說什麼？」

「上次的事情鬧那麼大，她的精神當然會無法承受。更何況早桃被人發現時，不是披著妳縫製的那件和服嗎？一眼就可以看出秋殿與把早桃逼入絕境脫不了關係，還是說，」白珠露出故作無辜的微笑問：「是妳殺了她？」

真赭薄瞪大了眼睛，當場愣在那裡。

「妳血口噴人……」

「妳是不是捨不得自己縫製的那件衣服？我記得妳當時情緒很激動，妳是不是想要拿回那件衣服，結果不小心失了手？果真如此的話，希望妳從實招來。」白珠斷言道，「櫻花宮不是宮烏的子女相互切磋，磨練自我，成為出色櫻妃的地方嗎？既然把一名侍女逼上了絕路，就沒有資格繼續留在這裡。」

「不是這樣！」真赭薄大叫一聲，整個人彈了起來，「才不是……和我無關！我沒有做任何事！」

「妳認為自己沒有責任嗎？真是寡廉鮮恥！是妳逼死了早桃！」

「白珠，夠了沒有？」濱木綿瞪著白珠，尖聲說道，「妳根本不在意早桃是怎麼死的，妳只是想譴責其他家的人，但也不能惡劣得太過分了。」

「夏殿公主，妳不要多嘴，」白珠又轉頭看著真赭薄，發自內心地笑著說：「是妳的過錯，妳害死了早桃。早桃太可憐了，不知道她承受了多大的痛苦！」

「我不是說了和我無關嗎！」

「公主！」

真赭薄似乎忍無可忍，最後轉身逃走了，臉色蒼白得令人同情，菊野和其他去追她的人臉色也都很難看。

白珠神經質的笑聲一直在寂靜無聲的藤花殿內迴響。

天還沒亮，真赭薄就醒了。

她在昏暗中睜開眼睛，躺在那裡發呆。她不知道自己為什麼這麼早就醒來，昨晚想到白珠說的那些話，遲遲無法入睡，但最後似乎還是睡著了。

她突然發現身旁有人的動靜。

「菊野……？」

沒有人回應。

她來不及感到不對勁時，就發現黑暗深處有一個影子在移動。她還沒有看清楚那是什麼，那個影子越來越大，來到真赭薄身旁。臉上感受到那個人吐出的熱氣，對方伸出的手臂袖口碰到了她的臉頰。那是粗布的感覺，真赭薄嚇得睜大了眼睛。

「公主大人。」

那個影子發出不像是女人的粗獷聲音時，真赭薄驚叫起來。

馬醉木似乎因聽到遠處傳來的驚叫聲而醒了，戰戰兢兢地坐了起來。

「五加？」

她叫著睡在隔壁房間的女官。

五加可能也醒了，用手梳理著凌亂的頭髮，立刻跑了進來。

「公主，您也聽到了嗎？不知道發生了什麼事。」

「不知道，但外面很吵……」

「我派已經起床的人去察看了。」

五加手忙腳亂地整理儀容，剛才去察看的女官尖叫著跑了進來。

「公主，五加姑姑，出事了！」

「出什麼事了？」

那名女官渾身顫抖地報告說：

「藤花殿的中庭滿地都是血……」

「妳說什麼？」

「有一隻很大的馬死在那裡，啊，應該是鳥形的山烏。瀧本姑姑說不必擔心。」

女官可能太慌張了，說得不清不楚，五加越聽越著急，不顧衣衫凌亂，就跑向藤花殿的方向。馬醉木遲疑了一下，也立刻追了上去。

「公主，這樣不行！」

雖然其他女官制止，但馬醉木根本不理會她們。

已經有好幾名女官聚集在藤花殿，所有人都衣衫不整，甚至有人和馬醉木一樣穿著睡衣。女官們沒有想到春殿的公主會來這裡，所以並沒有為她讓路，紛紛擠在藤花殿的門口。

「怎麼回事？」

「聽說有男人闖進來。」

「聽說鮮血流了一地。」

瀧本和平時不同，身穿著黑衣，回答了驚慌失措、七嘴八舌發問的女官。她的身後響起了不同尋常的聲音。

「請大家鎮定，的確有不肖之徒闖入秋殿，但已經死了。」

「闖入秋殿？」四處響起驚叫聲，也在場的菊野著急地大叫起來：

「幸好那個男人很快就離開了，完全沒有碰到真赭薄公主一根手指。」

「他逃到藤花殿時，被藤宮連逮到了。目前已經找來山內眾收拾殘局，完全不需要擔心。」

五加聽了瀧本的話，大叫著說：「怎麼可能不擔心？想到這種事也可能發生在春殿，根本無法安心！」

「真赭薄公主也嚇壞了。」

菊野也瞪眼怒吼道。

「總之，請向我們說明詳細的情況。」

蕁麻難得開口說道，似乎覺得其他女官七嘴八舌太吵了。馬醉木納悶地瞪大了眼睛。東家、西家和南家的女官都到了，唯獨不見北家女官的身影。之前從來沒有發生過蕁麻在場，但茶花不在的情況。

回到各自的宮殿後，藤花殿又召集了所有人。馬醉木梳洗更衣後，來到了藤花殿。

真赭薄和濱木綿已經到了，但不見白珠的身影。真赭薄臉色蒼白，但看到馬醉木時，露出了淡淡的笑容，似乎表示她沒事。馬醉木偷瞄向濱木綿，發現她一如往常的傲慢表情。

瀧本看到真赭薄已經到了，輕輕點了點頭，看著三位公主說：「雖然冬殿公主還沒有來，但我還是開始說明情況，可以嗎？」

三位公主都以無言表示同意。

「那就開始吧。」瀧本轉過頭，站在一旁的女官遞了一張紙給她。

「首先說明今天發生的事。如各位所知，今天凌晨，有一隻山烏闖入了秋殿。那是已經戴冠成年的山烏，雖然還未和真赭薄公主接觸就逃走了，但之後發現他躲在藤花殿的中庭，在準備逮捕他時，他變成了鳥形，試圖逃走，最後在不得已的情況下將他斬首。」

馬醉木聽到殘酷的字眼忍不住顫抖，瀧本瞥了她一眼，並沒有停止說明。

「那個男人似乎和早桃有關。也許今天並非他第一次闖入櫻花宮內。沒有內部的人引路，很難進入櫻花宮，但如果曾經透過什麼方法，得知了進入的路徑，情況就不一樣了。」

瀧本打開手上的紙，出示在三位公主面前。

「這是櫻花宮的地圖，之前因為警衛的關係，不允許製作地圖，但在早桃失蹤之後，在大紫皇后的命令下，藤宮連製作了這份地圖。」

得知櫻花宮的自衛團獨自展開了行動，許多人都發出了驚呼聲。瀧本沒有理會，淡淡地繼續說了下去。

「早桃就是在這裡被發現的。」瀧本指著地圖的一角，嘆著氣說，「令人驚訝的是，從這裡到櫻花宮之間雖然是險峻的山崖，但如果想要爬上來，並不是爬不上來的高度。如果以鳥形飛上來，很快就會被發現，但如果以人的樣子慢慢爬上來，有可能躲過山內眾的監視。」

「所以，」五加大驚失色地問，「只要知道那條路，任何人都可以潛入櫻花宮嗎？」

怎麼會這樣？簡直難以置信。

站在一旁的女官也忍不住交頭接耳。

「沒想到這裡的安全有這麼大的漏洞，真讓人無言。」

菊野嫌惡地皺著眉頭，緊緊握住了真赭薄的手。

「幸好沒有發生可怕的事，萬一、萬一真赭薄公主發生什麼意外……」

馬醉木感到不寒而慄，用袖子遮住了嘴巴。濱木綿眉頭深鎖，一動也不動，真赭薄臉色發白。

「所以呢？」濱木綿冷冷地問，瀧本猛然抬起頭。「妳的報告應該不是就這樣而已吧？」

「當然，」瀧本用力點頭，「我剛才說，今天並不是他第一次闖入，但也並不認為曾經多次闖入。因為他看起來並不是熟門熟路，而且他逃到藤花殿似乎並不是因為知道那裡是什麼地方。」

「他的目的是什麼？」

「應該是想要偷竊吧。」瀧本斬釘截鐵地斷言，然後從自己懷裡拿出一支髮簪，「各位看到了，這是一支髮簪，並沒有太大的價值，但是，一旦拿到宮外，就有相當於山烏工作半年報酬的價值。在山烏眼中，這裡簡直就是一座寶山。」

瀧本露出了嘲笑。

「各位的家境都很富裕，如果不是特別有感情的東西，即使不見了，也不會拚命尋找。早桃應該之前就經常偷這些東西。」

「早桃才不是這樣的人……」

馬醉木反駁，但看到瀧本嚴厲的眼神，嚇得垂頭喪氣，不敢再說話。

「我並沒有說，早桃原本就手腳不乾淨，應該是被這個男人逼迫，但她一時糊塗對蘇芳的和服下手，導致事跡敗露。也許早桃說想要金盆洗手，但在把戰利品交給這個男人，說出自己的打算時，男人不答應……」

結果，雙方就扭打起來，早桃不慎墜入了谷底。男人安分了一陣子，發現事情漸漸平息，就自己來櫻花宮偷東西。

「目前山內眾正在清查男人的身分，在查清楚之前，雖然我剛才說的這些不能說是真相，但應該八九不離十。關於警衛的漏洞問題，也會立刻著手重新研究，很快就可以向各位報告。」

所有人都嘆了一口氣。至少暫時瞭解了大致的情況，雖然有很多意見，但既然櫻花宮以後會加強警衛工作，也許沒必要說三道四。在一片鬆懈的氣氛中，只有真赭薄和濱木綿的態度與其他人不一樣，真赭薄一臉緊張，低著頭，好像隨時都快哭出來了。

濱木綿悶悶不樂地看著鬆了一口氣的女官們。

*妳們也太好騙了，難道不會稍微動一下腦筋嗎？*

雖然濱木綿沒有發出聲音，但她無聲地這麼說。馬醉木看懂了她的唇語。

濱木綿突然站了起來，一句話也沒說，就走出了藤花殿。

「濱木綿公主，請等一下！」

馬醉木立刻叫了一聲，也跟了上去。她無視那些瞪大了眼睛，不知道發生了什麼事的女官，來到渡殿後，看到濱木綿走向商羽門，也就是通往秋殿和冬殿的渡殿方向。

「濱木綿公主。」

「幹嘛！吵死了，叫一次就夠了。」

濱木綿不悅地嘀咕。

「妳也來的話，就會有一大票人好像金魚屎一樣跟過來。」

濱木綿表示她很礙事，想要拒絕她，但馬醉木並沒有乖乖順從。

「——只要把她們趕走就好了。」

「隨便妳！」濱木綿說完，敲著冬殿的門。

「白珠！是我，我進去了。」

濱木綿話音未落，就已經用力推開了門。

「夏殿公主！」

「打擾一下。」

濱木綿推開目瞪口呆的女官，大步走進冬殿深處。馬醉木也若無其事地跟在她身後。

「不好意思，請其他人迴避。」

「竟然連春殿的公主也來了！」

雖然馬醉木內心有點過意不去，但現在決定對女官的叫聲充耳不聞。雖然是不同的宮殿，但貴族房子的結構都大同小異。濱木綿毫不猶豫地走向應該是白珠房間的位置。茶花不知道聽到了動靜，還是其他女官去向她報告，她從房間內衝了出來。

「夏殿公主，還有春殿公主，請問兩位想幹什麼？簡直太沒規矩了。」

茶花大聲斥責，濱木綿絲毫不感到畏縮。

「我要見妳的主人，讓我進去。」

「不行！公主身體不適，絕對不行！」茶花語氣很堅定。

濱木綿斜眼看著她抿緊的嘴唇，冷笑一聲說：「我大致可以猜到她目前的狀態，即使想隱瞞也無濟於事。」

「什麼……」茶花滿臉怒氣。

濱木綿把她推開，走進了白珠的起居室。

「白珠……妳似乎很受打擊啊。」

濱木綿說話的語氣很平靜，和前一刻完全不同。馬醉木站在濱木綿身後張望，看到室內異樣的景象，忍不住倒退了兩、三步。

房間內很昏暗，可能關上了所有的門，只有一扇朝外敞開的圓窗。那裡有一級階梯，所以比較高，有一個人影依靠在窗前。

昏暗中，她身上的和服綢緞反射了窗外的光線，發出了微光。一頭黑髮像河流般披在白色的美麗衣服上。不知道為什麼，上面放著紙鶴。一隻、兩隻、三隻。

五隻、六隻、七隻、八隻。

馬醉木數了起來，忍不住微微顫抖。

九隻、十隻。還沒有數完。一隻、兩隻——三隻、四隻、五隻！

「這是怎麼……？」

不光是她的衣服和頭髮上，她周圍還有許多紙鶴。

地上已經堆滿了紙鶴，而且不計其數。不知道她使用了什麼紙，顏色和大小都不一樣，而且很多紙上都用毛筆寫了字，但無數的紙都折成了鶴的形狀，無一例外。

室內響起沙沙的聲音，順著聲音的方向看去，這個宮殿的主人正在裁折紙鶴的紙。那原本應該是寫給她的信，她拿著小刀，毫不猶豫地裁成了色紙。

「白珠！」

濱木綿稍微加強語氣叫著她的名字，雖然很平靜，但聲音中帶著沉痛。

「啊，濱木綿公主，妳什麼時候來的？最近好嗎？」

白珠前一刻還專心一致折著紙鶴，她用乍看之下，與平時無異的態度向濱木綿打招呼。

「對不起，都沒有招呼妳，妳找我有什麼事嗎？」

白珠一臉可愛的表情偏著頭問，馬醉木終於發現她不對勁。

白珠臉上完全找不到之前的氣勢洶洶，天真無邪的笑容簡直就像小孩子。

濱木綿不發一語地走向白珠，拿走她手上的小刀。白珠一臉錯愕地抬頭看著濱木綿。

濱木綿跪在她的面前說：「妳已經撐不下去了吧？要不要提出回府的申請，回去北家？」

無論濱木綿說的內容，還是她說話的語氣，都讓馬醉木驚訝得說不出話。

濱木綿的話中充滿了對白珠的關心，溫柔的語氣中，完全沒有一絲平時的冷嘲熱諷，可以清楚感受到她剛才的那句話並不是為了挑釁白珠。

馬醉木看著白珠，不知她會如何回答，但她完全沒有變化的笑容讓馬醉木忍不住驚訝。

「不行。」

白珠用開朗的聲音堅定地回答，臉上帶著天真無邪的笑容，讓人懷疑她是否聽懂了濱木綿說的話。

到底哪裡不對勁？馬醉木感到很不安。

但白珠用歡快的聲音說：「濱木綿公主，我雖然不知道妳是基於什麼想法說這種話，但是，我無論如何都必須嫁入宮中。濱木綿公主，妳才應該有自知之明，提出回府的申請吧？」

雖然白珠笑容滿面，但說出來的話極其犀利。

馬醉木忍不住倒吸了一口氣，濱木綿完全不為所動。

「嗯，也許吧！但妳這樣下去會出問題。」

「妳在為我擔心嗎？但可能稍微晚了一步，」白珠說完，呵呵笑了起來，然後露出了最燦爛的笑容，「因為已經出了問題。」

馬醉木感受到爬過背脊的並不是寒意這麼簡單的東西。

她突然搞不清楚眼前的這個人是誰。

這是怎麼回事？絕對不可能是白珠，她和以前有著決定性的不同。濱木綿的表情稍微凝重了些，但並沒有像馬醉木那麼慌亂。

濱木綿皺著眉頭想了一下後，正面直視著白珠的眼睛說：「現在也不算為時太晚吧？妳一開始就不該來這裡。既然已經有了喜歡的男人，無論如何都不應該登殿。」

「妳說什麼？」

聽到這個突然響起的聲音，馬醉木驚訝地轉過頭，發現真赭薄不知道什麼時候也來了，臉色蒼白地看著眼前的白珠。真赭薄還未擺脫凌晨的衝擊，臉色仍然很憔悴，但她不至於遲鈍到看著馬醉木和濱木綿一起離開，無動於衷。

「……妳有喜歡的男人，還來登殿？妳認為可以允許這種事發生嗎？」

真赭薄的語氣很激烈，馬醉木內心慌張起來。

但濱木綿並沒有責備真赭薄，看著突然面無表情的白珠說：「目前根本不知道闖入者的身分，怎麼可能知道他和早桃有關？瀧本顯然瞭解真相，為了隱瞞真相而編的謊言。瀧本是宗家的人，所以會極力隱瞞會影響四家政治版圖的醜聞。」

這麼一想，就會發現有一位公主的態度很奇怪。

「等一下！」茶花插嘴說道，但濱木綿不理會她。
「所以，那個闖入的人是誰？」
「那個闖入者，」濱木綿瞇起眼睛，把手放在白珠的肩上，「是妳認識的人……而且和妳的關係很親密，對不對？」
濱木綿最後這句話不是在詢問，而是在確認。白珠把一雙眼睛瞪得像玻璃珠一樣大，放聲大笑起來。
「妳真會說笑！妳是說我和誰私通嗎？可惜猜錯了。」
大笑的白珠看起來已經不是以前的白珠了。
「我和一巳之間很清白！清清白白！因為我出生來到這個世界，就是為了進宮，我怎麼可能做出這種會影響進宮的事？」
白珠像小孩子般放聲大笑，馬醉木茫然地看著她。
白珠繼續笑著。
沒有人能夠阻止她。

# 第四章　冬

白珠這個名字有其由來。

意思是像珍珠一樣，在牢固的貝殼中長大，發出璀燦光芒的美麗公主。

北領並沒有可以稱為名產的農作物或是特產品，和他領相比，土地面積比較小，很難靠農耕謀生，也因此有很多武人。

在四家中，北家在中央供職的武人數量也特別多。由於將重點放在軍事上，所以北領大部分都是粗人，不懂得風流韻事。這也成為宮烏之間的共識。

西領和東領的宮烏除了正室以外，都還會有三、四個妾室。比較之下，北家很難找到有納妾的人。

一直以來，大家都說北領無美女，即使是領主一家也一樣。有宮烏不斷主張正是因為這個原因，所以連續好幾代都沒有公主嫁入宗家。北領的宮烏們感到束手無策，最後做出了驚人之舉，竟然為中央的花街最漂亮的遊女贖了身，嫁給北家的家主，生下了白珠的母親六花。只可惜六花長得像父親，雖然登了殿，卻無法入宮。

正因為原本充滿期待，所以北領也很失望。已經不惜讓遊女嫁入北家，竟然還功敗垂成。正當人們開始擔憂這股怨氣會向何處發洩之際，六花生下了白珠。

白珠剛出生，就是一個大眼睛，美得像玉一樣的嬰兒。任何人看到她，都覺得她簡直和外祖母是一個模子裡刻出來的。當時六花已經嫁給了北家分家的宮烏，卻立刻被召回北家，白珠也成為北家家主的養女。

白珠有著武門之家難得一見的美貌，更是家中的掌上明珠，在細心呵護下長大，成為了無人不知的「白珠公主」。

在白珠十三歲那年春天，正式決定她以北家三公主的身分登殿。

當父親告訴她這件事時，她並不感到驚訝，只是覺得這一天終於來了，帶著嚴肅的心情低下了頭。

回想起來，在她懂事之前，甚至是從她出生那一刻開始，就一直有人對她說的這一天終於來了。她非但不覺得十三年的歲月一眨眼就過去，反而有一種終於等到這一天的感覺。

為了一年後的登殿，白珠周圍的人一下子忙碌起來。雖然之前並不是毫無準備，但女官們個個繃緊神經，為白珠登殿做足各種充分的準備。

「……真是夠了，把我累死了。」

白珠好不容易溜出來，靠在欄杆上嘆著氣。

「辛苦了。」坐在欄杆下方中庭地上的一名山烏年輕人，苦笑著對她說。

他名叫一巳，是北家園丁的兒子，雖然他們身分不同，但在得知一巳的身分之前，她就已經和他成為朋友。她瞞著囉嗦的茶花，私下和他見面已經好幾年。

「雖然有點晚了，但恭喜妳要登殿了。」

聽到一巳這麼說，白珠用手捂住了兩個耳朵，好像很不開心。

「我不想聽這種形式化的道賀！已經聽膩了，而且聽你這麼說，我也不覺得高興。」

平時只要白珠把頭轉到一旁鬧彆扭，一巳都會溫柔地安慰她。

白珠等著他像平時一樣，隔著欄杆溫柔地拍拍她的頭，但等了很久仍然沒有等到，忍不住感到疑惑。

「……公主。」一巳語帶痛苦地叫了一聲。

白珠驚訝地抬起頭。一巳露出極其嚴肅的表情，目不轉睛地注視著白珠。

「一巳？」

白珠從來沒有看過一巳這樣的表情，突然感到不安起來，著急地以為自己說錯了什麼話，但一巳離開了欄杆，仍然一臉嚴肅的表情。

「我們以後不要再這樣見面了。」一巳用平靜的聲音對她說。

白珠瞪大了眼睛，連眼珠子都快要掉下來了，用力倒吸了一口氣。

「為什麼？」她好不容易擠出的聲音發著抖。「為什麼？根本沒理由要這麼做啊！」

白珠舔了舔嘴唇，用力吸了一口氣，這次說話的聲音終於比剛才正常了些。

「你和你爸爸很認真地為北家工作，拔草種樹……我相信你在我不知道的地方，也做了很多工作，難道這些都不要了嗎？」

「不，」一巳搖了搖頭說，「我打算和以前一樣，繼續在北家工作。」

「既然這樣，那就沒問題了。」白珠斷言道，「而且你不是我的朋友嗎？你不是我唯一的朋友嗎？接下來為了登殿的事，應該會有很多煩惱，難道你不管我了嗎？」

一巳聽了白珠語帶責備的話，用力皺緊了眉頭。

「公主，正是因為這個原因。」一巳咬牙擠出了這句話，但白珠還是無法理解。「既然登殿一事已經正式決定，不就意味著很快要舉行代表成年的裳著儀式嗎？您到時候就是成年女子了。」

「雖然、是這樣，但對你來說，根本沒什麼不同啊！」白珠心虛地結巴起來，但還信心十足地說道，「其實我們現在也不可以見面，因為絕對不可以和已經成年的郎君單獨見面，但你現在竟然說這種話。」

白珠想要笑，但擠不出笑容，因為一巳瞪著她。

「……我之前和您見面，」雖然一巳的眼神很嚴厲，但說話的語氣像平時一樣慢條斯理，「是因為您還沒有成年。」

「一巳看著無言以對的白珠，淡淡地地繼續說：「您之前曾說過，我們是平等的，您還記得嗎？叫我要抬頭挺胸，無論面對任何人，都不要覺得抬不起頭。」

「因為……」白珠不知所措，眼神飄忽著，「對啊！當然，我現在也這麼認為。」

「既然這樣，您為什麼說，即使在成年之後，也可以照樣見面？」

白珠沒想到一巳說出這麼嚴厲的話，肩膀忍不住抖了一下。一巳不可能沒有發現，但他並不打算閉嘴。

「如果是小孩子，還能夠得到原諒，即使未成年的公主和成年男子見面，也可以辯解。但成年的未婚公主和成年的男子見面……這是徹底的不韙。」

「但是，」白珠越說越激動，「茶花和其他女官不也都和你見面嗎？」

「因為她們並不把我視為『男人』，應該覺得和掃把差不多。」

一巳雖然語氣很平靜，但語帶不滿，白珠著急起來。

「一巳，妳怎麼了？」

「沒什麼。」一巳冷冷地說：「我只是對您和茶花嬤嬤她們一樣看我感到難過而已。」

白珠聽到一巳這麼說，才終於意識到，原來是這麼一回事。

「原來在您眼中，我果然也不是『人』，真是太遺憾了。」一巳冷冷地說。

「你為什麼要說這種話？我只是……」白珠快哭出來了。

「只是什麼？即使您登殿，嫁入皇宮之後，也覺得無論去哪裡，都可以帶上我嗎？就像您喜歡的雛人偶一樣。」

白珠聽了他的話，忍不住生氣，她想要反駁，卻想不到要反駁什麼。她緊閉雙唇，一句話也不說，就轉身準備離開。

「那就再見了。」

聽到背後傳來的聲音，白珠停下了腳步。

「……請您多保重。」

一巳的聲音平靜而鎮定，和前一刻完全不一樣。白珠終於知道，他不會挽留自己了。

自己只是在鬧彆扭，她深信只要鬧彆扭，一巳就會來挽留自己。回想起來，一直都這樣，之前他一直都忍讓著白珠。但是，他這次不再這麼做了。如果自己現在逞強，就再也無法像這樣和他見面了。

再也見不到他了。再也見不到他了？

白珠這才意識到，無論登殿還是入宮，都意味著無法再和一巳見面了。仔細一想，就會發現這是理所當然的事實，但白珠沒想到自己會受到這麼大的打擊。

「等一下。」白珠回過神時，發現自己在回頭之前，已經先開了口。「等一下……既然是最後一次，那就等一下。」

她急忙回到欄杆旁，一巳站在那裡，驚訝地抬頭看著她。

「公主。」

「我想去看你的花。」

白珠唐突地說，一巳眨了眨眼睛。

「我的花？」

「對，你的花，你之前不是說過嗎？」

一巳之前告訴白珠，他的夢想是希望自己以後也可以做園藝工作，但現在根本無法做到，所以他找到一塊有很多野生草花的地方，經常去照顧那裡的花。雖說是照顧，其實並沒有大費周章，也沒有種新的花，乍看之下，就只是一片原野，但他清除了折斷的樹枝，仔細拔除了生命力太強的野草，所以那裡成為令他感到驕傲的小天地。

他之前經常這麼告訴白珠，而且從來沒有給任何人看過，也沒有帶任何人去過，希望以後有機會可以帶白珠去看看。

「求求你，帶我去那裡，求求你了。」

白珠哭喪著臉說，一巳似乎陷入了猶豫。

「但是……」

「求求你。」白珠再度合起雙手。

「如果你不答應，我這輩子都無法看到你的花了。我離開北家沒有絲毫眷戀，但如果沒看到你之前提過的花，會是我唯一的遺憾。你帶我去看花之後，」白珠停頓了一下，嘴唇微微顫抖，「我就不會再和你見面了……以後再也不見面了。」

這句話似乎刺進了一巳的心，他瞪大了眼睛，全身的力氣都卸下了。前一刻的凝重表情從他的臉上消失了，他恢復了往日的笑容。

「這樣啊！既然這樣，那我就帶您去看。」一巳平靜地對她說：「明天早晨，在天亮的一個小時前，我會來接您，您等我。」

隔天清晨，白珠一整晚都沒有闔眼，一直在等一巳。

突然，欄杆下出現了一個巨大的人影跳了起來。

「一巳？是你在那裡嗎？」

「對，公主，是我。」一巳壓低聲音回答。

白珠悄悄溜出了房間，發現一巳背了一個可以裝一個人的大籠子。剛才看到的影子似乎就是那個大籠子，用藤蔓編的籠子看起來牢固結實，裡面鋪了棉衣。

「請進來吧！」

白珠立刻瞭解是怎麼回事，一句話都沒說，就跳進了籠子。一巳悄聲背起籐籠，靜靜地離開，以免被任何人發現。然後穿越北家的庭院，從灌木後方悄悄經過守衛的身旁。屏息斂氣地走了一段路，走出北家之後，才終於把裝了白珠的籐籠放下來。

「這是我只在砍柴時用的籠子……很抱歉，你的身體會不會痛？」

「不會，你不用擔心。」白珠立刻搖了搖頭說。

黎明前的這個時間，空氣清涼柔順，白珠把清涼的空氣吸入肺部深處，然後用力吐了一口氣。

「吐出來的氣是白色的。」

「真的欸！」

白珠呵呵笑了起來，前一刻的緊張立刻消失不見。

「因為現在有點冷，你趕快把棉衣披上。」

籐簍內鋪了好幾件棉衣，一巳拿出一件，披在白珠身上。

「謝謝。」

「不客氣，還有一小段路。」

一巳說完，再度把白珠背了起來。

他們兩個人都沒有說話，直奔一巳的原野。白珠並沒有對一巳背著自己感到過意不去，只是隔著牢固的籐籠，隔著粗布感受著一巳的體溫，覺得很舒服，忍不住輕輕閉上眼睛。

「公主。」

不知道過了多久，白珠聽到一巳的叫聲，抬起了頭。

「已經到了嗎？」

「對，從這裡只要走幾步路就到了，我把您放下來。」

一巳「嘿喲」一聲，小心翼翼地把裝了白珠的籐籠放了下來。

一巳把用布條編的柔軟人字拖鞋放在光著腳的白珠面前，白珠坐在籐籠上伸出腳，一巳小心翼翼地為她穿了上去。

「來吧！」一巳伸出手，白珠毫不猶豫地握住他的手站了起來。

因為長時間縮在狹小的空間，手腳有點麻木。一巳察覺到這件事，完全沒有催促她，和她一起慢慢走路。正因為路很不好走，所以白珠覺得一巳一路把自己背來這裡是正確的決定。白珠和一巳小心翼翼地避開鬆動的石頭和容易滑倒的青苔，走向目的地。

白珠低著頭走路，這時突然發現周圍亮了起來。抬頭一看，原本遮住頭頂的樹木不見了，他們已經在不知不覺中來到一片開闊的空間。

「啊啊！」白珠忍不住叫了起來，那是發自內心的感嘆。

她可以感受到一巳在她身後輕輕笑了起來。

那裡是一片和緩的山坡，沒有太高大的樹木，草木都自由生長，但並沒有相互妨礙，而是靜靜地共存。白珠的腳下到山坡下都是一片低矮的草，矮樹點綴其間。矮樹上似乎開了花，花在清晨的藍光中靜靜地低著頭，有著難以形容的風情。

一巳聽了她的感嘆，輕輕笑了笑，搖頭對她說：「但我想讓您看的並不是這個。看好了，快來了。」

白珠瞪大了眼睛，再度面對原野。

過了一會兒，山邊被白色的光照得明亮——天亮了。

在漸漸照亮周圍的朝陽中，白珠發出了感動的尖叫聲。明亮的朝陽映照在前一刻還躲在昏暗中的樹木上，這些樹木在潔白的陽光照射下，好像一下子甦醒過來。放眼望去，有許許多多白色的胡枝子花。纖細的枝頭，一朵朵純白色的鮮花上積著欲滴的朝露，在朝陽的映照下，同時綻放出閃亮的光芒。

胡枝子的樹枝柔軟地垂了下來，比她之前看過的任何珠寶飾品還更加優美，露珠就像是磨得透亮的水晶珠，像小寶石般閃耀，變成數千、數萬顆光的粒子，包圍了白珠和她眼前的整片斜坡。而且似乎可以聽到光在露珠中彈跳發出的沙沙聲。

白珠說不出話，清涼的曙光也映照在她的臉上。一巳看著她漸漸被染成淡紅色的臉頰，開心地露出了微笑。

「您喜歡嗎？」

白珠終於將視線從眼前的景象移向身旁，用好像哭出來的表情笑了笑。

「喜歡，非常喜歡，你的庭院是這個世界上最美的。」

一巳聽到這句真誠的讚美，靜靜地跪在她面前。

「公主。」一巳平靜地喚了一聲。

白珠眨了眨眼睛。一巳輕輕捧起白珠的雙手，低頭看著放在眼前的這雙手。

「公主，我喜歡您。」

沒有絲毫的激動，而是帶著平靜的語氣說出的這句話，在白珠和一巳之間的空間飄來飄去。即使一巳說的那句話的意思在白珠的腦海中漸漸理解之後，她仍然不發一語，只是一動也不動地注視著一巳的眼眸。

「我第一次看到您，」一巳沒有緊張，鎮定自若地繼續說了下去，「是在我十二歲，也是您快要九歲的時候。」

他跟著父親一起去整理庭院，看到一大群女官嘰嘰喳喳地簇擁著一位小公主。

「那是桃花盛開的季節，桃花的顏色映照在您的臉上，我難以相信這個世界竟然有這麼美的人。您剛才說，這裡是世界上最美的，但在我眼中，您才是世界上最美的。」

只要看到她，就感到無比幸福。之後，為了見到公主，他說要在蚊香旁放當令的花，每天都去邸內，直到白珠發現，悄悄回應了他。

「我這麼做，都是為了我自己，所以在香爐中發現您折的紙鶴時，我有一種不可告人的事被發現的感覺，當時很害怕。」

一巳用力皺起了眉頭。

「但是，得知您生病後，我再也忍不住了。回想起來，那次可能是我第一次只為了您而獻花。」

白珠一直聽著一巳說話，這時才輕輕嘀咕說：「是臘梅。我記得很清楚，而且那次也是你第一次出現在我眼前。」

「對，沒錯。其實那支臘梅樹枝就是從這裡採的，當時樹還很矮小……因為我覺得折太大的樹枝，樹太可憐了。所以當您對我說，小樹枝就足夠了的時候，我發自內心感到高興。那是我第一次感受到您的溫柔，內在的美，發自內心的喜悅讓我忍不住顫抖。」

「我喜歡您，從很久以前開始，我就只喜歡您一個人。」一巳又小聲地說。

遠處傳來鳥啼聲，淡色的天空漸漸變成了溫暖的色彩。

「其實，我原本不打算說出自己的心意，」一巳這時才有點害羞地說，「但我不想再自我憐憫下去了。白珠，」

一巳用開朗的聲音直接叫著她的名字，

「妳願意和我一起私奔嗎？雖然我很窮，但一定會用我的生命讓妳幸福的。」

一巳說完，露出真摯的眼神，緊緊握住了白珠的手。

白珠再度打量著一巳。

他什麼時候長大成人，變成一個男人了？沒錯，一巳在這幾年迅速成長，他線條優美的手腳就像是一棵年輕的樹。第一次見到他時，只覺得他的臉看起來很柔和，如今穩重安詳，但已經不只有溫柔而已，充滿堅強的意志和真誠的雙眼，充滿了年輕的熱情。

曾經為自己送上臘梅樹枝的少年，如今已經成為出色的青年。**啊，但是他散發的氣息完全沒有改變。**白珠深刻體會到這件事。

他一定會像他說的那樣，用生命讓自己幸福；無論再怎麼窮，他都會努力工作，為自己帶來歡笑；願意付出任何代價，只為了取悅自己。白珠可以輕易想像出那樣的他。

但是，白珠無動於衷。

白珠冷靜地看著一巳，既沒有驚訝，也沒有感到慌亂。這並不是因為她之前就已經察覺到一巳的心意，雖然她自己也並不清楚，但其實在她的內心，早就有了某種覺悟，或者說不可動搖的決心，而且在內心已經根深蒂固。

「一巳，」白珠輕聲呼喚他的名字時，眼神中沒有絲毫的動搖。「謝謝你，但是對不起，即使我和你一起私奔，我也無法幸福。」

他們相互凝望，緊緊握著對方的手，努力想要感受對方的內心。

令人意外的是，一巳的眼眸中並沒有失望，只是收起了真摯的眼神，用帶著痛苦的雙眼凝視著白珠。

「……我知道您一定會這麼說。但是，請您記住一件事……」一巳明確對她說：「山內有一個男人願意為了妳，付出自己的生命。從今往後，無論發生任何事，我的心意一輩子都不會改變。」

一巳說完這番話，突然站了起來，重新振作精神的聲音說：「好了，時間差不多了，我們要趕快回家，才不會被茶花嬤嬤發現。」

一巳話音剛落，就當場變了身，他伸出的雙手變成了翅膀，一身漆黑的羽毛，嘴巴變成鳥喙後，已經難以從他臉上解讀出表情。但白珠看得出來，雖然一巳露出了開心的樣子，卻是強忍著淚水。

回程時，白珠坐在變成鳥形的一巳背上，她緊緊抱著溫暖的黑色羽毛，心裡想著一巳。

白珠偷溜出北家那天之後，一巳再也沒有來找過白珠，但他又像以前一樣，每天把附上鮮花的蚊香放在簷廊上。白珠每天看著蚊香，為登殿做準備。

登殿那天早晨，北家家主夫婦為白珠送行。

「妳的肩上扛著北家的夙願，一定要嫁進宮中，拜託了！」

家主語重心長地對她說，雙眼充滿了期待的光芒。

「妳在皇宮可能會受委屈，要好好照顧自己。」

家主聽到妻子溫柔的話語，忍不住笑了起來。

「妳不必擔心，白珠一定可以得到皇太子的寵愛，即使受了委屈，只要有皇太子的愛，一切都不是問題。」

這個世界上，不會有人比一巳更愛我。白珠腦海中浮現的這句話絕對無法說出口。

白珠第一次覺得一巳很可恨，因為他在白珠內心留下了不符合他身分的巨大東西，即使從今以後會有人愛自己，自己的雙手已經被一巳的心意佔滿，對任何人都無感。

即便是皇太子殿下也一樣。

想到這裡，淚水從白珠的眼中滑了下來。

家主大吃一驚，白珠對他露出了燦爛的微笑。

「女兒不勝榮幸。」

「這樣啊！」家主聽了白珠的話，安心地點了點頭，「原來妳這麼高興，但是白珠，妳不用哭，以後還有很多可以感受幸福的機會，開心的時候只要笑就好了。」

「是。」白珠雖然這麼回答，但還是無法停止哭泣。

白珠在登殿時便已經下定決心，自己為了登殿拋棄了一切，沒有任何東西可以失去了。反過來說，如果自己無法入宮，所有的努力也都白費了。

白珠寫信給北家，希望可以協助調查其他家公主的情況。北家靠武藝謀生，許多武人進入了政治中心。北家家主一口答應了白珠提出的要求，把打聽到的所有情報都送進了櫻花宮。白珠唯一的驕傲，就是沒有任何事經不起考驗，她有預感，其他家的公主內心都應該有隱疚。

過了沒多久，就接到了北家家主派人送來的消息。

「北家的人有可能會加入山內眾。」

茶花難得興奮地朗讀著北家送來的信。

「加入山內眾？是遭到提拔嗎？既然這樣，就可以知道皇太子的情況了吧？」

白珠充滿期待地問。

「不，」茶花搖了搖頭，興奮地說：「只是在勁草院當打雜的，聽說錄用了以前在北家工作的僕人。以後就可以透過他傳消息了。」

「在北家工作的僕人？」

白珠緩緩地問，茶花沒有察覺她臉色的變化，輕鬆地點了點頭說：

「對，聽說是園丁的兒子，只比您大三歲。以後他送來好消息時，要記得誇他幾句。」

茶花顯得很高興。「他的名字叫一巳。」

諷刺的是，一巳送來的信發揮了很大的作用。

白珠終於掌握了可以向夏殿的濱木綿談判的籌碼。

「……妳要我放棄這次入宮？」

白珠悄悄造訪了夏殿，濱木綿驚訝地問她。

「對，沒錯，北家會以支持南家作為交換條件。」

那是白珠憑空捏造的事。一旦白珠入宮，北家不可能和南家聯手。但是，在櫻花宮內，白珠的意志看似可以代表北家的意志。她早就料到濱木綿不可能輕易點頭答應。

果然不出所料，濱木綿聽了之後，立刻拒絕了她的要求。

「不行，不可能。即使妳這麼說，北家家主也不可能真的這麼做。除非妳拿出北家正式保證會支持南家的約定，否則免談。」

濱木綿隨意甩著手，她的背影看起來意興闌珊。正因為這樣，白珠決定亮出王牌。

「那我把妳的出生告訴藤波公主也沒問題嗎？」

濱木綿猛然停了下來，緩緩轉身面對白珠，雖然她的表情中沒有慌亂，但面無表情，和剛才完全不一樣。

「……原來如此，不愧是北家，消息很靈通。」

「是的，我早就知道妳無意入宮。但是，如果現在把這件事公開，妳的日子應該不好過吧？」

濱木綿露出沉思的表情，白珠乘勝追擊。

「如果妳願意協助我入宮，我一定會有相應的回報。只要有南家的實力相助，不就可以壓制西家嗎？」

「那東家怎麼辦？從某種意義上來說，馬醉木最不好對付。」濱木綿這次沒有說免談。

濱木綿上了當。來到櫻花宮這個戰場，只能怪輕易上當的人太傻太天真。

白珠完全沒有感受到良心不安，反而在內心拍手叫好，偏著頭問：「妳在說什麼？馬醉木是鄉下人，所以才會被人說是烏太夫，即使會一點音樂，也根本不是妳的對手。」

「不，」濱木綿聽了白珠的話，搖了搖頭說，「正因為這樣，所以才是問題。東家並沒有將自家的命運綁在登殿這件事上，因為沒這個必要。別看東家那樣，其實很有手腕。」

白珠第一次聽說南家的這種想法，她驚訝地聳了聳肩。濱木綿繼續說了下去。

「更何況當初南家和西家同時向東家施壓時，東家竟然能夠主張中立，事情就不單純。東家看起來態度曖昧，優柔寡斷，其實最狡猾。東家和西家不同，看起來沒有野心，所以政治的壓力完全無法發揮作用。抱歉，我幫不上忙！」

白珠想起馬醉木的笑容，感到不寒而慄。馬醉木和自己不同，看起來好像完全沒有心機的樣子，讓白珠恨得牙癢癢。

「怎麼辦？即使和南家締結密約，也只能妨礙西家而已。」

「這樣就夠了。」白珠冷冷地露出微笑。「我會搞定馬醉木。」

之後，發生了很多事。

她得知皇太子寫來的信被人藏了起來，立刻懷疑是馬醉木幹的，但最後發現馬醉木只是一個傻大姐。

不過，白珠還是持續威脅馬醉木，要她趕快回府，也用各種方法整她。每次看到馬醉木流淚，白珠就感到心浮氣躁，發自內心詛咒她趕快滾回去。

白珠比任何人更討厭這樣的自己。

每天晚上夜深人靜，當其他女官都入睡後，她就會起床，走去冬殿內的賞月台。

冬殿和其他宮殿不同，沒有可以賞花或是賞紅葉的地方，但有一個賞月台，可以眺望山巒和山下的那座湖。櫻花宮建造在重巖疊嶂的山上，所以只能從冬殿看到那座湖。

她輕輕打開屋角對開的門扇，清澈的空氣立刻吹了進來，她慢步走到賞月台上，冷得縮起了身體。地板像冰塊一樣冷，讓她有點畏縮，最後還是坐了下來。

在圓窗前的階梯上，仰頭看著天空，雖然天空中有雲，但周圍很明亮。湖水平靜如鏡，山上靜悄悄的，好像所有的動物都停止了呼吸。薄雲在天空中飄動，月亮不時露出輪廓。

這時，白珠突然很想死。她在那一刻才發現，原來自己一直想死。

雖然她唐突地發現了這件事，卻不感到意外，反而能夠接受。原來自己想死啊！因為自己很討厭現在的自己，恨不能殺了自己。

她出神地注視著湖面，但坐在那裡一動也不動。

自己背負了沉重的枷鎖，無法從這裡一躍而下。

自己並不是不想死，也不是想要繼續活下去。

白珠甚至沒有為所欲為的權利。

「真是、受夠了……」

我甚至無法自由決定自己的生命。白珠心煩意亂，把臉埋在手臂中哭了起來。

就在這時——

「妳坐在這裡，會像以前一樣感冒。」

白珠聽到這個平靜的聲音，忍不住睜大了眼睛，那是她熟悉的聲音，但那個聲音不可以在這裡出現。

白珠戰戰兢兢，用緩慢的動作抬起頭，彷彿動作太快，就會從夢中醒來。回頭一看，有一個人影站在昏暗的房間內。

「怎麼可能？」她小聲嘀咕，她想要用燈光看清楚，卻不想確認那個人是誰。

這時，周圍亮了起來，雲層似乎散開了，冬天的皎潔月亮像雙胞胎一樣同時出現在天空和湖面上，冷冽的蒼白月光灑在地表上。

月光從敞開的門照了進來，照到了闖入者的腳。那個人緩緩走向白珠，似乎擔心她受驚，在逐漸亮起的月光下，露出了樣貌。

「白珠。」

白珠第一次覺得他溫柔的聲音如此狡猾。

「一巳……？」

**不會吧？你怎麼會在這裡？**白珠很多話想說，卻什麼都說不出來。

像一陣煙一樣突然出現的一巳反而鎮定自若。

「不必擔心，有人為我帶路。我無論如何都再想見妳一面，那個人欣然答應幫我。」

「其實原本我已經決定再也不見妳了，因為妳之前說，即使和我在一起，也不會幸福。但是，」一巳看著說不出話的白珠，注視著她的眼睛，強調地說：「但妳繼續留在這裡，也無法得到幸福，所以我來了。」

一巳毫無怯色地說，白珠茫然地望著他。

「你是說……我無法入宮嗎？」

「不是的。」一巳著急地搖了搖頭，堅定地斷言道：「妳不是看了我寫的信嗎？我在信中完全沒有半句謊言。皇太子從來沒有提過妳，即使他最後迎娶的是妳，也不可能愛妳，所以即使妳入宮，也無法得到幸福。」

「我可以得到幸福的，至少比你更能夠帶的還幸福。你根本什麼都不懂！」白珠忍不住尖聲地對著一巳大吼，「你說皇太子不愛我？我當然知道！但那又怎麼樣，這不是我可以憑一己之私就可以逃走的問題，我……」

白珠用肩膀喘著氣，似乎要把淚水吞下去。

「和你還有家裡的女傭相比，我從小就享盡榮華，大家都悉心照顧我，真的把我當成掌上明珠。為什麼？我並沒有像你那樣的園丁技術，也沒有像女傭一樣辛苦工作，為什麼可以過那種榮華富貴的生活？我根本什麼都沒做，就這樣被捧在手心，為什麼沒有人罵我？」

「那是因為……」一巳的話還沒說完，白珠就不由分說地打斷了他。

「因為大家都認為我會入宮！」淚水終於忍不住從白珠的臉頰滑落。「入宮是我的義務，如果因為皇太子不愛我，我就這樣逃走，會一輩子都耿耿於懷。因為這等於背叛了北領的所有人，和小偷沒什麼兩樣，這才是最大的不幸。」

一巳聽了白珠這番激動的話，無言以對。

「白珠……」

「即使皇太子不愛我也沒有關係，我的幸福就是入宮。入宮，才能報答北領的所有人。不，我無論如何都必須完成這項使命。」

白珠在說這番話的同時，第一次瞭解到自己的真心。之前在那片胡枝子樹林時，自己的決心在此刻明確成形，同時她也瞭解到為什麼無法自由決定自己的生命。

**我不能死，絕對不可以死**。在入宮之前，白珠的身體並不屬於她一個人……但現在已經來不及了。

白珠低著頭，一口氣說道。

「我做了很多無顏再面對你的事，曾經喜歡你的那個白珠已經不存在了，你並不知道我做了什麼喪心病狂的事吧？」

她知道自己已經配不上一巳了。

「你太純潔，太耀眼了……」白珠低聲呢喃的聲音中帶著痛苦。「所以，請你趕快忘記我，去找一個好女人，追求你的幸福。」

「不要。」一巳毫不猶豫地說，「這樣妳太可憐了！」

白珠猛然閉了嘴，眨了眨眼睛問：「可憐？」

意想不到的字眼讓白珠感到困惑，但一巳臉上帶著悲痛的表情，露出憐憫的眼神看著她。白珠覺得自己的腦袋深處好像痲木了。

「對，很可憐。」一巳又重複了相同的話，然後溫柔地把手放在白珠的肩上。

「如果妳覺得自己沒資格說這句話，那我來代替妳說。妳很可憐，為什麼要為北家抹殺自我？為什麼要自己當壞人？也許妳會說，並不是這樣，但我認為就是這樣。什麼義務！什麼決心！妳都這麼痛苦了，那些東西有什麼價值！」

白珠無法反駁，不知道該說什麼。

「妳聽好了，我來這裡，並不是被美麗公主的甜言蜜語迷惑。我之前不是就說了嗎？我喜歡妳。」一巳握著白珠的手，露出銳利的眼神看著她。

「妳就乖乖承認吧！我喜歡妳，而妳也喜歡我。」

白珠倒吸了一口氣，眼神飄忽，然後低下了頭。

「沒這回事。」她反駁的聲音極其無力，「我是皇太子的女人，你不要一廂情願……」

「那我把妳擄走，怎麼樣？」一巳輕描淡寫地說。

白珠一時無法理解他對自己說了什麼。一巳看著白珠茫然的表情，露出了微笑。

「妳現在這樣，和小時候一模一樣。我真的很喜歡您。」

聽到一巳深有感慨地說，白珠才終於回過神。

「別開玩笑了！」

「我沒有開玩笑，只要妳點頭答應，我就能帶妳走。」

「你敢這麼做試試看！一定會被人殺死，即使被人知道你在這裡，後果也不堪設想。」

「所以妳擔心我的安危。」

聽到一巳高興地這麼說，白珠忍不住火冒三丈。

「你不要說這種理所當然的事！」

一巳完全搞不清楚事情的嚴重性，讓白珠陷入了絕望。

「既然妳這麼說，那就乾脆說願意跟我走，也不必被困在這裡，和我一起走。」

「如果我可以這麼做，一開始就不必這麼辛苦了！」

「現在也不遲。我喜歡妳，我不想看到妳這麼痛苦，即使妳討厭我，我也要帶妳走。但我盡可能不希望勉強妳，請妳告訴我，妳會跟我走。」

白珠聽到一巳說「即使妳討厭我」時，猛然抬起了頭。

「其實我，」白珠的肩膀用力起伏，然後大聲吶喊，「其實我以前也喜歡你！但是，即使喜歡又能怎麼樣呢？」

一巳聽了白珠這句話，用力瞪大了眼睛。白珠大吃一驚，用袖子遮住了嘴巴，忍不住想要後退離開，但一巳不讓她離開。

「不……不行，」白珠臉色蒼白，但眼神堅定，用顫抖的聲音說：「你忘了我剛才說的話，我不能跟妳走。」

「好吧！」一巳放在白珠肩膀上的手用力，但很快就放下了雙手。

一巳乾脆的態度令白珠驚訝，但下一瞬間，一巳露出銳利的眼神看著她。

「我不會擄走妳的。下一個新月的夜晚，夜深人靜之後，妳到櫻花宮舞台旁的馬廄，我會在那裡做好準備等妳。」

白珠故意皺起眉頭，不讓一巳察覺她內心的慌亂。

「你在說什麼啊？」

「我希望妳自己跟我走。」

雖然一巳說話的語氣並沒有特別強烈，卻白珠覺得他格外可怕。

白珠緩緩搖著頭，用虛弱的聲音回答：「不可能，我不會去。」

一巳再度露出了和剛才一樣，讓人的心都融化的溫柔笑容。

「不，妳會來的，妳絕對會來。」說完，他跳出圓窗，來到賞月台上，最後回頭對白珠說：「我會等妳。既然妳已經說了妳喜歡我，我就無所畏懼了。我會等妳到永遠，那就當天見了。」

一巳說完這句話，就從賞月台跳了下去。

白珠驚訝地衝到欄杆旁往下看，一巳已經不見蹤影。

不久之後，就接到山內眾的報告，說有人看到可疑的人影，加強了櫻花宮的警備工作。

下一個新月之夜就在眼前，月亮一天比一天細。白珠下定決心自己不會去，但又同時擔心一巳被人發現，想要設法警告他。

只不過她無法寫信給一巳，她之前從來沒有寫信給僕人的經驗，茶花一定會覺得可疑。雖然很希望能夠巧妙掩飾，但無論如何都要避免弄巧成拙，反而連累一巳。自己還是必須親自前往，要他馬上離開，因為一直停留在同一個地方太危險。

這一天終於來了，白珠緊張地等待天黑，發現茶花以外的女官都格外緊張。

「公主！」

在太陽西斜時，茶花一臉興奮地來到白珠身旁，當她發現茶花手上捧著高級綢緞衣服時，忍不住感到驚訝。

「茶花，怎麼了？這件衣服不是準備新年要穿的……」

「您聽了千萬不要驚訝，我也是剛才聽說的。公主，恭喜您。」茶花興奮地說。

白珠完全不知道是怎麼回事，不知所措之間，茶花脫下了她身上的衣服，為她穿上了剛才捧在手上的那件和服。

「皇太子即將初次『召喚』。」

白珠終於理解茶花這句話的意思後，用力吸了一口氣，仰頭看著茶花。

「皇太子殿下要召喚？要召喚這裡嗎？」

「而且只召喚您一個人！這是秘密喔！真是太好了，所有的努力都有了回報。」

白珠難以置信，茶花滿意地點了點頭，興奮地說道。白珠發現自己的身體越來越冷。

「怎麼會……」

為什麼皇太子偏偏是今天？因為一巳今天要來，自己沒辦法溜出去，即使有辦法溜出去，一旦錯過這個機會，皇太子可能再也不會召喚自己了。當她想到這裡，發現自己原本衷心期待皇太子，如今卻高興不起來。

**有什麼好猶豫的？之前不是已經告訴一巳，自己不會去了嗎？**

雖然曾經想去警告他，但即使自己去了，事情也不會有太大的變化。一巳在約定的地點沒有見到人，應該就會馬上離開。雖然他之前說有人幫忙，但無論那個人是誰，在櫻花宮加強警備之後，不可能再協助他闖入。

一巳不會來。**不可能有任何問題。自己不去也沒有關係。**

白珠一直這麼告訴自己，而她整個人好像凍結般愣在原地，茶花和其他女官不顧她的反應，俐落地協助梳裝打扮著。

白色為底的唐衣令人聯想到滿地白雪的庭院，上面散落著從淡紫色到深藍色的松葉。在鬼火燈籠搖曳的火光映照下，散發出妖媚的冷光。她的手上披著藍染的薄質肩巾，臉頰上抹了白粉，最後在嘴唇上擦了鮮紅色的口紅。

「公主，梳妝完成了，簡直太美了！」

茶花用力點了點頭，白珠不置可否地笑了笑。

她隨著茶花走去女官們準備的房間，發現那裡已經在焚燒高雅的薰香，但白珠滿腦子都想著其他事。

「白珠公主，我會去其他房間，如果您有什麼事，就吩咐守在隔壁房間的女官。」

宮中規定，皇太子召喚時，除了指名的公主以外，即使是公主的羽母，或是在身邊服侍的女官，都無法直接見到皇太子，除非皇太子特別恩准。

這次按照慣例，除了白珠以外，不能有其他人陪同她一起等待；也就是說，房間內只有白珠一人。皇太子將經過的走廊上，也不會有任何女官的身影。只要白珠願意，可以悄悄地偷溜出去和一巳見面。

心臟劇烈跳動，陌生的薰香讓她的緊張達到了頂點。如果不趕快採取行動，皇太子就要來了，如果想偷溜出去，只能趁現在趕快行動。

但是，萬一自己離開時，皇太子召喚，看到白珠不在房間內，會怎麼想？皇太子一定以為自己遭到了拒絕而感到不高興，可能會拂袖而去。也可能認為白珠無禮，把自己不在的事告訴茶花她們。於是和一巳見面的事就會曝光，甚至認為自己和一巳私通……

太荒唐了！我竟然在思考這麼愚蠢的事？我怎麼可能去見一巳？剛才不是已經決定不去了嗎？一直在原地打轉有什麼意義？

不去。不去。自己不會去……也不能去。

太陽下山，夜也越來越深，但白珠沒有採取行動。

不知道一巳目前在做什麼？她不停地想著一巳的事，抱著膝蓋，看著冷冰冰的室內，總是情不自禁地想到一巳。

顯示皇太子召喚的門鈴完全沒有動靜，只有寂靜籠罩周圍。一巳是不是發現無法闖入，於是只能放棄，現在和自己一樣，抱著膝蓋坐在哪裡嗎？如果是這樣就太好了，因為他和自己一樣，而且很安全。

但是，如果他來了櫻花宮，此刻仍然在等自己……不，他應該沒辦法闖進櫻花宮。若真的成功闖入，看到自己等待的女人沒有出現，他也不可能傻傻地一直等下去。一旦和自己不一樣，他更聰明、更溫柔，而且是很有魅力的人。不需要對自己執著，有很多出色的女人都可以配得上他，和自己這種個性霸道固執，而且腦筋又不好的女人完全不一樣。

這麼一想，就覺得胸口隱隱作痛，但她假裝沒有察覺。

「這樣就好。」

因為除此以外，原本就沒有什麼正確的路可走。

「皇太子，您趕快來。」

自己不奢望皇太子會愛自己，皇太子可以娶其他心愛的女人當正室，只要對北領有一絲同情，希望可以讓自己成為側室。

真希望可以趕快消除內心的這種不安，親身感受到自己並沒有錯。即使雙手抱住自己的肩膀，仍然無法停止顫抖。

白珠一直在等待。夜越來越深，鈴聲始終沒有響起，她靜靜等待著時間流逝，只是瞪大了眼睛，任憑焦躁讓自己的腦海變得一片空白。

然而，皇太子仍然沒有現身。

白珠茫然地看著朝陽升起，房間漸漸亮了起來。她已經無法思考，身體也不再顫抖。

不一會兒，面無表情的茶花打開了通往隔壁房間的拉門。

「白珠公主，您後悔了嗎？」

白珠茫然地看著茶花，看到了羽母臉上帶著自己從未見過的表情。

「這是……什麼意思？」

一整晚沒有說話的喉嚨，聲音出來時很沙啞。但茶花似乎對一切都了然於心，挑起了單側眉毛。

「當然是指您沒有去見園丁的兒子這件事。」

喉嚨深處發出了分不清是尖叫還是嘆息，但還沒有變成聲音就消失了。白珠瞪大了眼睛，感受到全身因為和之前完全不同的原因而顫抖。

「原來妳知道……原來妳全都知道。」

「如果皇太子真的要召喚……」茶花仍然面無表情，冷笑著說，「怎麼可能這樣倉促做準備，最晚也會在前一天就接到通知，這是宮廷的常識。」

「是妳騙我嗎？為什麼要騙我？」白珠問。

茶花皺起眉頭說：「您不要明知故問，我原本就覺得一介男傭根本不該直接和公主說話，之前之所以沒有特別制止，是因為我希望您可以親身感受宮烏的郎君和山烏的不同。萬萬沒想到那個男傭搞不清楚自己的身分，竟然想要引誘您！」

「更是做夢也沒有想到，您竟然會愛上一個傭人。」茶花露出責備的眼神。

白珠看到茶花毫不掩飾臉上的輕蔑，忍不住陷入了錯覺，好像回到了年幼的時光。

茶花不滿地繼續說：「更何況其他家也都和外界保持聯絡。真想讓妳聽聽之前馬醉木對我說了什麼，她一臉得意地對我說：『妳也真辛苦！』聽她的語氣，好像知道園丁兒子的事，聽得我冷汗直流。」

但茶花不知道的是，馬醉木和其他家公主不同，她應該至今仍然不知道一巳的事，她應該只是像平時和白珠說話一樣，對茶花說了那句話。

「但是，公主，我相信您現在應該很瞭解了。」茶花冷冷地聳了聳肩說：「您身分尊貴，冰雪聰明，並不是會因為一時的意亂情迷而忘記自己立場的愚昧之人，所以您自己選擇了正確的道路。」

茶花挺起胸膛，好像一切都在她的掌控之中。她滿臉得意的表情，絲毫沒有罪惡感。

「我相信您也很清楚，您必須入宮。您充分瞭解這件事，我真是太高興了。」

茶花並不是我的人。白珠腦海中浮現這句話，忍不住握緊了拳頭。茶花只是透過服侍自己來效忠北家，未必時時會保護自己。

這個世界上，只有那個心地善良的年輕園丁永遠都把自己放在第一位。

白珠太受打擊，不停地喘息，小聲地問茶花：「一巳在哪裡？」

「誰知道呢？」茶花佯裝不知。「公主，您根本不必在意這種人。」

白珠覺得繼續和茶花說話也是浪費時間，於是推開了她，衝出渡殿。

「已經來不及了！您既然沒有選擇他，就徹底死了這條心。」

白珠不理會茶花的叫聲，渾然忘我地跑向櫻花宮的舞台，她吐出的氣都是白色的。

清晨的山看起來一片藍，樹木躲在影子中。白珠曾經看過相似的早晨，但這裡並沒有閃亮的胡枝子花。

突然，發現前方傳來吵鬧聲，不祥的預感讓她直冒冷汗。許很多人跑來跑去，還有很多支火把。

他逃走了！在那裡！

他變了身，打算飛走！

千萬不能讓他逃走，趕快拿箭來！

女官們的怒吼聲四起，完全是平時難以想像的狀況。

白珠覺得好像在浸身時的水中，聲音聽起來悶悶的，視野也很模糊不清。她順著聲音傳來的方向衝進藤花殿內，看到了不是這個季節盛開的梔子花，中庭內開滿了梔子花。

驀然，一隻大烏鴉飛過，每次拍動翅膀，就有幾根富有光澤的黑色羽毛從空中飄落。大烏鴉的身體被鉤繩綁住了，每次想要飛起，就被拉了下來。烏鴉拼命掙扎，一名女官在烏鴉面前舉起了大刀。

「公主！」茶花緊張地叫了一聲，「不可以看！」

在白珠的眼睛被遮住之前，銀色的刀子就揮了下來。

啪沙。這個聲音太輕微了。

烏鴉前一刻的聒噪叫聲消失了，只聽到沉重的翅膀落地的聲音，和啪答啪答的滴血聲。

剛才瀰漫著梔子花香氣的空間，頓時充滿了血腥味。

白珠推開了茶花的手，看到了這一幕——

帶著柔和黃色的白色花朵上濺了點點紅色，深紅色的血不停地從有一對翅膀、已經倒在地上的生物中流了出來。鮮血濺滿了四周，眼前的慘狀令人作嘔。

那些女官淡淡地開始收拾，好似白珠根本不存在。她們粗暴地拖著那個巨大的身體，嚷嚷著要叫山內眾過來。身體被移走的血泊中，只剩下有著尖嘴的烏鴉腦袋掉落在那裡，像玻璃珠子般的眼睛瞪得很大，他們的眼神交會半晌，女官用釘耙把烏鴉的腦袋帶走了，似乎不想讓白珠看到。只剩下地上的血泊，和被拖走時留下的血跡。

「……原來是白珠公主，您怎麼會在這裡？」

一身黑衣的瀧本用輕鬆的語氣問。除了沒有穿色彩鮮豔的和服以外，她和平時沒什麼兩樣，只是手上拎著一把滴著一道血水的刀子。

「有人闖入宮中嗎？因為聽到吵鬧的聲音，所以公主被驚醒了。」

茶花代替白珠回答，但白珠穿著和眼前狀況格格不入的禮裝，茶花也穿戴整齊，不像剛起床的樣子。

瀧本聽得出來，茶花說的只是假惺惺的藉口。

「讓兩位擔心了，但兩位也看到了，已經成功斬首了，完全不必擔心！請回冬殿吧。」

瀧本面帶微笑，語氣平靜地說明，「這個不肖之徒似乎和早桃有關，八成之前就是他逼迫早桃在秋殿偷東西。雖然偷到了蘇芳和服，但分贓不均，發生了爭執，結果就殺了早桃。最後他豁出去了，打算自己闖進宮偷東西，所以我們就逮到了他。」

「原來是這樣，藤宮連果然厲害，令茶花我佩服不已。」

「等一下我會召集大家，向所有人這樣說明，沒問題嗎？」

瀧本的語氣聽起來像在探詢，同時也在確認言外之意。

「既然是這樣，當然完全沒問題。」茶花用力點了點頭說。

「那我就先告辭了。」瀧本鬆了一口氣，走回了藤花殿。

茶花目送她的背影離去，確認周圍沒有女官會聽到她說話，轉身面對白珠說：「公主，您瞭解了嗎？事情就是這樣，我們和那個男人沒有任何關係，知道了嗎？」

「……茶花。」

茶花聽到白珠失魂落魄的聲音，輕輕嘆了一口氣。

「公主，您要振作，能不能入宮就取決於您了。瀧本可能不想把事情鬧大，所以才會那麼說，只是不知道會怎麼向藤波公主報告……」

「不是！」白珠突然這麼說。

「什麼不是？」，茶花納悶地問

「那不是一巳。」

「對啊，那當然不是一巳。」

茶花對主人的機靈感到欣慰，但看到白珠的眼睛，說不出話。

「公主……？」

「那不是一巳。不是，絕對不是。」

白珠充滿確信地平靜說道，但她的眼神空洞渙散。

「白珠公主。」

「不是，不是，那才不是一巳。」

「白珠公主，您要振作，那個男人已經……」

「我不是說那不是他了嗎！」白珠突然大叫起來。

茶花慌了神，周圍的藤宮連也都好奇地看了過來。

「白珠公主！我們先回冬殿。」

「我說了不是，不是不是！太可笑了，一巳去了哪裡？他果然沒有現身嗎？真沒出息，簡直就是混蛋，我周圍都是騙子！」

白珠氣鼓鼓地說完，大步走回冬殿。茶花不知所措地準備追上去時，白珠猛然轉過頭，她的雙眼看向仍然瀰漫著血腥味的中庭。

梔子花瓣的前端滴著血。

「……不是！」白珠突然用好像小孩子般的聲音小聲嘀咕後，緩緩轉頭看向茶花說道：「有一股難聞的味道，會沾到這麼漂亮的衣服。我要告訴一巳，叫他送香爐來，還要他採一些鮮花給我。」

白珠語氣開朗地說完，邁著蹣跚的腳步走向渡殿。

「其實我最喜歡蚊香的味道。」

她天真無邪地說這句話的身影，完全感受不到之前的確曾經存在的影子。

之後，當瀧本召集眾人說明闖入者的情況時，白珠並沒有參加。

「闖進宮的那個人，」在散落了無數紙鶴的房間內，白珠茫然地看著濱木綿把手放在自己肩上，「是妳認識的人……而且妳們的關係很密切，對不對？」

白珠聽到濱木綿的最後一句話，覺得自己內心的某些東西破碎了。

「妳真會說笑！妳是說我和誰私通嗎？可惜猜錯了。」白珠瞪大了眼睛，放聲大笑，用幾乎可以說是開朗的聲音大叫著：「我和一巳之間很清白！清清白白！因為我出生來到這個世界，就是為了進宮，我怎麼可能會做出這種會影響進宮的事？」

**白珠崩潰了。**馬醉木一臉僵硬的表情看著一直笑不停的白珠。**白珠的內心到底發生了什麼事？那個清秀端莊的她已經不見蹤影。**

「而且啊，」白珠瞪大著眼睛，面帶笑容地說：「那根本不是一巳喔！完全是其他人，因為……」

白珠好像在做夢般抬頭看著天花板

「因為一巳隨時都在守護我，他曾經對我說，即使見不到我，他也一輩子不會變心。所以現在也一定在某個地方想著我，那種……」白珠說到這裡，聲音終於顫抖起來，「那種像垃圾一樣掉在地上的屍體怎麼可能是他！」

白珠崩潰地放聲大笑起來。

濱木綿靜靜地看著她，什麼話也沒說。茶花茫然地站在馬醉木身旁。

白珠笑夠了之後，再度露出瘋狂的眼神看向濱木綿。

「我會獲選成為櫻妃，妳應該也很清楚這件事。北家和南家之間已經締結了密約，事到如今，可不能反悔。」

「那倒未必。」濱木綿目不轉睛地看著白珠，用沒有感情的聲音說。

「……什麼意思？」

白珠對濱木綿的反應感到訝異。

濱木綿發出乾笑聲說：「南家和北家之前從來沒有締結過任何密約，因為我根本沒有把妳的提議告訴南家。」

「——什麼？」白珠瞪大了眼睛，愣在原地說不出話。

「妳難道真的以為我會相信妳的一派胡言嗎？」

濱木綿露出無奈的表情，對著白珠嘆了一口氣。

「只要觀察目前的朝廷，就知道妳所說的事並不是北家的共識。南家可沒那麼草率，會因為那種口頭約定就採取行動。」
「怎麼可能……那南家為什麼阻止皇太子參加西家的七夕宴？」
「南家應該有自己的想法，並不是為了幫妳，是妳自己太天真了，才會受騙上當。既然妳想騙我在先，所以也沒權利怪我。」
一陣沉默，完全沒有人說話。白珠茫然不知所措，大家也都不知道該怎麼辦。
片刻後，白珠對著濱木綿嫣然一笑，自己開了口。
「……妳下地獄吧！」她的嘶吼難以想像是北家千金發出的聲音。「事到如今，我也沒有義務為妳隱瞞了，我要在這裡把所有的事都抖出來，妳們聽好了……」
白珠終於用帶有自我意志的眼神看向馬醉木和真赭薄。
「這個女人根本就不是宮烏。」
現場一片寂靜，因為沒有人能夠反駁白珠的話。沒錯，就連濱木綿本人也無法反駁。
白珠一臉得意地看著周圍人的反應後，開心地笑了起來。
「她是養女，是山烏，不，搞不好是馬。總而言之，她的身分根本無法入宮。」
「等一下！」真赭薄一片空白的腦袋終於活動起來，擠在白珠和濱木綿之間。「妳的女官不是說，不允許這種情況發生嗎？」

真赭薄說完看向茶花，茶花心慌意亂地移開了視線。

白珠看了看茶花，又看了看真赭薄，得意地冷笑一聲。

「如果她有高貴的血統呢？」

白珠抬眼看著真赭薄，嘴角露出了諷刺的笑容。

「比方說，是在爭奪政權時落敗，身分被剝奪的南家前家主的女兒呢？」

真赭薄腦海中閃過因為兄長讓位皇太子，導致南家內鬥的事。

當時，南家家主的獨生女已經決定要為大紫皇后生的兄長登殿，但西家的十六夜成為側室入宮，皇太子讓位給十六夜生下的次子之後，事態急速發生了變化。

為了將女兒嫁給兄長而著手做各種準備的南家家主，當然必須為這件事負起責任，雖然之後並沒有公佈家主一家人的下落，只知道南家換了新的家主。真赭薄記得是前家主的弟弟坐上了家主的座位。

這時，真赭薄想起一件事——之前聽說濱木綿是南家家主的女兒，但從來沒有想過一個問題，那是什麼時候的家主？

濱木綿察覺到真赭薄臉上的表情變化，前一刻面無表情的她露出了心灰意冷的苦笑。

「沒錯，我並不是現今南家家主的親生女兒，現在的家主是我的叔叔。」濱木綿氣定神閒地說：「她收我為養女，然後我就來登殿了。對不起，欺騙了大家。」

「如果是這樣，根本沒什麼啊！」雖然真赭薄知道這句話聽起來像在為濱木綿辯護，但她無法不這麼反駁。「血親之間收養子、養女並不是什麼稀奇的事！妳為什麼要為這種事抬不起頭？」

「關鍵在於，我父親因為什麼理由被革職的。否則，我身為皇親國戚大貴族的女兒，為什麼淪落為山烏？我父親應該對我無法嫁給兄長感到怒不可遏，所以難以原諒生下皇太子的那個女人。」

真赭薄恍然大悟，感到背脊一陣寒意。

「該不會……」

「沒錯，」濱木綿一派輕鬆地點了點頭，繼續說道：「我的雙親害死了皇太子的母親大人，十六夜妃。」

馬醉木倒吸了一口氣。

「姑母……」真赭薄無聲地嘀咕著。

大家都說真赭薄和姑母很像，姑母生了皇太子和藤波，集金烏陛下的寵愛於一身，卻不幸死了。她曾經不知多少次想過，姑母一定覺得很不甘心。

「這種事，當然不可能公開。」濱木綿豁出去地搖了搖頭。「一旦公諸於世，會危及南家的存亡。叔叔在宗家做出裁決之前，就把他的兄嫂斬首，總算把這件事壓了下來，然後自己成為南家的家主。至於我，」

濱木綿停頓了一下，又自嘲地笑了笑。

「雖然沒有被斬首，但也被剝奪了身分，並且被軟禁在南家旗下的宮烏家裡。因為不知道什麼時候會被殺，所以我很快就逃走了，然後在十歲之前，我都躲在山烏中長大，但是，」濱木綿淡淡地繼續說了下去：「幸好叔叔是一個通情達理的人，我和他做了交易，他幫我恢復了身分。」

「什麼交易？」剛才始終沒有說話的五加用沙啞的聲音問。

濱木綿語氣流利地回答了她的問題，好像完全不在意周圍的人。

「我有一個妹妹，她是家主的親生女兒，名叫撫子，家主很溺愛她……無論如何都不希望她嫁給目前的皇太子。」

但南家家主也不希望其他家的公主入宮，影響南家的地位，於是想起可以利用之前被驅逐之後就下落不明的哥哥的女兒。

「叔叔對我下達的命令，就是搞破壞。」

「搞破壞？」

「沒錯。」濱木綿看著真赭薄，露出了達觀的微笑。

「白珠，妳可能做夢也沒有想到，我被送來這裡，並不只是湊人數而已，而是要破壞其他家公主入宮……說得更清楚一點，就是阻止西家和北家的公主入宮。」

身為掌握南家命運的公主，濱木綿的衣服粗糙，也從來不贈送綢緞給宗家派來的女官，而且南家女官也不把濱木綿當主人——所有的原因都真相大白了。

「既然白珠說出了我原本的身分，那我也沒必要再偽裝了。」濱木綿帶著苦笑說，「可不可以請妳叫瀧本去夏殿，搜一下我的房間？」

五加聽到濱木綿對自己說的這句話，似乎想到了什麼。

「妳是說……！」

「那裡有皇太子寫給妳們其他人的信，我怎麼可能沒事在庭院打轉？在妳們玩管弦的時候，我把妳們的信都攔截了下來。」

「難道……」白珠顫抖著走向濱木綿，「難道皇太子也有寫信給我……」

「對啊！也寫了信給妳。」濱木綿若無其事地回答，「每次缺席儀式時，都會乖乖寫信。雖然寫的內容乏善可陳，但至少保持了最低限度的風度。」

白珠聽了濱木綿的話，突然放聲大哭起來。

「為什麼！為什麼啊！早知道是這樣，我會一直等下去！就不會不小心說出讓一巳等我的話了……！他就不會因為我的關係而失去了生命。」白珠放聲大哭，抓著濱木綿的衣服。

「把一巳還給我！把我的一巳還給我！妳這個賤人！」

白珠放聲大叫，拼命打著濱木綿。

馬醉木完全無法思考，看著眼前的一切，突兀地覺得太美了。

白珠聲聲喊著「**還給我、還給我**」的樣子，顯然脫離了常軌。原本梳得整齊的黑髮亂了，沒有血色的臉像死人般蒼白，充滿慾望的雙眼已經不見以前的皓潔。每當她發出如同笑聲般的吶喊，鮮血就從她咬緊的嘴唇中滴落。

太悽慘了，悽慘而壯烈，卻又美得令人不寒而慄。

比起面無表情地遭到責備的濱木綿，或是面對眼前的狀況說不出話的真赭薄，白珠比任何人更美。

太不可思議了。白珠既沒有好好化妝，身上的衣服也沒有經過精心打扮，怎麼可能要求這個已經半瘋的女人發揮氣質和優雅？她一點都不漂亮，也絲毫不溫柔，但為什麼看著她，會覺得她越來越美，簡直讓人想哭。

這時，突然響起「啪」的一聲清脆的聲音。

馬醉木回過神時，看到白珠摸著臉頰，悵然若失地倒坐在地上。打完她一巴掌的真赭薄喘著氣，站在她面前。

「妳鬧夠了沒有！」

真赭薄一臉毅然的表情，緩緩放下了剛才揮起的那隻手。她用力吐了一口氣，露出了嚴厲的眼神。

「如果皇太子寫信給妳，妳就會等下去？真是玩笑開大了，我不管有沒有收到皇太子的信，都一直在等他。因為這點小事就動搖的決心，怎麼可能有辦法入宮！」

白珠的肩膀抖了一下。真赭薄毫不留情地責罵。

「即使妳怪罪別人，也無法解決任何問題，就不要再丟人現眼了！」

真赭薄罵完白珠之後，又轉向濱木綿。

「我不相信這與妳的父母無關，妳這個人心高氣傲，才不會做這種小動作。」

默默看著事態發展的濱木綿聽到她這句話，露出了悲傷的微笑。

「……真赭薄，對不起。」

「妳說謊……趕快承認妳說謊！」

真赭薄幾乎尖叫起來，但馬醉木發現她的眼中露出了失望的眼神。

「不，我沒騙妳。」濱木綿說完，眼神黯然，痛苦地笑了笑說：「……而且事情並沒有到此結束，好戲才要開始。難道妳們不覺得奇怪嗎？為什麼南家不希望撫子嫁給日嗣皇太子？為什麼對嫁給皇太子這麼不熱衷？」

馬醉木不知道濱木綿想說什麼，她露出困惑的表情。

濱木綿淡淡地看著她說：「南家向來不會憑感情做事，南家想要廢除目前的皇太子。撫子應該會對皇太子很冷淡，真正的目的是想要嫁給已經被廢除皇太子的兄長。」

不難想像，只要皇太子因為某種理由失去日嗣皇太子的寶座，或是還沒有繼承王位就死了，一度讓位的兄長就會重新成為皇太子。

「不會吧……怎麼可能？」馬醉木語帶顫抖地叫了起來。

「南家會做這種事。」濱木綿輕聲對她說。

「我覺得妳們也差不多該瞭解了，只要金烏准許，宗家就可以還俗。當今的金烏陛下應該沒有氣魄反抗南家的意見。」濱木綿斬釘截鐵地說，「兄長重回皇太子的寶座，他的妻子撫子將支配日後的山內……這就是南家描繪的未來。」

聽到這裡，所有人才感到不太對勁。**為什麼濱木綿要揭發南家的計畫？**真赭薄皺起眉頭，濱木綿對她露出了燦爛的微笑。

「反正就是這麼一回事。我真的是〈烏太夫〉，被送來這裡的目的，就是破壞其他家的公主和皇太子建立密切的關係。照理說，我應該默默回府。」濱木綿帶著苦笑說，「但我不想再妨礙別人的戀愛，所以我要逃走了。」

說完，她脫下了身上的和服，裡面穿的是發亮的黑色衣服。

「最後再說一句，妳們聽好了，我覺得和心愛的男人在一起，並不是女人唯一的幸福。

如果沒有搞清楚這一點，就可能會錯失自己的幸福。再見。」

濱木綿揮了揮手，跨過白珠打開的圓窗走了出去，別人還來不及制止，下一剎那，濱木綿已經變身成一隻漆黑的大烏鴉。

烏鴉張開發出黑色光澤的翅膀，飛向天空。

直線飛越山間的烏鴉越來越小，最後終於消失不見。

# 第五章　春再臨

櫻花盛開時節，撫子來到櫻花宮。

南家這次登殿排場很大，和濱木綿當時無法相提並論。

南家認為不能讓撫子衣著寒酸，在別人面前抬不起頭。看在那些知道撫子並不想嫁給當今皇太子的人眼中，這種豪華舖張簡直有點滑稽可笑。

即便如此，仍然是濱木綿比較美。

這麼想的應該不只有自己，真赭薄乃至五加在看撫子時的眼神，都似乎覺得美中不足。

濱木綿離開櫻花宮已經幾個月了。

正如濱木綿所說，在夏殿搜出了很多皇太子寫的信。藤麻等人對宗家的人毫無抵抗，似乎早就知道會有這種情況發生，於是和南家之間取得共識，將由撫子重新登殿，同時決定濱木綿正式回府。

只是這和普通的回府不同，代表濱木綿再也不會回櫻花宮。隨著撫子的登殿，濱木綿回到了原本該屬於她的地方，也就是被剝奪身分後遭到流放。雖然在做出這個裁定之前，她就不知道已經逃去哪裡了。

早桃死亡事件似乎和夏殿有關，這件事已經成為公開的秘密。

南家絕對不會對會危及自己政治生命的事視若無睹，如果濱木綿沒有逃走，而前往山中的寺廟，隔天就會變成不會說話的屍體。

櫻花宮所有人都已經瞭解南家的險惡毒辣，為了達到目的不擇手段的態度。雖然知道濱木綿攔截了皇太子的信，但在恨她之前，反而產生了一種憐憫。濱木綿成為南家的棋子，為南家做了不少事，最後卻被一腳踢開。

如今應該躲過南家的耳目，屏息斂氣地過日子，也可能……已經不在這個世界上了。

撫子登殿的幾天後，舉辦了一場花宴。

這場花宴不是由春殿，而是由夏殿主辦，也邀請了許多樂人，規模相當可觀。以前濱木綿在櫻花宮時，難以想像夏殿的主人會舉辦宴會。南家家主對於較晚登殿的愛女極度呵護，希望能夠早一點和其他家公主做好關係。

花宴在賞花台舉行，以前皇太子曾經從那下方經過。雖然藤波不在，但花宴很盛大，絲毫不比正式儀式來得遜色。廊道上鋪了紅毯，高高地建在中央舞台四周的賞花台，都掛上了嶄新的垂簾，酒菜都很上等，一切和濱木綿在的時候完全不同，讓人覺得有些惆悵。

這一天，花宴從早上開始舉行，舞台上樂聲不斷。

櫻花在晨光中盛開，把樹枝都壓彎了。清新的空氣中帶著淡淡香氣，馬醉木忍不住想起了一年前的櫻花。

當時的櫻花很美，但現在有點不太一樣。她帶著難以形容的心情，看著花瓣飄落於杯子中，她向四處張望，可以看到女官們都在垂簾後方忙碌不已。

那次之後，精神狀況不太穩定、經常在自己房間休息的白珠，今天也出席了花宴。馬醉木正打算起身瞧瞧白珠在哪裡時，發現附近有個人影。

「請問是春殿公主嗎？」

夏殿的新主人撫子說話十分乾脆。

馬醉木發出分不清是「是」還是「呃」的聲音回答後，一臉為難的表情看著撫子。

眼前的少女有雙大眼睛，散發出健康的可愛。她身穿比櫻花色稍微深一點的今樣色*唐衣為基調的裝束，模仿了春天原野的金色刺繡增添了華麗，也同時增加了細膩感。

撫子完全不在意馬醉木的態度，嫣然一笑。

「我是夏殿的撫子，雖然年紀尚小，但我會努力和大家和睦相處，請多指教。」

撫子深深地行禮，看起來充滿希望。這也是理所當然的事，因為她完全沒有任何不安。

馬醉木含糊地應了一聲，然後很快逃離了。在廊道轉彎前看到了真赭薄，終於鬆了一口氣，因為撫子看起來太有活力，馬醉木在她面前無法呼吸。

「真赭薄公主。」

真赭薄聽到叫聲，驚訝地轉過頭，臉上的表情有點僵硬。

「馬醉木……」

「我剛才見到撫子公主了。」

「喔。」真赭薄嘀咕了一聲，也嘆了一口氣，「很可愛的公主，和濱木綿那個傻瓜相比，真是太老實，太無趣了。」

聽到真赭薄賭氣的話，馬醉木不由得苦笑起來。

「是啊……我也這麼認為。」

真赭薄沒有回答，轉頭看向舞台的方向，然後默默坐了下來。馬醉木也跟著坐了下來。

舞台上正在跳蝴蝶舞，一群小孩子裝上了模仿蝴蝶的翅膀，手上拿著棣棠的樹枝，可愛地跳著舞。他們的衣服在燦爛的陽光下閃閃發亮，音樂聲響徹整個舞台。

正當她們彼此都沒有說話，默默看著舞台時，舞台旁突然響起一陣騷動。真赭薄微微站了起來，想要瞭解發生了什麼事，結果整個人僵在那裡。

「怎麼了？」馬醉木問道。

真赭薄沒有回答，馬醉木疑惑地站了起來，卻被眼前的景象嚇傻了。

只見一個與舞台上的場景很不相襯的男人，從對面廊道的柱子之間走了過來。那個男人一身漆黑的和服，不過山內眾都穿黑衣，所以並不值得驚訝，只不過那個男人的臉很詭異。

「那是……面具嗎？」

那個男人的臉特別白，仔細一看，原來戴了一張平板的面具。宮烏喜愛的戲曲中很少用這種面具。難道是山烏用的面具嗎？但是，那個人的手上拿著和跳蝴蝶舞小孩子手上相同的

---

＊注：今樣色，意指「當下流行的顏色」，由紅花染成的紅色，在日本平安時代被女性們所愛戴。

棣棠樹枝，顯得格格不入。男人大搖大擺地走向舞台，所有人都被他的態度震懾了，愣在原地不動。

這時，樂人終於發現那個男人是可疑人物，慌忙圍了上去。男人環視了賞花台，然後將視線集中在某一點。下一剎那，樂人都紛紛跳開了，女官們尖叫起來。

只見男人的視線集中在那一點上，伸手解開綁住面具的紅色繩子，下一秒，一身黑衣的身體開始扭曲，袖子變成了披著黑色羽毛的翅膀，腳也變成了有著尖鉤的鳥腳。那個男人簡直就像融化般從人形變成了鳥形，即使經常看到這一幕的樂人和舞人，也都忍不住驚聲尖叫起來。

好大！那隻烏鴉比馬醉木之前見過的任何馬都大。

烏鴉張開翅膀，舞台上被翅膀打到的人都紛紛跌倒。美麗的漆黑翅膀帶著紫色的光澤，在陽光下，由紫變綠，發出不同的光。那是一隻又大又美的烏鴉。

驀然，大烏鴉的尖嘴對準了這裡，竟然一直線飛了過來。風壓吹走了垂簾，花瓣打轉著飄進了賞花台內。此刻從欄杆上跳下來的黑影已經不再是鳥形，原本掛在脖子上的面具也匡噹一聲掉落在地。他把原本啣在嘴上的棣棠樹枝拿到手上，轉頭望過來，馬醉木發現那正是她朝思暮想的人。

男子氣宇軒昂，有一雙眼睛美得令人驚嘆。

馬醉木看著他出了神，他從欄杆上跳了下來，走向馬醉木。

「皇太子殿下！」真赭薄馬上走到馬醉木前，和男人四目相對，然後緩緩鞠了一躬。「真赭薄在此恭候大駕！」

「嗯。」皇太子輕輕點了點頭，走過靜靜退到一旁的真赭薄身旁，走向她的身後，然後動作俐落地撥開眼前的幔帳——

站在幔帳後方的人啞然無語地注視著站在自己面前的男人，她穿著像女僕般樸素的衣服，一頭黑髮挽成垂髻，癱軟地坐了下來。馬醉木知道她的名字。

「濱木綿。」皇太子用響亮的聲音叫著她的名字，然後隨手把手上的棣棠樹枝遞給了她。「不好意思，讓你久等了。」

「這到底是怎麼回事？」瀧本渾身顫抖地問皇太子。

所有人都從賞花台來到了藤花殿。白珠無力地坐在那裡，馬醉木也一臉茫然。撫子手足無措，忐忑不安，只有真赭薄鎮定自若地坐在那裡。雖然每個人的態度不同，但她們的視線都看向大廳的中央。

她們朝思暮想的皇太子從容不迫地坐在那裡，濱木綿臉色蒼白地坐在他旁邊。眼前的皇太子是一個儀表堂堂的年輕人，完全超乎了她們的想像。

一頭與烏形時相同顏色的直髮垂下，相容尊貴白皙，那雙黑得宛如紫水晶般發亮的眼眸，有著無人能比的威嚴。但在他身上感受不到絲毫來自丰姿俊秀的華麗，若要形容的話，就像是一把抽出刀鞘的刀身，渾身散發出銳利清冽的冰冷。

他瞥向瀧本的眼神，也完全感受不到絲毫的感情。他的氣定神閒，反而讓怒氣沖沖的瀧本看起來很滑稽。

「什麼叫怎麼回事？」

他說話冷若冰霜，簡直讓人想問：是不是看不起瀧本？

「您向來無視各種儀式，而且竟然事先沒有聯絡，就闖入花宴！簡直是目無規矩！」

瀧本忍無可忍地大叫著，所有女官聽到瀧本的怒斥都低頭畏縮起來。

但皇太子滿臉滿不在乎，對於瀧本的斥責充耳不聞。

「因為有比規矩更重要的事，所以也怪不得我。真赭公主，我沒說錯吧？」

所有女官聽了皇太子的話，都同時看向一道垂簾。秋殿的垂簾搖晃了一下，真赭薄面色凝重地走了出來。

「是的，是我聯絡皇太子，請他直接惠臨花宴。」

「秋殿公主！」瀧本驚叫一聲，狠狠瞪著她質問：「您竟然沒有透過藤花殿，就直接寫信給皇太子？我想您當然應該知道，這已經破壞了規定。而且，」瀧本看向皇太子的身後，壓低聲音問道：「秋殿公主，為什麼被正式趕出櫻花宮的濱木綿會和您在一起？」

「是我委託山內眾的澄尾去找濱木綿的。」菊野代替真赭薄回答了這個問題。「而且也請澄尾轉交信，他完美地辦好了這兩件事。」

「看到中意的山烏，留在自己身邊當女僕並不是什麼稀奇事。我只是收留了一隻流落街頭的山烏而已。」

「但是，這……」

瀧本的話還沒有說完，就響起一個熟悉的聲音。

「皇太子殿下。」

「嗯？」皇太子聽到那個嚴肅的聲音轉過頭。

濱木綿緊咬著牙根說：「真赭薄並沒有任何過錯，雖然我不知道您聽說了什麼，但事實真相是我主動去投靠她，她也正覺得很困擾。」

「喔？」

「我四處逃竄，無路可走，全都是我的過錯。」

「即使妳並沒有犯下任何需要遭到這種懲罰的罪過嗎？」

大廳內鴉雀無聲，

「您在胡說什麼啊……難道攔截您寫的信不是罪過嗎？」濱木綿輕輕喘著氣反問。

「這當然是罪過，但這件事並不是你做的。」

在場的所有人都聽不懂皇太子的意思。

濱木綿迎上似乎已經看透一切的視線，態度堅決地搖了搖頭。

「不，是我做的。」

「事到如今，沒必要再說這種無聊的謊話。」

「妳根本不可能有辦法做這種事。」真赭薄一臉無奈地說，「只要想一下就知道了。」

「沒錯，我寫的信是藤波透過女官交到四家公主手上，請問妳哪裡有機能插手？」皇太子嘆了一口氣，抬起頭說：「只有一個人有可能攔截我的信。藤波，是妳做的吧？」

所有女官都屏住了呼吸，皇太子泰然自若地轉頭看向藤花殿的入口。

只見藤波站在那裡，嘴唇不停顫抖。和一年前，馬醉木與其他人剛登殿時相比，一眼就能看出她消瘦許多。凹陷的眼窩深處那對發亮的雙眼，似乎對兄長的突然造訪感到害怕。

「藤波公主，不可以！」瀧本大叫著跑了過來。

可是，藤波就像是完全沒有看到似的，搖搖晃晃地走向兄長。

「皇兄，我、我……」

藤波似乎無法承受皇太子無動於衷的眼神，當場哭倒在地。瀧本緊緊抱著藤波，想要隔絕皇太子的視線。

「妳照顧她一下，讓她心情平靜下來。」皇太子面無表情地吩咐瀧本。

瀧本沒有回答，摟著藤波走進了垂簾中。所有女官都懷疑自己的雙眼，沒有人說話。

這時，響起一個輕微的聲音。

「為什麼？」茶花問道：「藤波公主為什麼要做這種事？而且果真如此的話，這個女人為什麼要為藤波公主頂罪……？」

皇太子聽到茶花用「這個女人」來稱呼濱木綿，微微皺起了眉頭。茶花雖然抖了一下，但並沒有移開視線。

「姑且不談藤波為什麼要這麼做，但我知道濱木綿為什麼要袒護藤波。她不光袒護藤波，而且還想袒護其他人。」

「其他人？」

「她袒護了我。」真赭薄把手放在自己的胸前，毅然地回答。

「袒護真赭薄公主？」

所有人都不安地議論起來，皇太子輕輕嘆了一口氣。

「在櫻花宮內似乎並不是很重視，但在朝廷，很重視公主的血統。藤波犯下這個過錯的責任，不是由宗家或是養育她長大的家，而是生下藤波的母親家，也就是西家來扛。」

西家，也就是真赭薄的老家。

「也就是說，這一年來，濱木綿盡可能消除任何可能對我在朝廷內不利的要素。」

濱木綿終於恢復了原來的樣子，似乎覺得皇太子太多嘴了。

「並不是您想的這樣。」

「就是這樣，妳就承認吧？」皇太子不假辭色地說，「只要稍微有點腦筋的人，就知道信的事是藤波做的。在妳身分曝光時，妳誘導瀧本，把這件事推到妳頭上。瀧本也正愁不知道該怎麼處理那些信，所以妳們便一拍即合。」

藤波所在的垂簾內只聽到啜泣的聲音，就連瀧本也沒有吭氣。沉默就是承認。

「但是，」茶花看著上座的垂簾和皇太子，有點困惑地開了口，「濱木綿為什麼要協助真赭薄公主入宮？我搞不懂她這麼做的理由。」

「我想也是。」皇太子對一臉困惑的茶花說。

「我也不擔心會引起各位的誤會……不，也沒什麼好誤會的，」皇太子小聲地改口，「一切都是為了我。」

咚。巨大的聲音響徹整個大廳，眾人驚愕地轉頭，發現濱木綿臉色蒼白地站了起來。

「自戀也要有個程度！為了您？怎麼可能有這種事？更何況我們以前從來沒見過！」

濱木綿怒吼道，簡直就連柱子也都跟著震動起來。

皇太子閉著眼睛聽她吼完，挑看著她問：「難道妳以為我沒有發現嗎？傻瓜。」

濱木綿整個人愣住了，她難以置信地瞪大眼睛，嘴唇發著抖。

「您難道……？」

「陳年往事等一下再聊。」

「這是因為，」皇太子指著濱木綿，對一臉茫然的茶花說：「以前因為某種機緣，我和她是舊識，她一開始就積極協助真赭薄嫁入皇宮。」

皇太子又聳了聳肩說：「她為藤波頂罪也是為了這個目的，可能認為在目前的政局下，真赭薄嫁入皇宮對我最有利。大家都只想到各自的家族，所以搞不清楚。妳們曾經站在我的立場想過嗎？這件事很單純，西家的公主成為櫻妃是最佳選擇。」

「如果濱木綿入宮，皇太子一定會被南家的人暗殺。」

所有女官都說不出話，只有真赭薄似乎看到了問題所在。

「在我得知南家真的想要取皇太子的性命之後，我也終於瞭解了濱木綿的真正意圖，也知道了她說的話中自相矛盾的地方。」真赭薄靜靜地說，「如果目的只是要廢除皇太子，根本不需要大費周章地破壞其他家公主。對南家來說，最簡單的方法，就是讓南家公主入宮，然後將刺客安插在公主身邊。」

「這就是濱木綿經常做出一些不像高貴公主行為的真正目的。她不遺餘力破壞夏殿公主的形象，無論如何都要讓自己入不了宮，避免假扮成她身邊女官的刺客接近我。薴麻，我說的對不對？」

皇太子露出可怕的笑容看向夏殿的垂簾。

「在此之前，濱木綿偽裝成很會彈琵琶的才女，很像是大家閨秀的公主，但她在登殿之後突然露出了本性，妳一定亂了方寸。」

「我不知道您在說什麼……」

薴麻故作平靜，但聲音微微發抖。皇太子雖然面帶微笑，但眼中沒有一絲笑意。

「無論是妳，還是妳真正的主人都沒有想到濱木綿會反抗。濱木綿為了避免危害其他家的公主，甚至沒有參加管弦宴。」

濱木綿執行的很徹底，她做了所有能夠為皇太子所做的事。

「東家並不需要靠將公主入宮來掌握權力。北家認為入宮很光彩，但並沒有想要藉此掌握政權的野心。在為我的安全著想時，顯然需要集中精力對付西家。」

**所以她在暗中積極協助真赭薄。**

真赭薄看了一眼低頭咬著嘴唇的濱木綿後，將視線移回皇太子身上。

「皇太子殿下，所以……您會迎娶濱木綿，對吧？」
濱木綿比登殿的所有他家的公主更無私地為皇太子奉獻，甚至比真赭薄做得更徹底。真赭薄面對濱木綿的這種奉獻精神，認為如果她是櫻妃，自己完全可以接受。
沒想到皇太子冷冷地說：「不知道，現在還很難說，更何況這種理由不是很奇怪嗎？為什麼她暗中幫我，我就要娶她？那都是她自願的。」
皇太子的冷淡話語讓大家瞠目結舌。
「但是……」真赭薄說到這裡，想到還沒問如果沒有濱木綿的事，自己最想知道的事。
「皇太子殿下。」真赭薄正襟危坐地喚了一聲。
「什麼事？」
「請問您為什麼一直不蒞臨櫻花宮？」
「因為我不認為有這個必要。」
皇太子立刻回答，他甚至沒有猶豫該怎麼回答，也因此在看到真赭薄說不出話時，反而露出了訝異的表情。
「你有什麼不滿嗎？這沒什麼好奇怪的。」皇太子絲毫不覺得自己有任何問題。

真赭薄看到他無動於衷的樣子，不知道該說什麼。

「因為，之前都是皇太子蒞臨櫻花宮選櫻妃。」

「之前的登殿和我沒有任何關係，問題在於什麼對我有利，什麼對我不利，就這麼簡單。如果我認為造訪這裡有助於瞭解成為皇后之人的性格，就會主動來彷櫻花宮。不需要別人說，我就會來。」

皇太子迎上真赭薄的視線，真赭薄悄悄吞著口水，但毫不氣餒地反駁。

「但是，您有沒有為登殿的公主著想？大家都很努力，希望能夠嫁給您進入宮中，都引頸翹望您的蒞臨。這一年來，您從來不曾造訪，不覺得大家很可憐嗎？」

真赭薄的語氣中漸漸帶著責備，她認為自己也是翹首以待的人之一，所以即使這麼說，也沒有什麼過錯。

但皇太子似乎並不認為她的責備情有可原，只「喔」了一聲，改變了姿勢，豎起單側膝蓋，探出了身體。

「我從剛才這樣聽下來，覺得真赭公主好像誤會了幾件事。」

「誤會？」真赭薄皺起眉頭，不知道皇太子想要說什麼。

皇太子露出了冷酷的笑容說：「首先，我想問妳一個問題，你認為櫻花宮是一個什麼樣的地方？」

**櫻花宮是什麼樣的地方？**真赭薄聽了感到傻眼，皇太子竟然問在櫻花宮生活了一年的自己這種問題。

真赭薄坐直了身體，挺起胸膛回答說：「櫻花宮是四家的子女為了成為配得上皇太子的女人，藉由交流加深感情，相互切磋，磨練自我的地方。」

「這個回答不行，完全搞錯了重點。」皇太子冷冷地搖了搖頭。

真赭薄剛才回答時充滿自信，所以忍不住羞紅了臉。

「那是什麼樣的地方？」真赭薄惱怒，說話的語氣也忍不住有些不客氣。

但皇太子並不在意，他豎起手指說：「磨練自我根本沒有任何意義，否則的話，不管我在或不在，都無所謂吧？」

「不是這樣！是要磨練成為適合您的女人！」

「不要說得這麼拐彎抹角，重點只有一個，」皇太子瞇起眼睛，語氣突然變得尖銳，「就是成為被我挑中的女人，只是這樣而已，不是嗎？」

皇太子說的話太直截了當，真赭薄有點畏縮。

「雖然我不瞭解你們帶著怎樣的想法登殿，」皇太子不以為意，環視著藤花殿，「櫻花宮是金烏挑選赤烏的地方，無一例外。不同時代的金烏的興趣愛好不同，這不是理所當然的事嗎？有的金烏追求美女，有的金烏想要真誠的女人，但這兩者我都不要。什麼磨練自我，在完全不對的方向拼命努力，也只會造成我的困擾，我對妳們的想法沒有興趣。」

皇太子說到這裡，對真赭薄露出了令她整個人凍結的詭笑。

「想要摟美女的話，可以去花街；如果想要誠實的妻子，我早就下野了。我之所以在櫻花宮挑選妻子，是因為需要具備皇后資質的人。無論再怎麼漂亮，個性再怎麼好，那種東西毫無價值。」

皇太子說完，視線直逼著真赭薄。

「我一直很關心櫻花宮，」皇太子停頓了一下，繼續說道：「但我並不打算憑外表或是性格來選妃，所以不認為有必要直接來櫻花宮，就這麼簡單而已。相反地，是藉由不來櫻花宮看得更清楚，這麼說，妳可能比較容易瞭解。」

「……所以，您在測試我們嗎？」真赭薄氣得發抖，站了起來。

皇太子面不改色地看著她，靜靜地回答：「是啊！」

「難以相信……您簡直可惡到極點。」

「我不知道妳們對我有什麼期待，但我可沒有閒工夫陪妳們玩辦家家酒，不要因為自己的妄想和現實有落差，就對我抱怨。」

皇太子毫無感情地說完。

真赭薄激動地說：「辦家家酒？您才在開玩笑吧！我們每個人都卯足了全力！可憐的白珠甚至已經有點錯亂了，濱木綿原本或許也不必被趕出櫻花宮。」

「那我問妳。」皇太子冷冷地抬眼，看著情緒激動的真赭薄問道：「難道妳覺得即使我根本不想來，也要經常來櫻花宮嗎？這才是欺騙吧？更何況，如果因為我目前不出現而寂寞難耐，入宮之後，怎麼可能忍受得了寂寞？我即使在迎娶皇后之後，如非必要，就不會去找她，到時候也要大發脾氣嗎？妳是不是沒搞清楚登殿是怎麼回事？」

皇太子又再稍微提高了音量說：「我希望登殿的公主不受到我的行動影響，具備堅定不移的意志，以及堅強的信念，能夠完成皇后使命的人，同時還要具備完成使命的實力。四家家主應該在瞭解這件事的基礎上，把懂得忍辱負重的女兒送進宮，即使是醜女也沒關係。至於妳剛才的問題……」

皇太子的語氣突然緩和下來。

對於皇太子突然改變話題，真赭薄一下子反應不過來。

「就是妳問我會不會讓濱木綿入宮的問題。」皇太子親切地為她補充說明。

「喔……」真赭薄顯得有點茫然。

「其實妳也無妨。」皇太子老神在在地說。

「啊？」真赭薄微微地蹙額，聽不懂這句話的意思，。

「我是說，即使妳嫁給我入宮也無妨。」

真赭薄覺得一臉嚴肅表情的皇太子，簡直就像是不可捉摸的妖怪，即使皇太子從她的眼神中察覺到什麼的想法，也絲毫沒有驚慌失措。

皇太子笑著說：「妳能夠等我，也會像現在這樣，在必要的時候採取行動。最重要的是，濱木綿看好妳，才希望妳成為我的妻子，不是嗎？」

皇太子露出與剛才不同的笑容，看向屏息斂氣觀察事態的濱木綿。

「雖然她沒有說出口，但我可以聽到她心裡在想什麼。妳是不是在想，那我還在磨蹭什麼，應該好好考慮政治動向，對不對？」

「既然她這麼無私奉獻，我覺得娶妳為妻也無妨，真赭公主，怎麼樣？」皇太子一派輕鬆地問：「妳想不想成為我的妻子？」

這簡直是夢寐以求的一句話。

如果是不久之前的自己，聽到這句話，不知道會有多得意、多高興。

「我……」即使如此……。真赭薄心想。

「我小時候一直以為您喜歡我……」

「妳想的沒錯，妳現在也喜歡你，和喜歡其他登殿的公主一樣。」

這個男人竟然大言不慚地說出這種話。

自己也喜歡他，現在也喜歡他。即使如此。

「您說的『喜歡』和我的『喜歡』完全不一樣……」

「當然啊！妳明知故問。」皇太子嘆著氣說：「妳似乎聽不懂，那我就換一種方式說明。西家家主的長公主真赭薄公主，我對妳既沒有特別的感情，也沒有愛上妳。即使妳入宮，這種情況也不會改變，西家也不會因為是妳的娘家，就得到我的特別對待。從今往後，只要有需要，我會娶好幾個側室，甚至可能會休掉妳。但是，妳無處表達妳的不服氣，也不允許妳和我以外的男人有密切的關係。妳必須抹殺自我，只為我而活。如果妳做好承受所有這一切的心理準備，我可以娶妳為妻。請自己做選擇。」

皇太子笑了起來，冷酷的笑容和剛才不一樣。

真赭薄面對他的笑容……

「菊野。」西家公主突然叫了一聲，伸出了纖纖玉手，「把懷劍拿來。」

靜觀其變的所有人都嚇得縮成一團。

真赭薄一臉無奈地看了一眼不敢動彈的菊野，輕鬆地從她懷中拿出了刀子。

「公主！」

「叫什麼啊！我又不是要攻擊皇太子。只是……」真赭薄瞪了皇太子一眼，拔出了懷劍，「只是要這麼做而已。」

下一剎那，在場的女官發出了好像看到世界末日的驚叫聲。

真赭薄一把抓起她引以為傲的頭髮，毫不猶豫地用懷劍揮向自己的髮絲。但她終究不習慣用劍，富有光澤的頭髮無法輕易割斷，只有碎屑掉落在她的臉頰上。

由於事出突然，菊野差點昏倒，來不及制止，尖叫著愣在原地。濱木綿衝了出去，一把搶走了真赭薄的懷劍，但這時她的頭髮已割斷了一大半。真赭薄輕輕甩了甩頭，頭髮無聲無息地散落在地上，她心滿意足地低頭看了一眼，露出了笑容。

「皇太子殿下，恕我拒絕您的求婚！即使這是您的命令，我在前一刻已經決定要為山神奉獻，恕我無法從命。」

紅色的頭髮好像痛苦地在清爽的露草色印花裳上翻滾滑落。真赭薄今天沒有穿平時的蘇芳色，所以更加清楚地感受到被割斷的髮絲的悲哀。

「……還真徹底啊，根本不需要做到這種程度。」

面不改色地看著這一切的皇太子語帶佩服地嘀咕。即使感受到驚愕、不信任或是嫌惡的視線，皇太子也絲毫不以為意。

「為什麼……？」濱木綿的肩膀微顫著，瞪大了眼看著真赭薄，再看皇太子。

濱木綿脫口而出的聲音從未這麼無力，但承受眾人同情眼光的濱木綿，在下一刻竟然放聲喊叫了起來。

「真赭薄，為什麼！妳想一想他的立場，就知道他只能這麼說，這不是一目了然的事嗎？妳不是想成為他的妻子嗎？為什麼不答應他？」

真赭薄在呆若木雞的女官注視下，閉上了眼睛，重重地長吁了一口氣

「濱木綿，我終於知道了……嫁入皇宮的不應該是我，或是白珠，更也不會是馬醉木，從一開始就非妳莫屬。」真赭薄的語氣似乎已經放棄了一切，平靜地看著一臉疑惑的濱木綿，說道：「很少有人能夠像妳這麼無慾無求。」

濱木綿露出聽不懂她在說什麼的表情。

真赭薄靜靜地宣佈說：「所以，皇太子殿下，濱木綿是您唯一的選擇，如果濱木綿成為櫻妃，我願意成為服侍她的女官。」

「真赭薄公主！」菊野發出慘叫聲。

「我心意已決，不要囉嗦！」真赭薄並不理會，說完便把頭轉向一邊。

驀然，有人忍無可忍地叫了起來。

茶花嘆著氣說：「我完全看不懂這是什麼狀況！罪人的女兒入宮？而且四家公主竟然想要當她的女官？」

「家世又怎麼樣？比起家世，我認為自己的自尊更重要。既然我做了這麼傻的事，我的

自尊心不允許不收拾殘局就拍屁股走人。我用這種方式贖罪，不容我父親和兄長置喙。」

真赭薄冷笑一聲說完，接著好像脫胎換骨般露出了無敵美艷的笑容，這也許是她至今為止最有魅力的笑。

只是這裡有一號大人物，即使看到這麼有魅力的笑容，仍然無動於衷。

這個人當然不是別人，就是皇太子殿下本人。

皇太子聽完真赭薄的話後，露出了意外的表情，感到很掃興。

「不好意思，打斷一下妳們的激情演出。我根本沒有說要娶濱木綿為妻，我選妃不會受到周遭氣氛的影響。真赭公主，我也不會用感情來選妃。」

**事到如今，他竟然說這種話！**

藤花殿內的氣氛突然失去了溫度，只有濱木綿露出鬆了一口氣的表情。

「真赭薄，很謝謝妳的心意，但這一次他說的對。」

「看吧！她很清楚狀況，即使妳拜託她，她也不會點頭答應的。好了！比起這件事，我要先處理另一件事，沒問題吧？」

皇太子突然轉過頭，看向其中一道垂簾，下令將垂簾打開。

茶花猶豫了一下，立刻順從地打開了垂簾。

白珠渾身癱軟無力地坐在打開的垂簾內側。她在豔麗的緋色單衣外，搭配了銀線繡出的海浪圖案的唐衣，這身奢華的和服讓她看起來更嬌小無助。她直到剛才都一動也不動，始終保持沉默。

皇太子沒有隔著垂簾，而是直接面對她。

「白珠公主，妳曾經看過山烏的夫婦嗎？」

皇太子唐突的問題讓陪在白珠旁的茶花露出了納悶的表情。

「不，白珠公主沒有看過那種東西。」

「我是在問白珠公主。趕快回答我！」皇太子嚴肅地說。

白珠垂著雙眼，極度虛弱地緩緩搖了搖頭。

「這樣啊！」皇太子點了點頭，用格外溫柔的語氣說：「他們沒有一件我們平時穿的綾羅綢緞，甚至沒有可以躺下來休息的房子，每到晚上，就會變成鳥形，在認定是自己鳥窩的樹枝上依偎在一起入睡。雖然冬天很冷，但他們從無半句怨言。他們說，因為有堅強的伴侶，所以什麼都不怕。妳不覺得他們很堅強嗎？」

白珠沒有吭氣，但聽到皇太子沒有繼續說下去，於是用力點了點頭。

「妳覺得在柔軟的被褥中看著月亮獨眠，和在寒冷的樹梢上夫妻依偎入睡，哪一種更寒冷？」白珠緩緩抬起頭，皇太子露出了微笑，接著說：「妳是不是已經知道答案了？」

白珠目不轉睛地看著皇太子，拼命動著削瘦的臉頰，小聲地說：「但是，已經沒有人可以和我相依偎了……」

「那可未必，只是妳太貪心了。」皇太子的語氣突然變得嚴厲起來。「而且妳貪圖的是一些對妳而言，根本不必要的東西。既然要圖，就要是為了自己的幸福。妳要不要重新坦誠面對自己的內心？」

「不懂，」白珠無奈地搖著頭，「我出生來到這個世界，就只是為了入宮……原本一輩子只能當一介宮烏，之所以能夠在這麼幸運的環境下長大，就是因為大家對我有所期待。我只有成為您的妻子，才能夠回報這種恩情……」

「妳想說的就只有這些嗎？如果是這樣，這根本不是理由。」皇太子無情地說，「妳受到大家的期待，但即使沒有入宮又怎麼樣？只能說北家家主看走眼，沒有眼光而已，根本不需要由妳負責。」

「那……」白珠原本想要說什麼，最後卻說不出來。

皇太子滔滔不絕地說了下去。

「雖然妳剛才說自己是在幸運的環境下長大，但如果為了這種富足優渥的生活，讓自己錯失了幸福，那還算是幸運嗎？如果妳認為饒富的生活就是幸運，就是幸福，那就沒有資格嘆息。但相反的，妳若認為這不是幸福呢？」皇太子停頓了一下，看著白珠的眼睛繼續說：

「那妳就必須採取行動，應該向家主或是母親抱怨，把自己的想法告訴他們。比起綾羅綢緞，妳更想積極追求伴侶的翅膀。妳知道嗎？自己的意志遭到無視，和心灰意冷地認為不可能做到，這兩者有著天壤之別？妳現在說自己不幸，那北家家主應該也會很困擾。因為妳一直隨波逐流，唉聲嘆氣，從來沒有主動做過任何事。」

白珠「啊」了一聲，分不清是嘆息，還是悲鳴的聲音，整個人癱軟下來。

「白珠公主。」茶花叫了起來。

不過，皇太子並沒有手下留情。

「白珠公主，我請問妳。妳有做我妻子的心理準備嗎？妳什麼都沒做，也什麼都不想做，一路走到了今天；也就是說，無論是不是消極，這就是妳的意志。如果妳真的希望，我可以娶妳為妻，但即使妳是我的正妻，我也不會特別優待北家。雖然家主的希望會落空，但妳盡了自己的義務。怎麼樣？這不就是妳的希望嗎？」

「請別再說了！」茶花哭著抱著皇太子的腿哀求道：「請不要、不要再說了……我們太蠢了。所有的過錯，都由茶花我來承受。」

皇太子低頭看著茶花，端正白淨的臉龐冷若冰霜。

「就是因為妳這麼嬌寵，所以妳的主人一直無法真正負起責任。」

皇太子接著轉頭看著白珠說：「妳剛才說，已經沒有人和妳依偎了。明明就有啊！不就在妳的肚子裡。」

白珠茫然地看著皇太子，皇太子驚訝地瞪大了眼睛。

「妳都沒有發現嗎？那是一巳的骨肉，現在已經很大了，沒辦法拿掉了。我雖然並不在意純不純潔的問題，只是這樣沒辦法入宮的，所以，」皇太子一副理所當然的態度說道，「如果你還想入宮，等生下孩子之後，必須在孵化之前就處理掉，而且妳要親手處置。」

白珠立刻站了起來，大聲地說：「您在說什麼？」

白珠轉過身，保護著自己的肚子，露出銳利的眼神瞪著皇太子。

「不要，絕對不要，我不能再次失去一巳！我才不要入宮。」白珠大喊地叫道：「我會保護這個孩子，為了保護這個孩子，我可以逃到天涯海角！不要靠近我！」

白珠狠狠說完這句話，立刻轉身想逃走，但她發現皇太子看著自己的眼神極其溫暖。她氣喘吁吁，視線不安地飄忽起來。

「妳終於自己做出了選擇，那我就贈送一個禮物給你。」

皇太子輕笑了起來，語氣極其平靜，和剛才判若兩人。

「禮物……？」白珠毫不掩飾內心的不信任。

皇太子對她點了點頭說：「進來吧！」**他到底在對誰說話？**正當在場的所有人都這麼想時，一個男人跟著皇太子的近侍走進藤花殿。

那個人穿了一身乾淨的葡萄茶色的上衣和褲子，頭髮很整齊，個子比皇太子更加瘦高。

白珠一看到他，淚水就從她那雙明亮眼眸中流了下來。

「白珠……」那個人激動地呼喚著她的名字。

所有人都驚訝地看向北家公主。

「一……」白珠目瞪口呆地站在那裡。

一巳？應該只有那個男人聽到了白珠帶著嘆息的聲音。

「白珠！」男人終於忍不住跑了過來，緊緊抱住了呆若木雞的白珠。

白珠放聲大哭，男人撫摸著她的背，她恍惚的雙眼中滑下了淚水。

「對不起，讓妳擔心了，是殿下保護了我……！」

「一巳。」

一巳、一巳、一巳。白珠聲聲呼喚著他的名字。

「不會吧？這是不是在做夢？真的是你……？」

「對，對，是我。」那個叫一巳的男人點著頭。

所有人都瞠目結舌地看著眼前這一切。

反到是濱木綿走到皇太子身旁，小聲地問：「白珠真的懷孕了嗎？」

「沒有，他們應該沒有做會生孩子的事吧！」皇太子若無其事地說。「但是我看她已經陷入了混亂，所以覺得很適合作為壓垮她的最後一根稻草。」

「我就知道……」濱木綿沒有多說什麼就退下了。

周圍的其他人都搞不清楚狀況，尤其茶花眼睛瞪得大大的，一臉木然的表情看著自己的主人和山烏的年輕人緊緊抱在一起。

「這……」

「到底是怎麼回事？」

皇太子瞥了一眼交頭接耳的女官，無聲地站了起來。

「春殿公主。」

女官們聽到皇太子的叫聲，立刻住了嘴。

「可以請妳過來一下嗎？」

短暫的沉默後，垂簾慌忙拉了起來。馬醉木一臉錯愕，前一刻還茫然地看著眼前發生的事，完全不知道皇太子為什麼突然叫自己。

「是？」

「公主，趕快去吧！」捲起垂簾的五加一臉緊張地說。

馬醉木露出不知所措的表情，皇太子對她輕輕點了點頭。

「我們去中庭吧！我一直想和妳聊一聊。」

皇太子背對著馬醉木走向庭院，五加默默地扶著馬醉木站了起來。馬醉木看著那對認真的雙眼，帶著緊張的心情，跟在皇太子身後。

「請問，您要和我說什麼？」

此時已是向暮時分，暮色蒼茫的天空變成了淡紫色，初春的風有點寒意。皇太子抬頭看著從中庭的櫻花樹上飄落的花瓣，沒有回答馬醉木的話，說話的聲音顯得有點心不在焉。

「……妳想成為櫻妃嗎？」

「啊？」馬醉木偏著頭問。

皇太子沒有看她，語帶遲疑地說：「……妳從小到大，並沒有被灌輸必須登殿的想法，所以和其他公主的心態也不一樣，而且我這個人又這麼不解風情，成為我的妻子，顯然不是一件容易的事。光是這一次，宮中就已經死了好幾個人，以後還要繼續在這裡生活。就連做好充分心理準備的真赭薄也無法承受。妳現在仍然想成為我的妻子嗎？」

馬醉木注視著並沒有看她的皇太子，突然覺得口乾舌燥，但努力傳達心意。

「我、我怎麼可能忍受無法與您共度的日子？相反地，無論發生任何事，我都不會放棄您。這是我內心的想法……或許您覺得我很膚淺，但是我……」

馬醉木用力吸了一口氣，把至今不知道在內心想了無數次的話說了出來。
「我想成為您的妻子。」
皇太子沒有動靜，他仰頭看著盛開的櫻花，仔細體會馬醉木飄散在空氣中的話語後，吐出了一口氣。
「是喔……無論發生任何事嗎？馬醉木公主，」皇太子突然發出銳利的聲音，「所以才會這樣嗎？」
「什麼？」
「所以才會變成現在這樣嗎？」
皇太子說完後轉過頭，眼中帶著之前任何時候都不曾有過的情緒——純粹的憤怒。
「所以妳對……妳對早桃妳們見死不救嗎？」
「請問……」
皇太子為什麼露出這麼可怕的表情？馬醉木發自內心感到不解，忍不住偏著頭問。
皇太子從懷裡拿出幾張紙。
「妳還記得這個嗎？」

這些有櫻花圖案的信紙飄出了芬馥的香氣，可能薰過了香。沒有被蟲蛀的信紙上寫的文字墨汁濃淡得宜，運筆圓潤流暢。

那是信，而且筆跡不只是曾經看過而已。

「喔，那是……」馬醉木害羞地紅著臉，低下了頭，「這是我寫給您的信，您已經看過了，我感到萬分榮幸。」

馬醉木說完，緋紅的臉上喜不自勝。皇太子目不轉睛地看著馬醉木的臉。眼前的公主楚楚動人，也很可愛，像小孩子般純潔，美若天仙。

「對，這是我為無法參加端午節寫的道歉信後，收到的回信。」

皇太子小心謹慎地開口說道。馬醉木很乾脆地點了點頭。

「對，我也記得很清楚，因為那是第一次收到您的信。」

「但是，我給四家的公主都寫了道歉信，但奇怪的是，只收到妳一個人的回信，妳知道這是為什麼嗎？」

皇太子淡淡的語氣中沒有任何感情，馬醉木回答的話中，也無法解讀出任何感情。

「是因為……藤波公主把其他三封信留在自己手邊吧？」

「那我想請教一下，妳什麼時候知道這件事？」
皇太子的聲音突然變得尖銳，馬醉木瞪大了眼睛。
「呃……我不太明白您的意思……」
馬醉木一臉擔心地看著愁眉不展的皇太子。
「妳不可能不知道藤波所做的事，更何況藤波是為了妳才而攔截那些信。」
「等一下！」
在已經清場的中庭內，突然響起了第三者的聲音，五加一臉蒼白地跑了過來。
皇太子露出冰冷的視線看著闖入者。
「等什麼？妳的主人知道我也寫信給白珠和真赭薄，而且這不是私信，只是對沒有出席儀式的道歉信，不可能沒發現有問題。」
「這……」馬醉木顫抖了一下，一臉為難地看著五加。
五加感受到馬醉木的視線，露出毅然的表情走向前，用好像吵架般的語氣問道：「藤波公主直接把信交給公主，完全沒有任何可疑的地方。馬醉木公主為您無法出席感到難過，然後您寫信給她。請問這有什麼問題？我不能理解。」

皇太子冷笑著說：「像你這麼能幹的女官，應該不難想像藤波做了什麼。如果站在相反的立場，一定會咄咄逼人地去理論，說這是『耍心機，玩計謀』。」

「不要責怪五加！」馬醉木看到皇太子發怒，慌忙哭喪著臉向前一步。

「因為我收到您的信樂不可支……所以疏忽了這件事，沒有想那麼多。」

「我可不認為妳沒有發現這種不自然。」

驀然，一個平靜的聲音傳來，回頭一看，真赭薄帶著濱木綿緩緩走向這裡。

「雖然妳很無知，但不至於笨到連這件事也不知道。我們和妳相處有一年的時間，最瞭解這件事。」

「但是……」

「不是姊姊的錯！」

突然有一個聲音哭喊著。藤波推開濱木綿和真赭薄衝了過來。瀧本想要制止，藤波推開她的手，跪倒在皇太子面前。

「是我說了謊！是我一直說，哥哥只寫信給姊姊，只寫給馬醉木公主。馬醉木公主根本沒有錯……所以皇兄，求求妳娶馬醉木公主為妻，否則我無法忍受。」

藤波拼命搖著頭說道，最後已經泣不成聲了。

「我無論如何都希望馬醉木公主嫁給皇兄，否則，我甚至覺得無法原諒……如果不是姊姊嫁給皇兄，我……」

「為什麼？」皇太子注視著自己的皇妹，從他的表情中，完全猜不透他內心的想法。

藤波在皇太子的注視下抬起頭，但一看到兄長的臉，淚水再度奪眶而出。

「因為我、我對皇兄，我對皇兄、皇兄你……」

藤波抽抽噎噎，哽咽著說話，目不轉睛地凝視著兄長的臉。她一次又一次試著開口，但每次都把說到一半的話吞了下去，最後說出來的話小聲而無力。

「皇兄，你喜歡我嗎……？即使在我做了這種傻事之後，你還喜歡我嗎？」

皇太子毫不猶豫地點著頭回答：「喜歡啊！」

藤波突然放鬆了臉上的表情。皇太子心疼地看著她，繼續說了下去。

「但是，妳對早桃他們所做的事不能視若無睹。」

藤波臉上的表情消失了，她不再顫抖，也不再流淚，露出了失魂落魄的表情愣在原地。

皇太子這句意想不到的話，也讓看著他們兄妹的其他人瞠目而視。

「『對早桃他們所做的事』？」菊野問道。

「這件事等一下再說，」皇太子轉過身，「馬醉木公主，對不對？」

皇太子突然移開了原本看著瀧本和藤波的視線，轉身面對馬醉木。

「是。」原本戰戰兢兢地看著眼前事態的馬醉木，驚恐地應了一聲。

「妳這一年來，除了東家的家主以外，和三個男人相互通信，這件事沒錯吧？」

「對。」馬醉木再度坦誠地點了點頭。

「那我還是要問剛才的問題。為什麼妳察覺到藤波做的事，卻什麼都沒說呢？如果換成濱木綿或真赭薄，我相信她們會派人調查這件事。」

「但是，」馬醉木為難地說道：「藤波公主是為了我做這件事，如果我這麼做，不是會給藤波公主添麻煩嗎？」

馬醉木說完，露出好像仙女般不食人間煙火的表情。。

全場鴉雀無聲。眼前這個笑容很美的少女，看起來就像是突然變成了其他的「東西」，這種來路不明的「東西」令人汗毛倒豎，也可以說是不寒而慄。

皇太子眼神更加銳利，濱木綿和真赭薄好似吃了什麼苦澀的東西，目瞪口呆。

「……而說都是為了藤波？」

「對啊！」馬醉木一臉難過地看著藤波，點了點頭。「向白珠公主、真赭薄公主說謊，我也感到很痛苦。但是，藤波公主是同情我的境遇，自己把信攔截了下來。」

所以，在這裡指責自己很莫名其妙。

「而且，雖然我猜想有這種可能，但也只是我的想像而已，並沒有明確的證據，怎麼可能亂說會危及藤波公主立場的話？」

真赭薄忍不住想要開口，皇太子瞥了她一眼，制止了她，然後將視線移回馬醉木身上。

「原來是這樣。姑且當作我瞭解妳說的理由，那我再問下一個問題，」皇太子低聲問道：「妳聽過嘉助這個名字嗎？」

「呃！」五加愣住了

「嘉助是東家的僕人，他怎麼了？」，馬醉木聽到這個名字，也完全面不改色。

「嘉助這個人，」皇太子瞇起眼睛，「是包括我在內，和你通信的三個人中的第二個人，對不對？」

「對，沒錯，這件事有什麼問題嗎？」

「闖入櫻花宮，最後送了命的那個人就是他。」
「啊！原來是這樣！我完全不知道……真是太遺憾了！」
「妳不知道？真的嗎？他愛慕妳，來這裡見妳，最後卻死於非命。」
「嘉助來見公主？」五加驚叫起來。
「妳第一次聽說嗎？」
「但是，……為什麼？」五加以困惑的眼神看著馬醉木。
馬醉木反而露出了驚訝的表情說：「因為妳不告訴我母親大人的事。嘉助說，這件事不能寫在信上，既然這樣，那就只能當面告訴我。」
「妳明知道這樣會破壞櫻花宮的規定，還把嘉助叫來櫻花宮？」
馬醉木一臉可愛的表情偏著頭，不知所措地注視著皇太子。皇太子沒有移開視線，也注視著她的雙眼。
「但他是僕人，即使和他見面，也完全沒有問題啊！」
「他是男人。」
「但他是山烏，身分不一樣。」

「在櫻花宮內，無論對方是山烏還是馬，都不允許密會。」

「這哪是密會這麼誇張的事……而且，我當時也沒有想到只是和僕人見一下面，就會違反櫻花宮的規定。我誤會了，真的很對不起！」

「如果道歉就可以解決，就根本不是問題了。更何況嘉助因為這個原因死了。」

「那是因為他做出了犯罪的行為。」實際動手殺了嘉助的瀧本斬釘截鐵地說，雖然她的氣色很差，但眼神仍然很銳利。「他不僅闖入了櫻花宮，而且還試圖非禮秋殿公主——他犯下了該死之罪！」

「但是，嘉助只是逃命，並沒有抵抗。以藤宮連的實力，完全可以活逮他，根本不需要奪走他的性命。妳之所以沒有這麼做，其中當然有原因。」皇太子對著瀧本說，「妳擔心嘉助說出早桃的事，所以殺了他滅口。難道我說錯了嗎？」

「殺他、滅口……真是危言聳聽。」瀧本撇著嘴說道。

藤波在她的腳下發抖，但皇太子絲毫沒有手軟。

「嘉助想要進入櫻花宮，絕對需要有人帶路。早桃接下了這個任務。」

早桃一定被馬醉木的花言巧語哄騙，認為他們只是見面說話，於是就答應帶路，但是，馬醉木根本不想親自和嘉助見面。

「然後，早桃發現了馬醉木想要讓嘉助去秋殿這件事。」

「什麼！」跟著真赭薄一起來的菊野尖聲問道：「怎麼可能……但是，要怎麼做到？」

「紅色的和服。」

如果對嘉助說，宮殿的記號就是掛著紅色和服。秋殿每天會將漂亮的和服掛在衣架上，西領名產的蘇芳和服更是必不可少。

「等一下！」馬醉木慌忙發出了可愛的驚叫聲。「我的確打算和僕人見面談事情，那個僕人也愛慕我，早桃也表示贊成，我也的確寫信告訴那個僕人，紅色的和服是記號，而且我也的確打算掛紅色的和服。但是……」

馬醉目垂下長長的睫毛，一臉難過的表情，沒有繼續說下去。

「……是我沒收了。」五加垂頭喪氣地說，「我完全沒有想到是這麼一回事……因為漂亮的紅色和服，只有真赭薄公主送的那件蘇芳和服，總覺得面子上掛不住。」

「所以，這件事是我的錯，馬醉木公主完全沒有任何意圖。」五加小聲嘀咕說。

「真的是這樣嗎？我可不這麼認為。」皇太子看向五加的身後，「妳服侍她多年，她可以絕對知道，如果把真赭薄送的和服掛起來，妳一定會制止。」

「馬醉木公主，」五加顫抖著，一口氣小聲地說：「她好幾次都說要回府，她不可能為了想要入宮而做出這種事。」

皇太子斷言道：「但是，她目前仍然在這裡，而且妳不是成功地制止了她回府嗎？這才是最好的證明。」

「您根本不瞭解馬醉木公主！」五加正面反駁了皇太子的質疑。

即使面對一臉猙獰的五加，皇太子仍然不為所動，絲毫沒有膽怯。

「我要把這句話還給妳。照理說，經歷兩次同樣的事，應該會發現其中有蹊蹺了。」

五加聽到「兩次」這兩個字，猛然住了嘴。

「妳應該不知道雙葉公主為什麼無法登殿吧？」皇太子對一臉疑問的五加說：「我去問了雙葉公主。那是在新年宴時發生的事，她並沒有得天花，那天晚上，在女官全都出去張羅宴會時，她在家裡遭到暴徒襲擊……」

「啊！」菊野用袖子遮住了嘴巴。

從皇太子口中說出這麼驚心的事，令人感到羞恥不已。

「那……那後來呢？」五加無力地問。

「聽說那個男人似乎把雙葉誤認為其他人，只是叫著雙葉『公主大人』。」

驀然，默默聽著他們對話的真赭薄腦海中想起了闖入秋殿的男人說的話，和馬醉木那封信上的收信人名字一致──『**公主大人**』

原來寄那封信的人，就是試圖襲擊自己的那個男人！

「相同的手法一用再用，簡直太粗糙了。」皇太子一臉愁容地看著五加，「新年宴的時候，馬醉木在哪裡？」

「公主當時在別邸。」

「因為我肚子痛。」馬醉木代替五加親自回答，「因為我肚子很痛……真的很痛啊！」

「您到底想要說什麼！」五加大叫著，馬醉木也微微偏著頭，不停地眨著一雙大眼睛。

如今，所有人看著她們兩個人的眼神急速失去了溫度。沒有人說話，只是露出害怕的表情注視著馬醉木和五加，時間一分一秒地過去。

「紅色和服的事，」濱木綿突然開了口，「是早桃發現的。馬醉木應該沒有想到早桃會知道自己寫給僕人的信上的內容，但那個男人不認得字。」

早桃把信交給那個男人時，是當場唸給他聽的。然後，她來到掛著漂亮和服的秋殿前時，發現了馬醉木的真正意圖，於是就恍恍惚惚地走了進去，結果被菊野發現了。

「因為我發現早桃之後的態度不對勁，所以就在沒有旁人時問了她，她便說出了馬醉木的事……只不過她說可能是她誤會了，所以並沒有說出詳細的情況，然後她就死了。」濱木綿用力摸著額頭，「太可憐了……就這樣死於非命。」

「馬醉木，妳是不是很擔心早桃倒戈投靠濱木綿？然後就對藤波說，早桃可能做出對妳不利的事，結果會怎麼樣？」

中庭內所有人的視線都集中在藤波身上。

「藤波，是妳害死了早桃。」

早桃闖入秋殿的那天晚上，馬醉木悄悄去找藤波。

『藤波公主，怎麼辦？早桃一定會因為今天的事討厭我。』

『不瞞妳說，可能會有僕人來找我。』

『早桃之前說，她會讓我和那個僕人見面，這會不會代表是我帶他進來。』

『如果早桃把這件事告訴濱木綿公主……我會怎麼樣？』

『藤波公主，我該怎麼辦？照目前這樣下去——如果早桃去投靠濱木綿公主的話……』

『到時候我就必須回府了。』

『藤波公主，拜託您，請您……』

幫幫我——

「藤波，為什麼會變成這樣？」藤波聽到兄長冷靜的問話，終於回過了神。

「我並沒有想殺她。」藤波大聲叫著，抓著自己的頭，「那天晚上，我命令她馬上離開這裡，因為我覺得必須趕快把她趕出櫻花宮……」

藤波不想讓早桃在櫻花宮內多停留一刻。她聽完馬醉木說明的情況之後，立刻找來早桃，要她馬上離開。

「早桃原本就不是宮烏……所以我以為她可以變成鳥形……。而且我聽說只要有那件蘇芳的和服，接下來這段時間都可以不愁吃穿，我就讓她穿上真赭薄的那件衣服……再把她從土用門的舞台上推了下去。」

早桃不願意離開，藤波很生氣。雖然早桃一次又一次對她說：「求求您聽我解釋」當聽到早桃說：「馬醉木也許和妳想像的不一樣」時，藤波火冒三丈，大叫著：「妳給我滾」，然後就把她推了下去。

至今藤波的手上仍然殘留著推早桃後背的感覺，聽到早桃發出的慘叫聲持續了很久，有一種不祥的預感。早桃在黑暗中墜落，在半空中掙扎的那雙白皙的手，一直烙在她心裡。

**她一定在墜落的時候變成了鳥形；她一定現在仍然活得好好的，就像什麼事也不曾發生過。**即使藤波一次又一次這麼告訴自己也無濟於事，早桃的臉深深烙在記憶中，每天晚上都會若隱若現。

然後，早桃真的死了。

「為什麼……？早桃為什麼死了？她為什麼沒有變成鳥？」

藤波小聲嘀咕著，聲音幾乎快聽不到了。

「妳剛才說，讓她穿上了和服？」一個驚愕得顫抖的聲音問道。

問話的人是白珠，她扶著一巳，走過來的腳步發著抖。

「所以早桃身上才穿著和服嗎？如果是這樣，即使變成了鳥形，也無法飛起來！」藤波聽不懂這句話的意思，一臉茫然地看著白珠，白珠緊接著說：「穿和服時無法變成鳥形，即使變成了鳥形，也會受到和服的阻礙，無法順利飛起來。」

「但是，」藤波看著站在兄長後方的近侍說，「藤宮連還是近侍，大家不是都穿著衣服嗎？不論端午節還是七夕的時候，他都和皇兄現在一樣，穿了黑色和服。」

「藤波，那是羽衣。」皇太子露出同情的眼神看著藤波。

「羽衣……？」藤波疑惑的皺著眉頭。

還是讓妳親眼看一下最清楚。雪哉！」皇太子嘆著氣。

「有！我在這裡。」

名叫雪哉的近侍機靈地抱著白色和服跑了過來，皇太子將他遞過來的和服穿了一半在身上，雙手緩緩從側面抬了起來。整個過程看起來就像是看到一棵幼樹迅速長成大樹。

皇太子的雙臂變成了漂亮的翅膀，發出了啪答啪答拍打的聲音。穿了黑色和服的手臂上，黑衣成為羽毛的一部分，形成了完美的翅膀，但另一隻穿了白色和服的手臂變成翅膀後，羽毛被袖子卡住，翅膀無法伸直。

「就像這樣，」皇太子輕輕揮著前一刻還是自己雙手的翅膀說：「羽衣是靠意識做出來的，就像是身體的一部分，只要可以變身的人，都可以做出這種羽衣，只是比較耗神，所以當然有衣服穿比較好。」

「山烏都穿羽衣，是因為他們沒錢，買不起衣服。」雪哉站在皇太子身後補充說，「但是，武人也喜歡穿羽衣，因為在打仗的時候可以立刻變成鳥形。這就是武人和山烏裝扮相同的原因。」

「因為穿著和服，就無法馬上變身。」皇太子一揮手，翅膀又立刻變回了手臂。

藤波驚愕得說不出話，皇太子對她重重地嘆了一口氣。

「唉，看來妳之前什麼都不知道。」

櫻花宮的人都低下了頭，早桃被發現時，有一半變成了鳥形，但另一半仍然是人形。如果她當時身穿羽衣，應該就不會死於非命。

早桃死了之後，嘉助就失去了和馬醉木聯絡的方式，但是他對馬醉木仍舊不死心，所以爬上了山崖，找到了來櫻花宮的路。嘉助闖入櫻花宮後，搞錯了紅色和服，進入了秋殿，當發現自己走錯了地方，慌忙想逃進了藤花殿。後來，瀧本發現早桃的死因後，殺了嘉助。

這都是因為藤波袒護馬醉木，瀧本袒護藤波造成的結果。

「啊，怎麼會這樣？」馬醉木突然哭了起來，邊哭邊用雙手捂住了臉，「原來全都是我造成的！都怪我說話引起了誤會！」

馬醉木哭得很傷心。不知情的人會覺得她很可憐。

「藤波公主，對不起，我做夢都沒有想到您會產生這麼大的誤會。」

馬醉木像小孩一樣天真地哭泣著，皇太子用冰冷的眼神注視著她的後背。

「而只對藤波道歉嗎？」馬醉木聽了皇太子的話，抬起了淚光閃閃的雙眼。

「早桃和嘉助確實很不幸，我真是太遺憾了，他們——太可憐了。如果我能夠代替他們受這些苦，不知道該有多好。」

「馬醉木公主，」皇太子用完全感受不到絲毫體貼和溫暖的聲音叫著她的名字。

馬醉木哭著抬頭看著皇太子，她哭泣的臉龐還是那麼美。

「我有言在先，我絕對無法原諒那些知道只要沒有惡意，所做的一切都會遭到原諒的人，也認為不可以原諒。」

「皇兄！」藤波叫了起來，「拜託妳，等一下！不是這樣，不是姊姊的過錯！」

「藤波公主，大紫皇后召見，我們走吧！」

瀧本抱著不知是在放聲大哭，還是在大聲懇求的藤波走進了藤花殿。

在藤波離開之後，中庭內籠罩著難以形容的寧靜。

馬醉木茫然地目送藤波遠去，用那張美麗的哭泣臉龐看著皇太子，她不知道想到了什麼，用柔和的聲音對皇太子述說著過往。

「皇太子……您可能不記得了，我小時候曾經見過您。」

皇太子把視線移到一旁，表現出洗耳恭聽的態度。

馬醉木見狀，嫣然一笑說：「那次之後，我就愛上了您……」

馬醉木說這句話時，看起來簡直美若天仙。夜風吹拂著她的髮絲，極其柔美地飄動。穩重的灰櫻色表衣外的唐衣上，繡滿了像是代表今天這個日子的櫻花。淡茶色的秀髮在點綴於豔麗櫻花中的金色刺繡上飛舞。

月光下，從她的大眼睛中滑下的淚水宛如大顆的水晶般閃亮，臉頰微微泛成櫻花色，微張的嘴唇宛如含苞待放的花朵般滋潤欲滴，看起來宛如櫻花精靈化身為人。

皇太子目不轉睛地注視著馬醉木，用極其冷淡的態度開了口。

「……我也記得。那是我第一次覺得女人很美，妳現在比以前更漂亮了。」

馬醉木聽了驚訝不已，立刻露出欣喜的表情。

「但是，僅此而已！」皇太子淡漠地說道。

馬醉木聽了皇太子的話，露出了納悶的表情，啞然無語的表情看起來反剛有點蠢。

「但是，您在上巳節時，不是曾經對我笑……」

「唯一確定的是，我並不是對著妳笑。謝謝你喜歡我。」皇太子轉身背對著馬醉木，

「但是，我討厭妳！」

皇太子走出中庭期間，再也沒有回頭看她一眼。

櫻花盛開。

粉紅色的櫻花浮現在藍色的夜空中，陣陣花雨宛如白浪，深藍色在浪間搖擺。吸進喉嚨的夜晚空氣格外冰冷，彷彿被花吸走了所有的熱氣。

皇太子邊走邊胡亂想著，這是不是該稱為「花冷」。

月光沒有溫度。被月光玩弄於股掌的櫻花華麗而冰冷。

「喂，瘦皮猴。」

皇太子聽到突然有人叫他，驚訝地回過神，停下了腳步。原來他在不知不覺中走到了白天舉行宴會的賞花台前的廊道，然後事不關己地發現，自己今天難得動了怒。

「笨蛋，有沒有聽到啊？」

皇太子被打了一下頭，才終於苦笑著轉過頭。

「喂……妳還沒有恢復身分，小心我叫山內眾以不敬之罪把妳抓起來。」

「正因為這樣，」濱木綿目中無人地抱著雙臂說：「事到如今，我已經無所畏懼了。因為沒什麼好失去的，做什麼都不怕。」

「是這樣嗎？」

「當然啊！」

他們兩人突然相對無言。默默凝視彼此，也同時在觀察對方。

「你長高了。」

「妳也是啊！」

「所以不能再說你是瘦皮猴了嗎？」

「和我們家族的人相比，也還算是啦！」

「那不就代表一輩子都這樣了。」

「即使是瘦皮猴，配妳也綽綽有餘。」

「竟然做出這種蠢事。」濱木綿故意大聲嘆著氣說。

「相隔十年未見，妳竟然這麼冷淡。」

皇太子說話時，臉上並沒有遺憾的表情。

「……你什麼時候發現的？」濱木綿一臉不悅地低聲問他。

「妳是指南家的長公主是以前帶壞我的損友這件事嗎？還是指把我帶壞的損友是女生這件事？」

「你果然知道了。」

濱木綿大叫著，皇太子忍不住開朗地笑了起來。

「阿墨，真的好久不見了。」

「奈月彥，你看起來也完全沒變，我放心了。不，應該說太遺憾了，如果你那種玩世不恭的態度可以被調教好，不知道該有多好。」濱木綿垂頭喪氣地說，「也許不是沒有改變，只是沒有成長而已。」

「有可能，我沒什麼自信。」皇太子奈月彥一臉嚴肅地說：「先不說這些，妳剛才問我什麼時候發現的，我只能回答說，一開始就發現了。」

「你一開始就發現了？」

濱木綿挑起眉毛問，奈月彥坦然地點了點頭。

「我第一眼看到妳，就知道妳是女生，當時就猜到妳應該就是失勢的南家家主的女兒，為了以防萬一，還調查了妳的戶籍。確實有人會為了逃稅而男扮女裝，卻很少有相反的情況，當然會認為其中有原因。」

雖然他若無其事地說，但他當時只有七歲左右。

濱木綿早就知道他這個人不簡單，但還是無力地抱著頭。

「所以你當時就知道我是你殺母仇人的女兒？」

「這有什麼問題嗎？你又沒想殺我，我覺得沒必要在意這種事。」

奈月彥一派輕鬆地說。濱木綿真的開始頭痛。

「然後是這次登殿，妳叔叔一開始就沒打算隱瞞妳的真實身分，所以當我得知妳的年紀，就立刻發現就是妳。」

奈月彥淡淡地繼續說了下去。

「你實在太聰明了。」濱木綿不悅地說完，瞪了奈月彥一眼，「既然你腦筋這麼靈光，你應該為自己做的事感到心有餘悸了吧！你沒聽過『四面楚歌』這個成語嗎？」

「你和四家為敵，好歹也應該順勢拉攏西家。」濱木綿一臉凝重的表情問

「不，現在這樣就好，正合我意。」

奈月彥在濱木綿狐疑的視線注視下，把雙手放在已經收起垂簾的欄杆上，他看著下方的雙眼很自然地露出了金烏的眼神。

「在山內，能夠掌握政治實權的並不是只有四家而已。」

「你……」濱木綿立刻領悟了他話中的意思，瞪大了眼睛。

奈月彥一臉得意地斜眼確認了她的表情後，再度將視線移向前方。

「自從我父親接班之後，宗家的勢力日漸衰弱，沒有理由到我這一代，仍然要讓這種情況持續下去，所以我希望四家的勢力旗鼓相當。」

奈月彥露出無敵的微笑說道。

如果選中代表四家的任何一位公主，選上那家的勢力當然就會增強。

「所以你故意讓真赭薄拒絕你嗎？」

「我並沒有說謊，但如果西家因為我的關係，進一步增強勢力，的確會很傷腦筋，所以必須在顧及真赭公主面子的情況下，讓她對我死心。雖然她本身沒有過錯，但我還是無法選她為妃。」

「反正就是這麼回事，」奈月彥用好像在閒聊般的輕鬆語氣繼續說了下去。「我需要一個能夠盡皇后的責任和義務，又同時不會破壞四家勢力關係的女人。」

濱木綿聽了他的話，猛然抬起了頭，奈月彥不知道什麼時候開始注視著她的眼睛。

「我對妳既沒有特別的感情，也沒有愛上妳，即使妳嫁入皇宮之後也一樣。從今往後，只要有需要，我會娶好幾個側室，甚至可能會休掉妳。但是，妳無法表達自己的不服氣，也不允許和我以外的男人有密切的關係。妳必須抹殺自我，只為我而活。如果妳做好承受所有這一切的心理準備……可以當我的妻子嗎？」

奈月彥說完之後，又立刻補充。

「妳千萬別誤會，正如我對真赭公主所說的，我無意用感情來選妃，而是在進行極其高度的政治判斷基礎上，認為這是最好的方法。」

雖然光聽字面的意思，會覺得奈月彥在掩飾害羞，但他很認真。他們互瞪著對方的景象，看在旁人眼中，會覺得一觸即發。

「不是用感情嗎？」

「沒錯，正因為這樣，所以一直等到撫子登殿。」

等到夏殿有了新的主人，濱木綿完全被排除在南家之外的今天。

「……好，既然這樣，那我就答應。」濱木綿沒有絲毫的猶豫和躊躇，斬釘截鐵地回答。她傲然地回答之後，又補充說：「但是，我有一個條件。」

奈月彥應該沒想到濱木綿會提出條件，忍不住瞪大了眼睛。

「什麼條件？」奈月彥擺出了洗耳恭聽的態度。

濱木綿一臉嚴肅的表情說：「我接受你剛才所說的一切，不管是不是因為政治的理由，只要你有喜歡的女人，愛娶幾個就娶幾個。這本來就是自己安排的政治婚姻，所以不必在意我，你吃喝嫖賭都沒問題。但我希望可以為你送終，雖然我知道這種要求很任性。」

濱木綿露出真摯的眼神說，奈月彥回望著她的眼睛，用力點了點頭。

「好，我可以向妳保證，那就一言為定。」

濱木綿聽了奈月彥的話，鬆了一口氣，那是漂泊多年的旅人終於回到家的感覺。

「我的本名叫墨子。」

「原來妳叫墨子，雖然不夠深奧，但是個好名字，以後請多指教。」奈月彥低頭說。

墨子沉浸在難以形容的感慨中，回想起來，這一路很漫長。

自從遇到他之後，自己的命運多舛。當年的小男孩因為自己父母的關係失去了母親，濱木綿做夢也沒有想到，自己會成為他的妻子，但她沒有一天不為他的幸福祈禱。

墨子疲憊地低下了頭，過了一會兒，才開口說：「那我現在是你的妻子了。」

「是啊！」

「所以在這個時間點，已經解決了身分的問題。」

「對啊……嗯？」

「讓我打你一巴掌。」

濱木綿的話音剛落，奈月彥就覺得眼冒金星。他大吃一驚，摸著發燙的臉頰，難以置信地瞪大了眼睛。

「我還以為妳很愛我。」奈月彥似乎不知道為什麼會被打。

墨子見狀，快活地笑了起來。

「女人心，海底針，多學著點！」

「你們在這裡幹什麼？」

等到中庭的混亂總算平息之後，真赭薄正在找皇太子和濱木綿，當終於找到他們時，忍不住詫異地問。

皇太子和濱木綿同時轉頭看她時，兩個人的態度呈明顯的對照。濱木綿滿面笑容，叉腿而立；皇太子一邊的臉頰很紅，而且跌坐在地上。

他們互看了一眼，小聲嘀咕說：「在幹什麼呢？」

「真赭薄，妳怎麼會來這裡？那裡已經搞定了嗎？」

濱木綿似乎已經不想理皇太子，轉頭看著真赭薄問。

「對，但是大紫皇后召見皇太子殿下。」

「大紫皇后嗎？」

「她還真性急。不好意思，我先去一下。」皇太子自己站了起來，抓了抓頭說。

「小心點！」

「嗯，我知道！真赭公主，妳等一下可以來接我嗎？」

「遵命。」

皇太子聽了真赭薄的回答後，大步沿著廊道離去。

兩位公主目送他離去的背影，相互瞥向對方。

「……他向我求婚。」

「果然！我就知道會這樣……妳怎麼回答？會嫁給他吧？」

真赭薄有點緊張地問，濱木綿淡淡地點了點頭。

「他似乎棋高一著，所以也無可奈何，雖然我並不想嫁給他。」濱木綿嘟噥道。

「雖然現在問可能有點太晚了……妳真的認為這樣好嗎？」真赭薄不安地問。

濱木綿一下子說「無可奈何」，又說「並不想嫁給他」，似乎並不積極。

聽了真赭薄這麼問，知道她在關心自己，大聲笑了起來。

「妳為什麼突然問這個問題？妳剛才不是還在說，只有我適合嫁給他嗎？」

「因為妳和我們這幾個一直夢想嫁給他的人不一樣，妳真正瞭解他這個人，不是嗎？所以我忍不住想，也許妳是因為這個原因而不想嫁給他，但又覺得妳之前那麼無私奉獻，可能是基於對他的感情。」

真赭薄吞吞吐吐地說，濱木綿終於恍然大悟。

「原來是這樣，妳認為我是在將功贖罪，為我的父母贖罪。」

真赭薄聽到濱木綿這麼直言不諱，有點不知所措。

「呃，是啊，差不多就是這個意思。如果是這樣，我似乎太多事了……」

濱木綿目不轉睛地看著真赭薄，重重地嘆了一口氣，簡直有點不太符合目前的氣氛。

「那個男人腦筋真的不靈光，如果我是男人，會毫不猶豫選妳為妃，雖然可能會因為妳揮金如土而破產。」

真赭薄聽了濱木綿的玩笑話後，羞紅了臉說：「不要開玩笑了！」

不過，真赭薄似乎豁出去了，雙手扠在腰上挺起胸膛。

「約定就是約定，既然妳要嫁入皇宮，我就當妳的女官。」

「喂，妳該不會是認真的吧？」

「我當然是認真的。」真赭薄瞪著雙眼問：「怎麼樣？既然妳嫁入皇宮是為了贖罪，我會思考對策。我也可以侍奉妳一個人，而不是連同皇太子一起侍奉。」

「那真是太壯膽了。」濱木綿的笑容中沒有一絲嘲諷，「不過，妳不用擔心，雖然不至於完全沒有贖罪的因素，但是，」濱木綿發現真赭薄愁容滿面，似乎覺得很有趣，語氣開朗地說：「那只是因為我無法原諒因為父母的關係，讓我覺得虧欠他，就只是這樣而已，絕對不是怨天尤人。更何況他並沒有妳想的那麼壞，和馬醉木完全相反，只是他並不在意別人對他的看法，所以才會讓人有那樣的感覺。」

真赭薄似乎無法苟同，濱木綿見狀笑了出來。

「妳以後就會知道了，那個男人，」她說到這裡，突然收起了笑容，露出溫柔的表情說：「他能夠為殺了自己母親的人流淚。妳不覺得從某種意義上來說，這是極其悲哀，極其痛苦的事嗎？」

真赭薄聽了濱木綿這句話，似乎略微窺視到皇太子和濱木綿之間的過去，一時什麼話都說不出來。濱木綿突然話鋒一轉。

「……妳趕快去找他，大紫皇后不知道有多少次想殺他，千萬不能大意。」

「怎麼可能？」真赭薄緊張地問。

「妳應該知道他之前體弱多病吧？但不可思議的是，只要一離開宮廷，就完全不會有這種情況。每次都是在大紫皇后的安排下一起用餐後，他的身體就會出問題。」

濱木綿一臉嚴肅地說完，真赭薄臉色大變，濱木綿對她點了點頭。

「妳也要小心，千萬不能在大紫皇后的房間長時間逗留。」

「皇太子，你到底在打什麼主意？」

大紫皇后的房間內瀰漫著陰沉混濁的芳甜空氣，雖然有淡淡的燭光搖曳，但垂簾內幾乎一片漆黑。皇太子盡可能淺淺地呼吸，看著薰香的煙飄過眼前。

「哪有打什麼主意？我只是要娶您的姪女為妻。」

皇太子並沒有改變說話的語氣，雖然散發出咄咄逼人的感覺，卻又帶著一股雲淡風輕，令人無法捉摸。垂簾內傳出啪的一聲，應該是拍扇子的聲音。大紫皇后似乎心浮氣躁。

「濱木綿已經不是四家的公主了，你選她為妻，簡直是在愚弄已經登殿的幾位公主，難道不是嗎？」

「您的意思是，這是讓四家蒙羞的行為嗎？的確是這樣。」皇太子氣定神閒地點了點頭，「四位家主應該會怒不可遏，或是亂了方寸，覺得很丟臉吧？但那又怎麼樣呢？」

皇太子揶揄地笑著說道：「他們想叫，就讓他們叫啊！您是不是忘記了，宗家並不是四家的狗，不需要對他們察顏觀色，扭曲自己的意志。」

「你這種行為就叫做，」大紫皇后用低沉的聲音嘀咕著，「狂妄自大。如果你以為能夠靠一個人的能力做任何事，只會吃虧在眼前。」

大紫皇后語帶威嚇的聲音具有讓別人嚇得發抖的威力，但目前站在她眼前的是皇太子，他是這個世界上唯一不怕她這種平靜恫嚇的人。

皇太子聽完大紫皇后說的話，立刻露出銳利的眼神，以及不容他人輕視的笑容。

「大紫皇后，到底是誰狂妄自大？我認為四家不僅狂妄自大，而且已經習慣不把宗家放在眼裡了。」皇太子說到這裡，揚起了嘴角，露出了可怕的笑容。「尤其是南家，這種情況特別明顯。明知道她是殺害我母親的人的女兒，竟然還讓她登殿。一旦公諸於世，絕對會在朝廷遭到抨擊。」

「問題是，」大紫皇后不慌不忙地說，「你不是要讓那位公主嫁入皇宮嗎？」

「沒錯，我不會提這件事。但是，」皇太子滔滔不絕地說，「您在觀相階段就知道馬醉木根本沒有登殿的資格，為什麼還故意放水？」

「因為很有趣啊！」大紫皇后帶著惡意地笑著說，「我看好的〈烏太夫〉發揮了超乎我期待的作用。」

皇太子聽了這句話瞇起眼睛，小聲地嘀咕：「原來是這樣，果然不安好心。您知道嗎？貴族口中的〈烏太夫〉和民間流傳的〈烏太夫〉故事大不相同。在貴族眼中的〈烏太夫〉淪為笑柄，但在平民百姓並不這麼認為。」

不可思議的是，山烏流傳的〈烏太夫〉是一則兄烏和妹烏的故事。兄烏愛上了一位高貴的公主，皇太子對妹烏一見鍾情，把她娶進了宮內。但是，高貴的公主移情別戀，愛上了皇太子，皇太子也對妹烏日久生厭，回應了公主的追求。最後，在感情中出局的兄妹兩人都因為自己所愛的人而走向悲慘的結局。

這絕對是一個悲劇故事。

「我不會說哪一則故事才正確，這是傳說。而且既然活在這個世上，我們都是烏鴉，我發自內心認為說別人是〈烏太夫〉這件事很莫名其妙。但這並不是我的重點，我要說的是宗家差不多該恢復應有的樣子了。難道您不認為擁有身為宗家人這種自覺的人太少了嗎？」

「你到底想說什麼？」大紫皇后的聲音中明顯帶著怒氣，「如果你在說藤波和瀧本的事，這是櫻花宮內部的事，你無權干涉。」

「這當然也是我說的情況之一，但我最想說的並不是這件事，最缺乏身為宗家人自覺性的就是那一位，還有您自己。您的行為絕對不是身為宗家人應有的。」皇太子冷笑著繼續說：「您至今仍然是南家的人，所以您輕視我，想要撮合自己的兒子和撫子。」

大紫皇后並沒有回應皇太子的話。

「正因為這樣，所以我才選濱木綿為妻。我想您應該瞭解我的用意。」

皇太子暗示著言外之意，垂簾內還是沒有反應。

這是皇太子明確發出的威脅。

在山內，除了四家，還有宗家也能夠掌握政治實權，也就是金烏本人。日嗣皇太子奈月彥從出生時，就被認為是真正的金烏。照目前的情況，以後將繼承父親目前掌握的政治實權，到時候會怎麼樣？皇太子用這種言外之意向大紫皇后施壓。

在兩人互瞪的緊張氣氛中，聽到走廊上傳來輕快的腳步聲。

「奈月彥。」身穿薄衣的男人一走進來，就上氣不接下氣地叫了他一聲。

男人氣度不凡，眉清目秀，但此刻臉色鐵青，額頭上冒著冷汗。他就是剛才沒有提到的，第三個和馬醉木通信的人。

「父皇，好久不見。」

「我聽說你已經決定娶誰入宮了，到底是？」

「是濱木綿，不是四家的任何一位公主，沒有背景，絕對不是馬醉木。」皇太子冷冷地說完，瞪著父親，「您竟然做出寫信給馬醉木這種蠢事，藤波也對您的行為傷透腦筋。浮雲和馬醉木不是同一個人，您不可能在馬醉木身上尋求無法在浮雲那裡得到的答案。」

皇太子面無表情地看著嘴唇顫抖的父皇，猛然發現一名女官在門口附近不停地鞠躬，看到她那有著漂亮髮色的長髮——

「有人來接我了，那我就先告辭了。兩位要不要難得夫妻團聚一下？」

皇太子用很不自然的開朗聲音說完，轉身離開了。

拼命鞠躬的真赭薄鬆了一口氣，跟在他身後。

「當今陛下當時對浮雲一往情深。」

離開大紫皇后的房間，走在往藤花殿的通道上，真赭薄正猶豫著該不該問，皇太子主動向她說明。

「但如妳所知，結果被大紫皇后捷足先登了。浮雲回了府，有很長一段時間，兩人無法見面。」

當他們終於能夠常常見面時，當今陛下，也就是當年的皇太子，打算迎娶浮雲為側室，然而，在此之前發生了一起事件。

「浮雲在入宮前就懷孕了。」

「所以，」真赭薄倒吸了一口氣，說話很是緊張，「馬醉木是當今陛下的……？」

「當時這麼認為，至少一開始是這麼認為。」

五加得知浮雲懷孕後樂不可支，但遲遲沒有接到入宮的消息，而且原本常常召喚的皇太子也突然不再上門。

「這時才終於真相大白，那個孩子並不是當今陛下的孩子。」

真赭薄啞口無言，皇太子悶悶不樂地嘆了一口氣。

「不知道誰是真正的父親，但浮雲無法入宮，最後成為目前東家家主的側室。」

「所以，」真赭薄震驚地說：「東家家主一開始就知道馬醉木不是自己的女兒嗎？」

「當然。」皇太子點了點頭，「那個男人也是狠角色，但他內心應該對馬醉木提高警戒，可能擔心她也步上她母親的後塵。所以馬醉木明明身體沒有問題，卻說她體弱多病，把她和之前對浮雲忠心耿耿的侍女一起囚禁在別邸內，雖然最後一切都是白費力氣。當今陛下如果臉皮可以像東家的家主那麼厚就好了，問題是他太懦弱了，所以為了彌補失去浮雲的痛苦，突然迎娶了側室，生下了我和藤波。」

但為什麼現在要寫信給馬醉木？

「……當今陛下應該沒有對浮雲忘懷，才會想從朝思暮想的人的女兒身上尋求安慰。」

氣氛一度變得很凝重。

**原來真相是這麼一回事。**真赭薄忍不住想，**真是太驚人了！**

「浮雲公主是怎麼死的？」真赭薄有點好奇這個問題，忍不住問道。

皇太子輕嘆一聲回答：「被人殺害了。」

「被……被人殺害？」真赭薄驚叫著停下了腳步。

「聽說是被男僕殺死的，她外出賞櫻時，被男僕用刀刺死了。」
皇太子不以為意，繼續邊走邊說。
「為什麼要這麼做？」
「浮雲的一頭黑髮很美，而且遠近馳名，」皇太子靜靜地說，「聽說刺殺她的男僕有一頭罕見的淡茶色頭髮。」
真赭薄什麼話都說不出來。
默默走了一段路後，皇太子突然開口說：「聽說她和我母親很要好，那是在我出生，藤波也出生之後的事，所以距離那件事已經過了很久了。」
當時正在討論該由誰擔任藤波的羽母，最後推舉了浮雲和南家家主的妻子。
「我曾經見過濱木綿的母親一次，濱木棉和她長得很不像，她母親看起來就是小家碧玉。或許會和人勾心鬥角，但不可能做出殺人那種可怕的事。」
奈月彥嘀咕道。
「奪走我母親性命的那種毒，如果只是少量使用，可以混在薰香內作為安眠藥，大量使用會導致身體失調，而且也只是會讓人感到不舒服而已。但身體特別虛弱時，情況就不一樣了，由其在分娩後立刻使用，就會一直昏睡不醒。」

「……是伽亂吧？」

伽亂是南領特產的香料，從十六夜枕邊的薰香中發現其中含有大量伽亂。由於只有南家有辦法做這種事，所以南家家主和他的妻子陷入了困境。

「當時聽說是南家家主夫人送了薰香，但是長大之後，我對這件事產生了質疑，調查之後發現，南家家主夫人的確訂購了特別的薰香，但並不是送給我母親，而是送給東家。」

南家家主夫人送給了爭奪羽母的對手浮雲，但不知道為什麼，浮雲沒有使用，而是送到了十六夜的手上。

「雖然事到如今，已經沒有人知道當初到底發生了什麼事。」

「不，等一下，這也許代表濱木綿的父母根本是無辜的，不是嗎？」

外人都知道，南家兄弟不睦，弟弟很可能利用那件事，把哥哥趕下家主的寶座，自己成為家主。

「不知道濱木綿得知這件事會是什麼感想！」真赭薄忍不住大叫起來。

皇太子立刻停下了腳步，真赭薄訝異地看著他。

「妳認為有必要告訴她嗎？」

他在說什麼？真赭薄知道濱木綿很在意自己的父母所做的事，也知道她很愛皇太子，所以一旦得知這件事，一定會欣喜若狂，更自由地和皇太子相親相愛。

沒想到皇太子竟然想要持續利用濱木綿的罪惡感，簡直不可原諒。

真赭薄用力吸了一口氣，正想破口大罵，突然察覺了皇太子臉上的表情，立刻閉了嘴。

因為皇太子露出了很不像他的無助表情。

真赭薄注視著他的臉，感受到自己內心的怒氣漸漸消散。

「我可以請教一個問題嗎？」

「什麼問題？」皇太子仍然一臉無助的樣子。

「你對馬醉木和她的母親……有什麼感想？」

皇太子可能沒有想到真赭薄會問這個問題，他瞪大了眼睛，但沒有思考太久。

「無論別人說什麼，馬醉木都會相信自己清白無辜，她的母親應該也一樣，所以無論發生任何事，無論周遭的人陷入再大的不幸，她們都會永遠幸福。正因為這樣，」

皇太子的聲音已經超越了憤怒，聲音中也帶著一絲寂寞。

「無論馬醉木還是浮雲公主，真希望她們的幸福不會導致他人的不幸。無論如何，浮雲死了，她的確很可憐。」

真赭薄看著他黯然的眼神，暗自嘆了一口氣。

**原來如此，濱木綿說的沒錯。**

馬醉木和那個男人簡直就是徹徹底底、完完全全相反。

**既然這樣，其他的事就不必追究了。**真赭薄心想。

濱木綿正在等待的賞花台就在前方，真赭薄突然心血來潮地探問。

「對了，皇太子，之前您從這下面經過時，到底是對著誰在笑？」

「妳說呢？」皇太子裝糊塗，「我已經忘了這件事。」

濱木綿沿著廊道走了過來，皇太子露出無憂無慮的笑容跑向她。

# 終章

那是一個春意盎然的舒心早晨，只是風有點大。

損友來找我玩，說櫻花開了。

阿墨那傢伙只有想帶我出去玩時，才會找上門。果然不出所料，這天也帶我去了大人吩咐千萬不可踏進的領地邊界的山崖。阿墨告訴我，山崖另一端的領地內櫻花已經盛開，整個花海看起來一片白茫茫。

我們在樹林中奔跑追逐，一路笑個不停。

這時，阿墨腳下一滑跌倒了。

或許是因為頭頂上方沒有樹木遮住，視野一下子變得開闊了起來，那傢伙一個不留神就跌下山崖，發出了巨大的聲響，我立刻嚇破了膽。

阿墨急忙脫下身上的衣服，立刻變身成鳥形，飛向山崖下方。當我趕到已經恢復人形的阿墨身旁時，那傢伙毫髮無傷正不雅地謾罵著。

我忍不住噗哧笑了起來，笑聲在並不深的山谷中迴盪著，阿墨生氣地摸著頭，驀地抬頭看向我的後方啞然無言。感到疑惑的我，順著阿墨的視線望去……眼中是一片絕世美景啊！

山崖的另一端就是隔壁的領地，阿墨說的沒錯，那片領地的山崖上綻滿了櫻花。

有個人影靜靜地站在盛開的櫻花樹下，頭上的髮飾金光燦燦，搖曳生姿。

她一頭柔軟的頭髮，是同族內很難得一見的淡茶色鬈髮。一臉錯愕看著我和阿墨的那對瞳孔，也淺得好似透明一般。她身穿一件淡紅色有著櫻花圖案的和服，這件和服穿在女孩身上很是好看。

風在吹，櫻花在淡藍色的天空下飄舞。

我覺得她好美，這是我第一次覺得女孩漂亮。

正當我轉頭準備告訴阿墨心中的想法時，卻發現平時總是一臉欠扁的損友臉上，露出了以往從來沒有見過的表情，好似十分羨慕那個女孩，但又好像知道自己不可能像她那樣，所以一開始就不抱希望。

我斜眼瞧了瞧崖上的女孩，又看了看阿墨。

一個是楚楚可憐的少女，宛如櫻花化為人的樣子；另一個是皮膚黝黑，看起來有點邋遢的孩子，就像剛出生的烏鴉。

櫻花和烏鴉。

莫名其妙，兩者根本截然不同，有什麼好比較的。

等到我和阿墨都長大後，我打算送她像山崖上的少女一樣的漂亮和服，然後看著穿得美麗衣裳的阿墨，好好地戲弄她。

即使穿上這麼絢爛的衣服，妳還是妳啊！

妳永遠都是最堅強、最美麗的。

# 給台灣讀者的作者序

我的書能夠送到各位手上，倍感光榮。

希望你們也能夠充分感受八咫烏世界的樂趣！

各位台灣的讀者，我是八咫烏系列的作者阿部智里，很高興有機會和各位結緣。

恕我冒昧，我想先利用這個機會，和各位分享一件事。

我曾經在十年前造訪台灣。當時還在讀大學，利用春假期間，和家人一起去台北旅行。

一踏入機場，宜人的花香撲鼻而來。在我心目中，台灣是一個充滿夢幻的地方。莊嚴的寺廟、熱鬧的夜市、豐富的美食。我喝了香氣滿滿的茶，去故宮博物院參觀了令人大開眼界的寶物，逛了宛如童話世界的九份，還在十分放了「一筆入魂　獲得松本清張獎」的天燈。

最難能可貴的是台灣人的善良。旅行期間，無論去哪裡，遇到的台灣人都熱情親切。我從小就深受過敏性皮膚炎所苦，一位台灣朋友得知後，花了很長時間，為我挑選了適合我體質的茶。「台灣真是個好地方。」、「下次要去台灣的其他地方走走。」我們家人分享著這些感想，帶著滿滿的幸福回到了日本。沒多久，就發生了三一一大地震。

我相信不用我在此贅言，各位也知道日本當時的狀況。幸好我本身並沒有受到太大影響，但那是我有生以來，第一次感到巨大的恐懼。這場地震造成了無數生命的犧牲，很多人失去了心愛的人，失去了寶貴的東西。

在日本面臨危機之際，台灣人向我們伸出了援手，而且規模讓人簡直懷疑自己的眼睛。最初聽到台灣的捐款金額時，我以為一定是搞錯了，沒想到完全沒有搞錯，那是台灣人將真心變成了實質的援助。不僅如此，台灣人立刻發了很多關心、鼓勵的訊息，而且有人去災區為災民煮食，為了振興日本經濟，成為最初來日本旅行的遊客……。如此感動的故事寫不完，每一樁都是令人感激不盡的援助。

在為八咫烏系列寫序文之際，我覺得無論如何都必須先向台灣的各位表達感謝。雖然我無法為災民代言，但身為在日本出生、長大，曾經一度遭遇國難的日本國民，我在此向台灣人表達由衷的感謝。

謝謝你們，這份援助之恩，沒齒難忘。

身為日本人，身為作家，對於自己的作品能夠在充滿感謝的台灣這塊土地上翻譯、出版，更是感到無比高興和自豪。

八咫烏系列是建立在日本文化基礎上的異世界奇幻小說，但奇幻小說的優點，就在於能夠跨越國境、超越時空，討論人類社會共同的問題。

如果台灣的讀者也認為這是一部有趣的娛樂作品，將是我莫大的榮幸。

阿部智里

# 烏鴉不宜穿單衣【八咫烏系列・卷一】


作　　者　阿部智里 Chisato Abe
譯　　者　王蘊潔
發 行 人　林隆奮 Frank Lin
社　　長　蘇國林 Green Su

出版團隊
總 編 輯　葉怡慧 Carol Yeh
日文主編　許世璇 Kylie Hsu
企劃編輯　許世璇 Kylie Hsu
責任行銷　朱韻淑 Vina Ju
　　　　　姜期儒 Rita Chiang
封面設計　許晉維 Jin Wei Hsu
版面構成　譚思敏 Emma Tan

行銷統籌
業務處長　吳宗庭 Tim Wu
業務主任　蘇倍生 Benson Su
業務專員　鍾依娟 Irina Chung
業務秘書　陳曉琪 Angel Chen
　　　　　莊皓雯 Gia Chuang

發行公司　精誠資訊股份有限公司
　　　　　悅知文化
　　　　　105台北市松山區復興北路99號12樓
訂購專線　(02) 2719-8811
訂購傳真　(02) 2719-7980
專屬網址　http：//www.delightpress.com.tw
悅知客服　cs@delightpress.com.tw
ISBN：978-986-510-183-1
建議售價　新台幣360元
首版一刷　2021年11月





國家圖書館出版品預行編目資料

烏鴉不宜穿單衣 / 阿部智里 著；王蘊潔譯.
-- 初版. -- 臺北市：精誠資訊, 2021.11
　面；　公分
ISBN 978-986-510-183-1 (平裝)
861.57　　　110017593

建議分類｜文學小說・翻譯文學




※書封插畫設計：名司生 Natsuki